李商隐诗选

〔日〕
川合康三
著
陆颖瑶
译

凤凰出版社

图书在版编目（CIP）数据

李商隐诗选 /〔日〕川合康三著 ; 陆颖瑶译. -- 南京 : 凤凰出版社, 2021.12 (2024.7重印)
ISBN 978-7-5506-3457-2

Ⅰ. ①李… Ⅱ. ①川… ②陆… Ⅲ. ①唐诗－诗集 Ⅳ. ①I222.742

中国版本图书馆CIP数据核字(2021)第115513号

RI SHOIN SHISEN
Selected and translated by Kozo Kawai

书　　名　李商隐诗选
著　　者　〔日〕川合康三
译　　者　陆颖瑶
责任编辑　张永堃
特约编辑　黄如嘉
装帧设计　徐　慧
插　　图　张学思
责任监制　程明娇
出版发行　凤凰出版社(原江苏古籍出版社)
　　　　　发行部电话025-83223462
出版社地址　江苏省南京市中央路165号,邮编:210009
照　　排　凤凰零距离数字印前中心
印　　刷　扬州皓宇图文印刷有限公司
　　　　　江苏省仪征市经济开发区锦华路6号,邮编:211400
开　　本　787毫米×1092毫米　1/32
印　　张　11.125
字　　数　222千字
版　　次　2021年12月第1版
印　　次　2024年7月第2次印刷
标准书号　ISBN 978-7-5506-3457-2
定　　价　68.00元
(本书凡印装错误可向承印厂调换,电话:0514-87825262)

目　录

序

晚唐诗人李商隐，生前颇为不幸。幼年丧父，家境贫寒；少时苦读，才华崭露，虽有贵人相助，但也遭人妒害，以致科举及仕途均蹭蹬不顺。牛李党争本是朝臣间的事，与他何干？可他竟无辜被卷入而成遭殃池鱼。新旧《唐书》虽不能无视其文才，将他列入《文艺（苑）传》，却又在叙述中引令狐绹之语，说他“背恩”“无行”“放利偷合”，把他和温庭筠一起描绘成“无特操、恃才诡激”的浪子。对他的种种贬议，至今仍偶见重提。

但是李商隐终究是幸运的。他的诗文被后人珍视并喜爱，从宋初起，直到今天，越到后来评价越高。在国内新近编著的《中国文学史》教科书里，李商隐的地位几乎已与号称“李杜”的诗仙诗圣不相上下，民间对李商隐诗的爱赏更是有增无减，读者面日见扩展。而且他还获得了世界性的青睐，无论东方还是西方，李商隐诗歌的爱好者都大有人在。

日本从1914年起就有研究李商隐的著作出版，1950年代有了带译注的选本。1970年代初，京都大学人文科学研究所设李商隐研究班，荒井健教授主持，精读细研，数年间陆续在《东方学报》发表李商隐七言律绝的笺解约百首，代表了当时最高研究水平。川合康三先生出自京都大学，后成为其资深教授，一度主持研究所的工作。他的《李商隐诗选》就是在这样雄厚的学术基础上产生的。

川合康三《李商隐诗选》，收入岩波文库，于2008年12月出版。此书选入李商隐诗98首，每首皆有详细注释、日语训读和日文翻译，书前列《凡例》五条，书末附《解说》十数页。此《解说》精简而集中地叙述了选译者对李商隐乃至中国古代诗歌的基本看法，其内容相当于国内同类选本的《前言》，实不啻一篇万言论文。此外还附有李商隐年谱、日文音序的目录索引等。总之，为读者的方便考虑得十分周到。现在，这本《李商隐诗选》有了中译本，在中国众多的同类诗选中增添了一个有特色的新品种，可以让读者接触更多的李商隐诗，也有助于中国读者了解日本学者的“李商隐观”，起到他山之石和文化交流的良好作用。

川合先生《李商隐诗选》的特色，首先体现在它的选目上。李商隐诗现存600首左右，习惯上被分为政治诗、咏史诗、咏物诗、爱情诗等几个大类。国内当代各选本所涉范围虽有所差异，选诗数量亦有多有少，但取舍标准大体相似。像《蝇蝶鸡麝鸾凤等成篇》《药转》《泪》《当句有对》《河内诗二首》《井泥四十韵》等篇，一般是不会入选的。而川合先生的选本除保证李商隐诗代表作为主体外，在有限的篇幅中却特意选入了它们，并在注释中指明它们所反映的义山诗特点的某一方面，从而使李商隐诗歌的面貌在这个篇幅不大的选本中显示得更加全面而丰满。川合先生讲解诗篇，既不拒绝采用传统分类名称，却也不局限于习惯的分类，而是善于根据诗篇的实际情况来分析和命名，如谓《石榴》的主旨为咏妓，说《蝇蝶鸡麝鸾凤等成篇》是以游戏之笔写狎妓，称《漫成三首》和《漫成五章》的前两篇为“论诗”诗，称《柳枝五首》是打破李商隐“竭力消除恋爱诗的背景”的通常做法、“罕见的能够见出诗歌与诗人经历之间有着怎样关联的例子”等等，都有独见而能给读者以启发。

对每一首诗作出逐句翻译，是这本《李商隐诗选》的又一重要特色。梁启超曾在《中国韵文里头所表现的情感》一文中感叹，读李商隐《锦瑟》《碧城》《圣女祠》诗，能感到它们的美，但若要拆开一句一句解释，却连文义也解不出来。我们读李商隐诗，也往往会感到句与句、联与联之间有些意思虽可意会而甚难言传。所以我们注释义山诗，一般很少串讲，更不用说逐句翻译。川合先生却知难而上，为有助于读者理解而选择了一条对自己来说难度较大的路。他利用翻译努力揭明诗意，把诗语的每一个要素（包括某些典故和意象的复杂涵义）编织进译文，加上日文的表达习惯，有时遂使译文形成结构复杂的长句，但仔细体味，对明了诗意还是很有帮助的。

这本《李商隐诗选》的再一个特色是注释的详尽精当。注释基本以词为单位，除说明其涵义及其在诗中的意义外，必溯其渊源，指出最早用法来自《诗经》《楚辞》或前代的哪位诗人，所引例句皆准确精当而简洁。注释还指出诗型（律诗、绝句抑或古体、乐府之类）和韵脚属《广韵》与《平水韵》的哪个韵部及单用、共用或通用的情况。这后一点恰是国内选本很少致力的地方。

通读全书，深感川合先生对李商隐诗歌有着全面精深的研究，其基本观点散见于全书各个部分，而又集中表现在书后的《解说》之中。也可以说，《解说》所阐述的观点，都很好地贯彻于全书，成为全书的指导思想。这些观点与编选译注的操作相互映照、相得益彰，加强了阐释效应，使读者不但欣赏了李商隐的诗，亦知晓了其人，而且了解了中国古典诗歌某个方面的特点。例如《解说》首先指出了诗在古代中国社会生活中的地位，接着就指出义山诗既“包含着将中国古典诗歌的可能性追求到极致的精髓”，而又最接近现代“诗”的性质。这可说是川合先生“李商隐观”的基本之点。他认为，李商隐诗固然是古代的，但又是现代的。不言而喻，李商隐诗的强大生命力正蕴含于此。《解说》着重分析了李商隐的爱情诗及其与晚唐一般艳情诗的区别。在川合先生看来，恋爱诗在李商隐诗中占据着中心位置，许多诗都是从恋爱者内心发出的声音，而不是像其他人（如韩偓）那样单向地从男子视角去观察。由此，川合先生进一步揭示出李商隐诗具有既渗透着个人经历过的感情，而又“由表现个体而升华为普遍性，由此引发人们的共鸣”的特点。这些观点道出了李商隐诗的一种重要性质。《解说》和许多诗篇的注解又反复指出李商隐诗的境界具有多义性、重叠性和朦胧美的特色，而像《夜雨寄北》那样时空交错的表现法，在其创作中也有多处表现，从《锦瑟》《潭州》《七月二十八日夜与王郑二秀才听雨后梦作》均能看到这种方法的变化运用。文章最后探索李商隐的个性，特别是其内心的矛盾，指出他心中纠缠着自信与怀疑、坚定与动摇、坚强与软弱的斗争，乃在险恶的社会环境下，产生出他那些感伤忧郁而优美动人的诗歌，从而印证了刘勰《文心雕龙·才略》所提及的“蚌病成珠”理论。应该说，川合先生对李商隐诗的解说，是有一个自洽自圆的系统的。但他并不想将自己的观点强加于人，而是说“如何解读的权力还在每位读者手中。希望以本书为契机，能展开不断接近李商隐诗精髓的解读”，体现了一个学者通达谦逊的胸怀。

川合康三先生是日本著名的唐代文学研究者，尤精于中唐文学。他在中国学界有很多老朋友，我也很荣幸地与他有所交往。他的著作《终南山的变容》《中国的自传文学》《中国的恋歌：从〈诗经〉到李商隐》等，都早有中译本。现在他的《李商隐诗选》中译本也即将问世，这是一件值得高兴的事。所以当译者陆颖瑶女士邀我为之作序，并说这是川合康三先生本人的意思，我就不揣浅陋，欣然同意了。我在上面略说初读感想，未必能中肯綮，只是作为一个推介的引子而已。还是请读者诸君赶快进入正文的阅读吧。

董乃斌

凡　例

一　　本书选取李商隐诗九十八首，附有译、注及补释。

二　　底本选用继承宋版系统的清代席启寓《唐诗百名家全集》（康熙四十七年序刊）所收之《李商隐诗集》，诗歌也依照该书的顺序排列。如对底本文字有所改动，则在注中标明。

三　　诗歌原文采用旧字，训读部分采用通行字。如底本使用了异体字，则将其改为正字。[①]

四　　注中引用李商隐诗时省略作者名。引用旧注时注明注释者姓名而省略书名。

五　　注末标明诗型和押韵情况。押韵依《广韵》韵目标注，诗用单一韵目则注为“单用”，用允许共用的不同韵目则注为“共用”，此外的所有情况都注为“通押”。同时标注《平水韵》的韵目。

---

① “旧字”指《康熙字典》所用汉字，“通行字”指今日日文之用字。训读是日本特有的阅读、理解汉文的一种语法工具，正文的训读部分略去未译。——译者注

锦瑟

锦瑟无端五十弦，一弦一柱思华年。

庄生晓梦迷蝴蝶，望帝春心托杜鹃。

沧海月明珠有泪，蓝田日暖玉生烟。

此情可待成追忆，只是当时已惘然。

饰锦之瑟，为何有五十弦呢？那些明丽的时日从每一根弦、每一枚琴柱中苏醒过来。

庄子迷惑于清晨梦境中幻化为蝴蝶的自己，望帝化身为杜鹃不断地吐露春情。

明亮的月光倾泻在青色的海面上，珍珠中含着人鱼的泪水，温暖的阳光照耀着蓝田，烟雾从玉中间升起。

何时才能回忆起这种情思呢？回忆起那时候的已然渺茫不定的情思……

锦瑟 “瑟”是一种弦乐器。琴为五弦或七弦，筝最早为五弦，后来变为十二弦，与此相对，瑟有二十五弦。根据《史记·孝武本纪》记载的传说，太古时代素女所演奏的瑟是五十弦的，因音色过于悲哀，泰帝（古代三皇之一，即伏羲）

将弦的数目减至一半。“锦瑟”是用彩色装饰的瑟，是令“瑟”这个字显得华丽的诗语。

无端　没有头绪，没有特定的理由。用于表现超出作者想象的意外程度，李商隐则为了刻意停止理性思考并将其投入不确切的领域而好用此语。

一柱　“柱”是支撑弦的琴柱。

庄生　即庄子。这里用平声的“生”替换了仄声的“子”。本句源自《庄子·齐物论》中的故事。庄子在梦中化为蝴蝶，醒来后仍是庄子本人，究竟是庄子做了化蝶的梦、还是蝴蝶做梦变成了庄子，他无法区分梦境与现实。

望帝　即古蜀国的国王杜宇。鳖灵治水有功，望帝却与其妻私通，后羞愧而死并化为子规（杜鹃）。这一传说见于《太平御览》卷一六六、卷九二三所引《蜀王本纪》及《太平寰宇记·益州》等。又据说此鸟边吐血边鸣叫（见于段成式《酉阳杂俎·羽篇》等），啼声之凄厉令人联想到死亡。

春心　恋情。梁元帝《春别应令诗》有“花朝月夜动春心，谁忍相思不相见”之句。“庄生”“望帝”二句都引用讲述人与动物之间的变形的典故，由此形成对仗。

珠有泪　“珠”即珍珠。传说珍珠是鲛人（人鱼）流下的泪珠（见于西晋张华《博物志》等）。珍珠又是在贝壳里面形成的。《吕氏春秋·精通》云“月望，则蚌蛤实，群阴盈。月晦，则蚌蛤虚，群阴亏”，西晋左思《吴都赋》继承此说，有“蚌蛤珠胎，与月亏全”之句。贝孕育珍珠的过程与月之盈亏同步，“月”与“珠”之间有着这样的关联。

蓝田　长安东南方向三十公里处有蓝田县，位于前往南方的交通要道上。蓝田山因产玉而知名。此词既是地名，也是与“沧海”对仗的含有颜色的词语。

玉生烟 有这样一个玉化为烟而消失的悲哀的爱情故事：吴王夫差之女紫玉（也有书中单名作“玉”）与韩重相爱，但夫差不允许两人结婚，紫玉悲痛而死。游学归来的韩重在墓前悲悼时紫玉现身，两人结为夫妇。临别时紫玉赠给韩重直径一寸的珍珠，夫差却怀疑那是盗墓所获并逮捕了韩重。此时紫玉现身，洗清了韩重的不白之冤，夫人欲拥抱女儿，紫玉却像烟雾一样消失了（见于《搜神记》《录异传》等）。与这个故事不同，也有为了说明诗能表现出抽象的意象而使用“蓝田日暖，良玉生烟”的比喻的例子。晚唐司空图论诗的《与极浦书》即云“戴容州云，诗家之景，如蓝田日暖，良玉生烟，可望而不可置于眉睫之前也。象外之象，景外之景，岂容易可谭哉”。戴叔伦（732—789）生活的时期早于李商隐约八十年。南宋王应麟《困学纪闻》卷一八以为这是李商隐此句之所本，但戴叔伦之语仅见于司空图所引，比较可疑。相反，也可能李商隐此句为司空图所本，或者是不知出自何人的造语通行于世。“沧海”“蓝田”二句都言及日月光芒，并将“沧海”的寒冷澄明之感与“蓝田”的温暖朦胧之感进行对比。

此情 一般解释为“在当下的时间点上无法追忆过去之事”，但此处解作“未来能否追忆起如今的情思”。这样一来，下一句的“当时”就可以同时解作“过去”和“现在”。

惘然 茫然自失的模样。

诗型・押韵 七言律诗。单用下平一先（弦、年、鹃、烟、然）。平水韵：下平一先。

*

按李商隐诗集原先的编次，这是全书第一首诗，表明此诗很早就被视为李商隐的代表作。诗人面对饱含回忆的瑟，展开了各种各样的联想，歌唱了失去爱的悲伤。诗人避免直接谈论现实情事，而代之以运用典故，打乱过去、现在、未来的时间——李商隐独特的隐约深沉的作诗方法集中于此，是其名副其实的代表作。本诗无疑是讲述了失去所爱之人的悲哀，但每一句诗都以鲜明浓烈的意象不断升华着悲哀，整首诗被笼罩在朦胧的氛围中。这或许是因为叙述者自身无法将心绪完全呈现为“悲哀”，而只能茫然地加以感受。无论背景事实如何，诗歌都表现出了意象与悲伤浑然一体的诗意世界。参见《解说》。

重过圣女祠

白石岩扉碧藓滋，上清沦谪得归迟。
一春梦雨常飘瓦，尽日灵风不满旗。
萼绿华来无定所，杜兰香去未移时。
玉郎会此通仙籍，忆向天阶问紫芝。

白色石门上生了绿色苔藓，从天界贬入凡间的仙女久久未归。

整个春天里，如梦似幻的连绵细雨都在圣女祠屋顶的瓦片上跃动。终日吹拂的奇妙微风，连圣女祠的旗帜都无法摇动。

萼绿华不知从何处降临凡间，杜兰香转眼间就离开了人世。

为了帮我返回仙界，玉郎一定在仙界名簿上写上我的名字了吧。充满眷恋地回忆起来的，是在天宫阶墀处询问紫芝之所在时的情形。

圣女祠　位于陈仓（陕西省宝鸡市东）与大散关之间的道教祠堂。山崖上有类似女子面容的花纹，因而被当作圣女神祭祀。见于《水经注》“漾水”条。李商隐另有两首题为“圣女祠”

的诗，此诗系后来再次经过同处时所作。

碧藓　青苔。表现出石门关闭后经过的时间之久。

上清　神仙居住的天上世界。玉清、上清、太清的“三清”之一。

沦谪　获罪而被流放。底本误作“论谪”。

一春　整个春天。

梦雨　令人以为是神女之化身的雨。此处引用宋玉《高唐赋》（《文选》卷一九）的巫山神女故事。楚怀王梦见自己与巫山神女交合，临别时神女自称“旦为朝云，暮为行雨（阵雨）。朝朝暮暮，阳台之下”。

灵风　令人以为是神灵降临的风。

萼绿华　仙女之名。东晋穆帝时，二十多岁的美女降临到羊权家中，赐给他尸解（即灵魂脱离肉体成为仙人）的灵药。见于陶弘景所著道教典籍《真诰》。

杜兰香　仙女之名。据朱鹤龄注所引《墉城集仙录》，湘江渔夫在江边捡到哭泣的女童并养育了她。她长成了美丽的少女，被从天上降临的童子带走，升天时少女向渔夫说道：“我本是仙女，因获罪而被贬谪到人间。现在与您永别了。”说完就消失了。又据《艺文类聚》卷七一所引《杜兰香别传》，杜兰香曾经降临至晋人张硕家中并与他结婚，随后行踪不明。后来张硕见到了乘车的杜兰香，不由自主地也想要乘上车子，却被侍从阻拦未能成功。萼绿华和杜兰香都是暂时逗留在人间世界的仙女，但身处人间的地点和时间都无法确定，在恍惚迷离之间又返回天界去了。

玉郎　天界掌管仙人名簿的仙官。见于道教典籍《云笈七签》。

通仙籍　把名字记入仙人名簿。谪落人间的仙女祈求能够重返天庭。

天阶　天宫的台阶。

紫芝　仙草名。仙人食用的食物。仙女回想过去身处天庭与玉郎交谈时的情形。

诗型・押韵　七言律诗。共用上平六脂（迟）和七之（滋、旗、时、芝）。平水韵：上平四支。

*

本诗歌咏了被供奉在祠堂中的仙女的悲哀。从天界被谪落人间的仙女的传说，古来就在各地流传，这座祠堂的神工也被当作这类故事的主角了。在幽深祠堂中被人供奉，对她而言也只不过是幽闭而已。降落的雨水、吹拂的微风，描绘出仿佛是天界与人世、现实与梦幻的分界处的情景。最后两句一般被解释为祠堂中仙女的话语，从她满怀眷恋地回忆与“玉郎”初遇时的情景这一点来看，其中似乎也可见男女关系的踪迹。

霜 月

初闻征雁已无蝉，百尺楼南水接天。
青女素娥俱耐冷，月中霜里斗婵娟。

听到头声雁鸣时，蝉已经消失了。高达百尺的楼阁之南，无边无际的水面与天空相接。

青女和嫦娥都耐得住寒冷，在月中、霜中比赛着谁更婀娜多姿。

霜月　笼罩着霜的月亮。“霜”也可以认为是飞散在空中之物。

征雁　雁是候鸟，所以加上“征”字。“征”是长途旅行的意思。《礼记 · 月令》仲秋（阴历八月）云“鸿雁来”。

蝉　《礼记 · 月令》孟秋（阴历七月）云“寒蝉鸣”。即蝉是初秋的景物，雁则是仲秋的景物。

“百尺”一句　百尺楼即高楼。“南”字有版本作“高”。

青女　掌管霜雪的女神。《淮南子 · 天文训》有“至秋三月（阴历九月）……青女乃出，以降霜雪”之语。《礼记 · 月令》亦云九月“霜始降”。

素娥　即窃取不死药化作月中精灵的嫦娥。参见《常娥》诗。“素”意为“白”，这里表现月光之白，与“青女”对仗。

婵娟　形容女性美艳容姿的叠韵词（韵母相同的两个字组成的拟态词）。

诗型 · 押韵 ‖ 七言绝句。单用下平一先（蝉、天、娟）。平水韵：下平一先。

*

本诗吟咏清冷而具有透明感的秋季景物，并将其解作霜与月之女神的美丽。诗首先通过由蝉鸣变为雁鸣的听觉感受点明秋意渐深，继而描写天空与水面不断延伸的视觉景色，呈现出垂直方向的“百尺楼”和水平方向的“水天接”两者交错构成的雄壮景象。但不停留于描述眼见之景，从充盈着月光和霜霰的气出发，联想到与月、霜有关的女神、女仙，这正是富有李商隐风格的奇思妙想。本诗不仅描绘了女性的浓艳之美，也包含了凛然而澄明的美感，霜、月的精灵“耐冷”而互相竞争，颇为奇妙有趣。

异俗二首 时从事岭南

其一

鬼疟朝朝避，春寒夜夜添。
未惊雷破柱，不报水齐檐。
虎箭侵肤毒，鱼钩刺骨铦。
鸟言成谍诉，多是恨彤襜。

此地每个清晨都用诅咒封存疟病病魔，每夜的春寒都砭人肌骨。

落雷劈裂了柱子也漠不关心，洪水涨到齐屋檐处也装作毫不知晓。

用来射虎的毒箭侵入肌肤，用来捕鱼的鱼钩像鱼叉一样刺穿骨头。

那声响是鸟的喧闹吧，它们群聚一处用人类不懂的话语控诉，那全是怨恨太守的话语。

岭南 指中国南方的五条山脉（五岭）以南的广西、广东一带。唐时置岭南道。如题下自注所述，李商隐为桂管观察使郑亚所招，于大中元年（847）五月赴桂林（广西壮族自治区桂林市）任掌书记，任职到次年二月。若依自注下又有“偶客昭州”四字的版本，则本诗系李商隐在桂林任上时出差去昭州（广西壮族自治区平乐县）时所作。

鬼疟　南方的地方病，疟疾。传说古代帝王颛顼之子死后化为“疟鬼”（《后汉书·礼仪志》注等所引《汉旧仪》）。所谓“避鬼疟”，即使用咒术来预防疾病。

“未惊”一句　夏侯玄倚着柱子写字时，雷落在柱子上烧焦了他的衣服，他却泰然自若地继续写字。此事见于《世说新语·雅量》。

“不报”一句　杜甫《江涨》诗云“江涨柴门外，儿童报急流。下床高数尺，倚杖没中洲”。这两句写桂林异常的气候和风俗，并表达出对于泰然处之的人们的奇妙之感。

“虎箭”一句　据《太平御览》卷七八九所引《南夷志》，望蛮族以毒药涂于箭上，人中箭则速死。

“鱼钩”一句　“鱼钩”即吊钩。“铦”是鱼叉，或者指像鱼叉一样锐利的物体。

鸟言　将异族的语言比作鸟语。韩愈《送区册序》记其左迁阳山（广东省阳山县）时之事云“小吏十余家，皆鸟言夷面。始至，言语不通，画地为字”。更早的记载有《孟子·滕文公上》所云“今也南蛮鴃舌之人，非先王之道”，将南方方言比作伯劳鸟的叫声。

谍诉　“诉”字底本作“诈”，据诸本改。“谍”通“牒”，指诉状。南齐孔稚珪《北山移文》云“牒诉倥偬装其怀”。

彤襜　地方长官所乘车覆有红色帷帐，由此代指地方长官。

诗型·押韵　五言律诗。共用下平二十四盐（檐、铦、襜）和二十五添（添）。平水韵：下平十四盐。

其 二

户尽悬秦网，家多事越巫。

未曾容獭祭，只是纵猪都。

点对连鳌饵，搜求缚虎符。

贾生兼事鬼，不信有洪炉。

每家每户都悬挂着不及秦朝法网严密的渔网，每家每户都举家信奉南蛮的迷信。

人们贪婪地进食、连捕鱼祭祖的空闲都不给水獭，那模样宛如妖怪猪都，任意妄为，一片狼藉。

正欲搜寻可以同时钓起好几只大龟的饵料，又到处寻找可以驱赶老虎的灵符。

就连那位文士贾谊也曾经侍奉鬼神，令人感到这世间真是不存在正确的法则。

秦网 本句意为家家户户悬挂着渔网，而用指代秦时覆盖全国的严酷法网的“秦网”一词与“越巫”对仗。同时暗示了中原地区的统治鞭长莫及。

越巫 “越”指长江以南的异族及地区，包括广西、广东，统称为“百越”。《史记·孝武本纪》云“越人俗信鬼”（同样的记载又见于《封禅书》）。

獭祭　水獭把捕获的鱼排列起来，好像在祭祀一样。《礼记 · 王制》云“獭祭鱼，然后虞人（监管山林的官吏）入泽梁”，《礼记 · 月令》亦云“孟春之月……獭祭鱼”。《王制》教诲人民珍惜自然的恩惠，但当地百姓却连排列鱼的时间也不给水獭、立即把鱼吃掉。顺带一提，李商隐多用典故的手法也被称为“獭祭鱼”。

猪都　类似野猪的怪物。见于《酉阳杂俎 · 诺皋记下》。

点对　程梦星注推测这是表示“清点”的方言。依此则为“清点、查点”之意。

连鳌　“鳌”是大龟。《列子 · 汤问》云“龙伯之国有大人……一钓连六鳌”。

缚虎符　制服虎用的符咒。

“贾生”一句　“贾生”是西汉文人贾谊。李商隐哀惋不受重用而早逝的才士贾谊，屡次在诗中歌咏他。贾谊从流放地长沙被召还京城，曾应文帝所请而讲述鬼神之事（《史记 · 屈原贾生列传》）。《贾生》诗云“可怜夜半虚前席，不问苍生问鬼神”，帝王比起政治意见更愿意听讲奇闻轶事，贾谊因此才得以被召见，这两句诗表达了对贾谊的同情。

洪炉　巨大的熔矿炉。比喻世界整体。《庄子 · 大宗师》云“今一以天地为大炉，以造化为大冶”。贾谊《鹏鸟赋》云“且夫天地为炉兮，造化为工”。这两句意为无视世界运转的法则、深入超自然世界。

诗型 · 押韵　五言律诗。共用上平十虞（巫、符）和十一模（都、炉）。平水韵：上平七虞。

*

李商隐在郑亚桂州幕府任官时，描绘了当地的异乎寻常的风俗。前去远离中原的地区赴任的文人，通常会吟咏被贬谪的悲哀、希望返回中原的心情，但中唐以后，文人们开始对当地风俗表示关注、并以之为诗歌题材。李商隐居留桂林时期的诗歌也写到了习俗，但比起对于珍奇之物的好奇心，诗中显露的身处蛮荒之地的异样感、嫌恶感更加强烈。《桂林》诗在描写山水的异常景象后，继之以“殊乡竟何祷，箫鼓不曾休”，吟咏了当地居民的习俗，而中原人只把这些狂热信仰当做邪教。这两首诗一方面表达了对于奇异而粗莽的生活状态的厌恶，另一方面却也活灵活现地记录了当时的桂林或者是昭州的风俗。

蝉

本以高难饱，徒劳恨费声。
五更疏欲断，一树碧无情。
薄宦梗犹泛，故园芜已平。
烦君最相警，我亦举家清。

正因原本在高树上品格高洁地生活着，所以才没法填饱肚子。却徒劳地为此悲伤，徒劳地扬声鸣叫。

天际泛白时鸣声也渐渐稀疏，似乎要消失，但栖身的一株树依然青葱不为所动。

此身从事无聊的仕宦生涯，如今仍像漂浮水面的木偶一样不知将流向何处。故乡的庭院应当已经完全荒芜、杂草丛生了吧。

从你身上得到了最强烈的警告，因为我也是一族清廉正直之人。

五更　将从日落到日出的时间进行五等分，其中最后的一段时间，即将近黎明的时候。

薄宦　身份低微的官职。“宧”与“官”意思相同。

梗　山榆木。根据《战国策》的寓言，指的是用桃梗制作的人偶。《战国策·齐策》中，木偶贬低土偶说“一下雨你就溶化了”，土偶反驳说“我就算溶化也还是原来的泥土，用桃梗做成的你遇到下雨只能被冲走到不知何方”。《赵策》中也有同样的问答。此处是将官位低微迁转于地方的自己比作居无定所、在水中漂流的木偶“梗”。

芜　无人整治、农田荒芜。陶渊明《归去来兮辞》云“田园将芜胡不归”。

“烦君”一句　“烦君”意为拜托对方照料。“君”指蝉。“相警”指警告对方。

诗型·押韵　五言律诗。共用下平十二庚（平）和十四清（声、情、清）。平水韵：下平八庚。

*

这首咏物诗以“蝉”为题，诗中却没有出现“蝉”字。“咏蝉”多见于南朝的咏物诗。那些诗将宫廷歌妓等人比喻为蝉、带有游戏性质，与之相对，本诗将自己悲惨的境遇寄托其中。中国一般将蝉视为只靠饮露维生的高洁生物，这正如同因为清廉而频频失意的士大夫的人生。因此，比起盛夏时节放声聒噪的蝉，士大夫更多地被比作秋天里鸣声微弱的蝉。将自身不幸寄托在蝉身上加以歌咏的文学，最早出现在东汉的赋中，初唐骆宾王的《在狱咏蝉》

十分有名。“高”既指蝉栖身之树之“高”，也意味着精神的高度。尽管明知要保持精神高洁就无法得到优渥的物质生活，但还是不能不一直发出“恨”的鸣声。有批评意见说蝉在夜里不会鸣叫，这首诗则描绘了蝉彻夜鸣叫、直到黎明时分声音逐渐微弱的过程。树的“无情”包含着诗人仰赖的高官不肯给予恩惠的意味。终其一生都在地方辗转任职的低级官员的悲哀，到了唐代成为诗歌抒情的固定主题之一。其中包含的情感或是希望返回京城，或是像本诗一样，希望返回故乡。

潭州

潭州官舍暮楼空，今古无端入望中。
湘泪浅深滋竹色，楚歌重叠怨兰丛。
陶公战舰空滩雨，贾傅承尘破庙风。
目断故园人不至，松醪一醉与谁同。

潭州的官舍——那暮色深沉的楼台一片静谧，今日与往昔交融在一起，映入眼帘。

湘江畔为舜帝之死痛哭的两位妃子泪洒斑竹，斑竹被雨水打湿后颜色更加鲜亮。被驱逐出楚国的屈原将悲哀寄托于兰花，怨恨的风反复吹在茂盛的兰花丛上。

此地曾有陶侃营造战船取得胜利，但那片急流如今只有雨水注入。此地曾有贾谊被流放来任太傅，房屋倾颓的贾谊庙如今只有风吹过。

凝望故乡的方向却什么也看不见，等待的人也没有来。就算想醉饮松酒，又能和谁一同举杯呢？

潭州　唐代行政区划中属江南西道的州。这里指该州首府长沙。今湖南省长沙市。李商隐可能经过潭州的时期，分别是大中元年（847）赴桂州（广西壮族自治区桂林市）途中、在桂州任上往返江陵（湖北省江陵县）之时、大中二年（848）自桂州离任返回长安途中，本诗究竟作于何时无法确定。

官舍 不仅是官吏的住宅，还包括官府。下文中陶侃初任江夏太守，“迎母官舍，乡里荣之”（《晋书·陶侃传》）。

无端 指无边无际的混合交融的状态。东晋孙绰《喻道论》（《弘明集》卷三）云“千变万化，浑然无端”。也可以像《锦瑟》诗的“无端”一样，理解为“没有缘由”之意。

“湘泪”一句 本自娥皇和女英的故事。传说古代帝王舜在巡视南方的途中殁于苍梧（湖南省宁远县附近的山）。两位妃子娥皇、女英追赶着舜来到湘江一带，沾染了二人泪水的竹子泪痕斑驳，因此这一地区的竹子都长有斑纹（《博物志》《述异记》）。湘江流经长沙西侧，注入洞庭湖。“浅深”指斑痕颜色或浅或深。此句与下一联的“雨”相联系。

“楚歌”一句 屈原、宋玉等人在《楚辞》中经常歌咏以兰为首的香气馥郁的植物，大多用其比喻品德高尚的人。“重叠”意为多次重合。此句与下一联的“风”相联系。

“陶公”一句 晋人陶侃自异族中起家，成为为东晋建立南方势力做出贡献的武将。他是陶渊明的曾祖父。陈敏之乱中，陶侃“以运船为战舰”，击败了陈敏之弟陈恢，又追击杜弢直到长沙，并打败了他，后来被封为长沙郡公（《晋书·陶侃传》）。“滩”是河川急流。“空”表现出没能见到本该存在的事物而产生的空虚之感。

“贾傅”一句 西汉文人贾谊曾被贬为长沙太傅，故称“贾傅”。参见《异俗二首》其二注。贾谊在长沙时，“鹏鸟集其承尘”。鹏鸟类似猫头鹰，但只出现在诗文中，被当作预示着这家主人之死的不吉之鸟。贾谊恐惧于鹏鸟的出现，写作了《鹏鸟赋》（事见《西京杂记》卷五）。“承尘”是天花板。宋代的地理书《方舆胜览》“长沙”条记载，长沙以南六里处有“贾谊庙”，是贾谊旧宅。但据时代更早的北魏《水经注·湘水》“长沙”条记载，官舍西面有“陶侃庙”，传说那原是贾谊的家。唐代的记录有《元和郡县志》“长沙”条所云“贾谊宅在县南四十步”“陶侃墓在县南二十三里”。可以认为两人的遗迹在李商隐生活的时代仍然存留。

目断 凝眸远眺，直到视线能及之处的尽头。

故园 故乡。

人不至 并不是“一个人也没有来”，而是特定的某个人没有来。因为身在异乡感到不安，便越发思念知心好友。

松醪 带有松针香气的浊酒。唐贞元年间（785—805），长沙男子受到船夫款待，喝了“松醪春”酒，该传说见于《太平广记》卷一五二“郑德璘”条，多在有关长沙的话题中被提及。

诗型·押韵 七言律诗。单用上平一东（空、中、丛、风、同）。平水韵：上平一东。

*

本诗将有关潭州（长沙）的典故、人物与眼前景色融合起来进行歌咏。开头二字既是诗题，也是全诗的主题。虽说惯例是诗中使用旧地名来歌咏与现实世界性质迥异的诗歌世界，但这首诗却反而使用作为现实行政区划的地名。“官舍”作为诗语也缺乏特性。诗人由此在强调“如今”的地点的基础上，将有关长沙的过往事迹与之重合。运用对句的两联四个典故，带有怎样的抒情性呢？“湘泪”是失去夫君的妃子的悲哀，“楚歌”是被君王放逐的臣子的悲哀，在“失去夫君 / 君王的悲哀”这一点上是相通的。在此地树立战功的“陶公”，被贬谪至此的“贾傅”，这一联虽将失败与成功相对照，但两者如今都无迹可寻。如果认为对于典故的选择反映了作者的心情，那么可以说李商隐将人世功业的虚无与自身的不遇重合了起来。描绘了古今人事的诗，也以自身的不遇、孤独的悲哀收尾。

哭刘司户二首

其一

离居星岁易，失望死生分。
酒瓮凝余桂，书签冷旧芸。
江风吹雁急，山木带蝉曛。
一叫千回首，天高不为闻。

远隔两地居住历经岁月流逝，生死相隔再会已然无望。

瓮中剩余的桂酒凝固了，夹在书中的书签那陈旧的芸香也正在变冷。

长江的风猛烈地吹着长途飞行的大雁，山上的树木间回荡着蝉鸣，天色逐渐昏沉。

即便每高呼一声就一千次回头望向他曾经身处的方向，可天太高了，不会听见这悲痛的声音。

刘司户　刘蕡，字去华，为中唐时骨鲠之士。宝历二年（826）进士及第，大和二年（828）应贤良方正能直言极谏科时，呈上了激烈攻击恣意弄权的宦官势力的对策，虽然考官们很佩服他，但畏惧宦官，还是将他黜落。考中制科的人中间，甚至有人羞愧于刘蕡落第自己却及第而辞退了所授官职。刘蕡在令狐楚、牛僧孺幕府受到重用，但宦官异常痛恨他，刘蕡最终被贬为柳州（广西壮族自治区柳州市）司户参军并死于该地。刘蕡死后过了六十多年，唐末时他被追赠为左谏议大夫，作为不畏权势的义士而闻名。李商隐可能经由令狐楚介绍而与刘蕡相识，敬慕其为人，刘蕡被流放至柳州时他作有送别诗《赠刘司户》；刘蕡死后，在这两首诗外李商隐还作有《哭刘蕡》《哭刘司户蕡》，共计四首诗。

离居　远隔两地居住。语出《礼记 · 檀弓》“离群索居”（孤身一人居住）。

星岁　指时间。

酒瓮　装酒的瓮。

余桂　“桂”是桂酒，是浸泡有桂花的高级酒。桂花和下一句的“芸”都是香气浓烈的植物。

书签　夹在书页中间的纸片。

旧芸　“芸”是名为芸香的香草，用于为书籍驱虫。

“天高”一句　虽说“天高听卑”（见于《史记 · 宋微子世家》等），但上天不会倾听自卑微之处发出的声音。

诗型 · 押韵　五言律诗。单用上平二十文（分、芸、曛、闻）。平水韵：上平十二文。

其二

有美扶皇运，无谁荐直言。

已为秦逐客，复作楚冤魂。

湓浦应分派，荆江有会源。

并将添恨泪，一洒问乾坤。

品德高尚者支撑着王朝的前途，但是却没有一人推举那直言之士。

他不仅像收到秦朝的逐客令一样被赶出长安，更像含冤而死的屈原一样横死于楚地。

长江流到湓浦这里，分成了几条支流呢？明明上游的荆江还将众多水流汇合到了一处。

至少将这悲叹的泪水洒入长江水中，将所有泪水都注入土地来质问乾坤。

有美　从《诗经·郑风·野有蔓草》的“有美一人，清扬婉兮”中取开头二字的词语。指人格高尚、能力出众的人。

皇运　皇帝的命运。

直言　进谏的大臣。这句指刘蕡应试贤良方正能直言极谏科而被黜落之事。

秦逐客　秦始皇仍号秦王的公元前237年，曾搜捕并流放从全国各地进入秦国的游说之士。后来成为丞相的李斯身为楚人，上书议论应当广招人才，《逐客令》因而被废止（《史记·秦始皇本纪》）。此句通过秦地长安这一共同点，将秦国之逐客与刘蕡被逐出长安之事相重合。

楚冤魂　楚国的屈原被诬而遭流放，自沉于汨罗江。杜甫作《天末怀李白》诗，以为李白已死而有“应共冤魂语，投诗赠汨罗”之句，推想李白在黄泉与屈原交谈。此句将屈原之事与刘蕡在远离都城的南方蒙冤而死之事相重合。

湓浦 江州浔阳（江西省九江市）的地名，是湓水与长江合流的地区。一说《哭刘蕡》“湓浦书来秋雨翻”所述的是刘蕡的讣报，其人死于湓浦。若依此说，则刘蕡是在从柳州被召回京的途中死去的。

分派 “派”是支流。长江流至浔阳，分为九条支流（《汉书·地理志》）。

荆江 长江流经荆州（湖北省荆州市）附近的水域之名。

会源 长江在荆州地区受到洞庭湖水注入，并与流经湖南省的各条江水汇合。这两句指曾聚集在刘蕡周围的人都陆续远离。

“并将”一句 由几条水流汇聚起来、又分成几条支流各自流淌的长江，也像是为哀悼刘蕡之死而垂泪。

乾坤 天地。“问乾坤”意为想要质问上天刘蕡的所作所为是否正确。

诗型·押韵 五言律诗。共用上平二十二元（言、源）和二十三魂（魂、坤）。平水韵：上平十三元。

*

本诗哀悼遭宦官怨恨、功业未竟而死的友人刘蕡。李商隐的恋爱诗描绘朦胧的世界，政治诗却率直明快，展现出完全不同的另一面。对于当时政局幕后掌握权势的宦官，朝臣们虽然憎恶，却也不敢公然明言，李商隐却毫无忌惮。他时常直截了当地批判时局，或许是因为官位卑微才自由地发表言论，但尽管如此，在与他处境类似的下层官员中间却也没有出现这类激烈言辞，还是应该归因于李商隐的个性。哀悼形同被宦官杀害的刘蕡的死，无异于是在攻击宦官。李商隐写作了四首哀悼刘蕡之死的诗篇，表明他承受了极大的悲痛。此外，一般士人写作有关政治的诗文时，常常算计自己在官场上的利害得失，但这首诗却可说完全是真情流露。

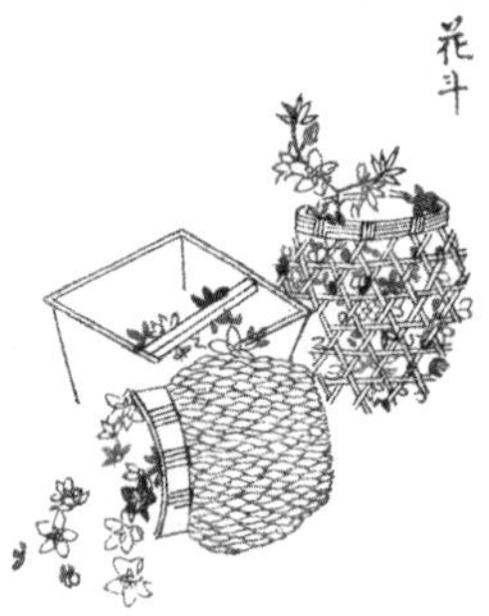

乐游原

向晚意不适，驱车登古原。
夕阳无限好，只是近黄昏。

时近黄昏，心情郁结。驱车前往那留存着古代遗迹的乐游原。

夕阳无限美丽，在这天色不断昏暗下去的薄暮时分。

乐游原　乐游原是位于长安东南的踏青胜地。该处有可以遍览周遭风景的高台。李商隐另外还作有五言律诗《乐游》和七言绝句《乐游原》。

向晚　将近日落时分。王维《晚春闺思》有“向晚愁思多，闲窗桃李时”之句。李商隐另有五言律诗《向晚》。

古原　乐游原上有汉代的庙，所以称之为“古原”。

只是　一味地。

诗型・押韵　五言绝句。共用上平二十三元（原）和二十三魂（昏）。平水韵，上平十三元。

*

此诗是吟咏落日的绝唱。因落日西斜而感到郁闷的诗人，想要放松心情而前往视野开阔之处。乐游原被称作“古原”，由此也引发了对于过去漫长历史中人们的功业的追思。诗人在那里见到落日，也不说明其美在何处，只是用“好”这个最为单纯、却又包含了无限意味的、近于感叹词的词发出感叹。“只是”既可以理解为意为转折的“但是”，也可以解释为与“只管”同义的“一味”的意思。这样一来，此句与前一句就不一定存在转折关系。诗人尽管明白太阳终归要沉下地平线、自己将被暮色笼罩，却还是对时刻变化着的夕阳心驰神往。

北齐二首

其一

一笑相倾国便亡，何劳荆棘始堪伤。
小怜玉体横陈夜，已报周师入晋阳。

美人一笑，一国立即灭亡。也不必在国都荆棘丛生后再为灭亡而悲叹。

您看后主的宠妃小怜的故事——她娇艳的身体横躺着的那天夜里，不是很快传来了北周军队攻入晋阳的消息吗？

北齐 北方王朝之一。550 年，鲜卑族高氏夺取东魏政权建立了北齐，王朝存续不满三十年，577 年就被北周灭亡。北齐事实上的末代皇帝高纬对政治漠不关心，也没有执政能力，只是爱好歌舞音乐。高纬自作《无愁曲》并令人合唱，因而被称为“无愁天子”（《北齐书·后主纪》）。李商隐另有歌咏此事的诗作《无愁果有愁曲北齐歌》。皇帝荒淫导致亡国，这是李商隐经常使用的诗歌题材。

一笑 笑容是美女具有蛊惑性的表情。周幽王宠爱的褒姒从不露出笑容，幽王就点燃报警的烽火来召集诸侯。明明没有紧急军情，但奔驰而来的人们还是十分紧张，褒姒见到这个场景才初次“大笑”起来。幽王很欢喜，此后也多次点燃烽火，终于弄到点燃烽火后无人赶来的地步，招致了国家的灭亡（《史记·周本纪》）。白居易《长恨歌》中也描写杨贵妃“回眸一笑百媚生”。

相倾 西汉李延年歌唱“北方有佳人，遗世而独立。一顾倾人城，再顾倾人国”之歌，将自己的妹妹献给汉武帝，其妹成为李夫人并备受宠爱（《汉书·孝武李夫人传》）。这是“倾城”“倾国”之语的出典，而歌曲原本意为整条街、整个都城中的人们都为了看到美人而集中在一处，于是街坊、都城就如字面意思所示一般“倾斜”了。

荆棘 “荆”“棘”都是有刺的灌木。两个字连起来是声母相同的双声词。吴国忠臣伍子胥向吴王夫差进谏的说辞称，奸臣环绕导致“城郭丘墟，殿生荆棘”（《吴越春秋·夫差内传》）。这里指都城荒废。

小怜 北齐后主高纬宠爱的冯淑妃之名。“怜”又写作同音的“莲”。她本是穆皇后的侍女，因为聪明伶俐、擅长琵琶和歌舞而被后主看中，纳入后宫。据《北史·后妃传·冯淑妃传》记载，她受宠时“后主惑之，坐则同席，出则并马，愿得生死一处”。

玉体 敬词，贵体。此处指美女的肉体。

横陈 横躺。专用于女性的身体。徐陵《玉台新咏序》有“西子（即西施）微颦，得横陈于甲帐”之句，“玉体”“横陈”多见于南朝的艳诗总集《玉台新咏》。

周师入晋阳 武平七年（576）冬，北周宇文邕攻入北齐，夺取了北齐的根据地晋阳（山西省太原市）。后主逃至国都邺城（河北省临漳县），但人心涣散，不得不退位。到了第二年，邺城也被攻占，后主带着继承帝位的八岁儿子高恒和冯淑妃逃往南朝的陈朝，但在路上被俘虏。

诗型 · 押韵 ‖ 七言绝句。单用下平十阳（亡、伤、阳）。平水韵：下平七阳。

其二

巧笑知堪敌万机，倾城最在著戎衣。
晋阳已陷休回首，更请君王猎一围。

微笑能敌得过天子的繁忙政务吗？她的色香和穿着军装的艳丽身姿，在城破之际威力最为巨大。

晋阳已经陷落了，但您别回头去看。陛下，让我们再一次围成包围圈去狩猎吧。

巧笑 女性富有魅力的笑容。《诗经 · 卫风 · 硕人》有“巧笑倩兮，美目盼兮”之语。根据毛传，这是歌咏庄姜美貌的诗，她是庄公的正妻，在丈夫被情人迷得神魂颠倒时仍然表现出坚强的一面。《论语 · 八佾》中子夏也引用了这句诗。此语在后世艳诗中被用于表现女性具有蛊惑力的神情。

敌万机 “万机”指天子所执掌的许多事务。《尚书 · 皋陶谟》中写作“万几”，据伪孔传，“几”是“微”之意。

倾城 美女。参见“其一”注。

戎衣 战时的着装。也是狩猎时的着装。

猎一围　将猎物包围起来进行狩猎。据《北史·后妃传·冯淑妃传》，后主围猎时得到了北周军队进逼晋阳的消息，打算返回，冯淑妃却缠着说“更请杀一围”，后主依其所言，返回晋阳时城池已经陷落。

诗型·押韵　七言绝句。单用上平八微（机、衣、围）。平水韵：上平五微。

*

君主惑于女色而导致亡国的故事古已有之，近者在唐代还有玄宗迷恋杨贵妃而引发安史之乱的说法。本诗用作题材的北齐之灭亡也是其中一例。“其一”中横卧的女性身体和入侵的士兵，“其二”中陷落的危机和无视危机沉迷狩猎的逸乐，两者都令国家的要务与女色的享乐相对峙，这种对比由“巧笑敌万机”明确点出，由此可以解读出君主不可沉迷女色的训诫。但李商隐似乎并不打算强调君主的正确做法，因为他描写胜过繁忙政事的美艳魅力，其手法中充满了力量。李商隐的咏史诗时常写到国家灭亡的场面，其中可见价值观的反转，以及对于走向灭亡的事物的特殊爱好。“倾城最在著戎衣”，这一句令作为享乐对象的艳冶柔弱的女子穿上粗莽而注重实用性的军装，将相隔最远的两种事物联系起来，流露出一种倒错性的色情感。

南朝

玄武湖中玉漏催，鸡鸣埭口绣襦回。
谁言琼树朝朝见，不及金莲步步来。
敌国军营漂木柹，前朝神庙锁烟煤。
满宫学士皆颜色，江令当年只费才。

宋文帝在玄武湖游乐，爱惜玉制水漏中不断流逝的时间而耽于玩乐。南齐武帝前往鸡鸣埭游玩，因身着短绣衣的宫女们回旋起舞而兴味盎然。

光辉闪耀的玉树每天早晨都出现，陈后主的张贵妃和孔贵嫔曾被如此歌咏。是谁说，她们的美比不上每一步踏在地上都盛开出黄金莲花的南齐东昏侯的潘妃呢？

敌国隋军的阵营中，木屑随水漂流，用正在建造战舰的消息警告对方。相形之下，陈朝连先帝的灵庙都被烟煤熏黑。

住满后宫的女学士各个美貌不相上下。那可怜的尚书令江总，当时为了赞美她们的容貌而一味地浪费了诗才。

南朝 定都建康（江苏省南京市）的宋、齐、梁、陈诸王朝。从东晋十六国到隋统一全国为止的近三百年间，中国分裂为汉民族统治的南方和北方民族统治的北方。北朝的质朴刚健和南朝的纤细华美常被视为对立的风气。李商隐另有题为《南朝（地险悠悠）》的七言绝句。

玄武湖 南京市北郊的湖。南朝宋文帝进行疏浚并在此游乐。《陈后宫（玄武）》中也有"玄武开新苑，龙舟燕幸（皇帝临幸而召开宴会）频"之句。

玉漏催 玉制的水漏像是催促人们一般显示时间的流逝。对于大兴土木、彻夜游玩的皇帝，曾有大臣进谏（《南史·何尚之传》），但文帝忘记了时间而耽于享乐。

鸡鸣埭 玄武湖北面的堤名。南齐武帝多次带领宫女们行幸琅琊城，前往宫中出席早朝时行经玄武湖堤听见鸡鸣，故称该处为"鸡鸣埭"（《南史·后妃传·武穆裴皇后传》）。"埭"意为堤坝。

绣襦回 "绣襦"是饰有刺绣、长不及膝的短衣。这里指伴驾的宫女们。"回"指起舞时短衣旋转。

琼树 宝玉般美丽的树木。本自陈后主赞美张贵妃、孔贵嫔的美貌而作的《玉树后庭花》"璧月夜夜满，琼树朝朝新"（《陈书·后主沈皇后传论》）之句。"琼"和"璧"都是美玉。

"不及"一句 南齐末代皇帝东昏侯用金子铺地作成莲花纹样，让爱姬潘妃在其上行走，谓之"此步步生莲华也"（《南史·齐本纪》）

敌国 指隋。据《南史·陈本纪》，宣帝驾崩后隋派使者前往吊问，"修敌国礼"。

漂木柹　隋文帝建造战船之时，有人劝他暗中进行此事，文帝则说，欲行天诛，无须隐瞒，让造船的木屑在长江里漂流，让陈朝知道己方即将进攻而改正惑溺之过也好(《南史·陈本纪》)。“柹”是木屑。诗的后半部分集中吟咏陈王朝的史实。

“前朝”一句　不在供奉先帝神灵的御庙中举行祭祀，将御庙置之不顾。陈后主怠于祭祀先帝，沉溺酒食，并斩杀了谴责此举的章华（《陈书·章华传》）。“烟煤”是煤的烟雾。

“满宫”一句　陈后主（陈叔宝）封有文才的宫女者为“女学士”，宴游之时命她们作诗。“颜色”是美貌。

江令　陈朝宫廷的御用文人江总。因他曾任尚书令而被称为“江令”。《陈书·江总传》云，“（江）总当权宰，不持政务，但日与后主游宴后庭。共陈暄、孔范、王瑳等十余人，当时谓之狎客。由是国政日颓，纲纪不立”。此句意为江总等人本该投身国政，却只将才华倾注在叙写享乐的诗作中。

诗型·押韵　七言律诗。共用上平十五灰（催、回、煤）和十六咍（来、才）。平水韵：上平十灰。

*

这首咏史诗展开叙述南朝各位帝王所沉溺的种种逸乐。虽然其中包含了对耽于享乐的批判，但那不过是咏史诗的常套，歌咏由逸乐走向毁灭这一过程中的危险的美感，恐怕这才是作者的本意。李商隐的以南朝和隋为主题的诗中，大多有这种毁灭之美在散发着妖艳的光芒。

夜雨寄北

君问归期未有期，巴山夜雨涨秋池。
何当共剪西窗烛，却话巴山夜雨时。

你问我什么时候回去，但我不知道归期。此地在巴国山谷之中，秋夜冷雨连绵不断，雨水涨满了池塘。

何时才能在那西窗边上，一起边剪着烛芯边聊天呢？聊一聊巴山中夜雨连绵的今日此时。

巴山　“巴”是四川省东部一带的古称。属于巴国的山有巫山，令人联想到楚怀王梦中与巫山神女交合的故事。参见《重过圣女祠》诗注。

何当　何时。提问未来的时间的疑问词。含有“什么时候才能”的祈愿心情。

剪西窗烛　“剪烛”是剪去燃烧后附着在蜡烛芯上的残屑，令火焰变得明亮。这里表现出经过了一段时间。另外，残屑形成花的形状的“灯花”是吉兆，被认为象征着所等待之人将会前来。“西窗”与女性居室常常位于西方有关。

却　表示思绪或动作转向与原先相反的方向。此处意为回忆往昔。

诗型·押韵 七言绝句。共用上平五支（池）和七之（期、时）。平水韵：上平四支。

*

这是诗人独居巴地、寄给远在都城等候自己归去的女子的诗。一说此诗系大中二年（848）李商隐在巴蜀时所作，但这一时期他是否曾前往巴蜀也很可疑。或许系于大中五年至九年在梓州（四川省绵阳市）柳仲郢幕中时所作更为妥当。若从后说，则此时其妻王氏已死。过去多认为此诗是寄给妻子的作品，但"北"没有指妻子的意思。高丽本等作"内"，依此则赠诗对象是妻子。但这也可能是从此诗乃赠内之作的说法中生发出的文字异同。若解释为寄赠友人之作，则巴山令人联想到古来著名的楚王与巫山神女的欢会，不甚恰当。从诗中只提到了"北"这一方向来看，认为这是赠给隐秘的恋人的诗作比较合适。尽管赠诗对象不能确指，但地点、时间的状况都很清晰，在李商隐的恋爱诗中是明白易懂的一类，可以认为实际上是被当作书信而寄出的。绝句、律诗等近体诗有着不能重复使用同一字的规则，这里却故意反复使用了"期"和"巴山夜雨"。前一个"期"是期待再会的时期，后一个"期"是不知何时才能再会的时期。前一个“巴山夜雨”是与当下的心情相似的冷清寂寥的光景，后一个“巴山夜雨”是共枕而眠时可以诉说的过去的夜雨光景。夜雨涨满了秋天的池塘，这也是凄切的思绪充盈胸中的心情之写照。虽然本诗很短，但“现在”与“未来”交错其中。从现在推想未来，又从未来的时间点上回顾已经成为过去的现在，诗人在现在的时间点上想象着这一切。

陈后宫

茂苑城如画，阊门瓦欲流。
还依水光殿，更起月华楼。
侵夜鸾开镜，迎冬雉献裘。
从臣皆半醉，天子正无愁。

都城中茂苑绵延，如画一般美丽，阊门的瓦片像流水一样闪烁着粼粼波光。

想着能从水光殿中欣赏到水与光的嬉戏，又建造了能够赏玩月光的月华楼。

打开雕刻鸾鸟纹样的镜子化妆直到深夜，到了冬天珍奇的雉首裘也被进献入宫中。

陪臣们都快醉倒了，无愁天子正如这个外号一样无忧无虑。

陈后宫 “后宫”不同于商议政事的场所，是天子的私人生活区域。李商隐时常吟咏陈后主（陈叔宝）耽于享乐而导致亡国之事，其他还有《南朝（玄武湖中）》《隋宫》等诗。诗人还作有同样题为《陈后宫》的七言律诗。

茂苑 自左思《吴都赋》（《文选》卷五）云“带朝夕之浚池，佩长洲之茂苑”以后，作为吴都建业的庭园之名的“茂苑”

就被半当作专有名词使用。

城 指街市。

阊门 吴国都城的西门。

水光殿 月华楼 以此为名的宫殿楼阁不见于史书，可能意为“可以赏玩水光、月华的宫殿、楼阁”。陈后主不断修建宫殿，并多立名目以征税，事见《南史·陈本纪》。

鸾开镜 引用南朝宋范泰《鸾鸟诗序》（《艺文类聚》卷九〇所引）所述的故事。从前罽宾国王捕获了一只鸾鸟，但鸟不鸣叫。夫人说鸾鸟看见同类就会鸣叫，不如让它照镜子试试看。鸾见到了镜中的身姿，不断发出悲痛的鸣声，半夜里颤抖着死去了。这是李商隐常用的典故。此处指鸾镜（雕刻着鸾鸟花纹的镜子）。“鸾开镜”是“开鸾镜”语序颠倒而成。

雉献裘 西晋武帝时有人进献了雉首裘，武帝认为典礼禁止使用珍奇之物，在宫殿前将其烧毁了（《晋书·武帝纪》）。“雉献裘”是“献雉裘”语序颠倒而成。

无愁 北齐后主高纬爱好弹奏琵琶，自作《无愁曲》。世间由此称其为“无愁天子”。参见《北齐二首》。

诗型·押韵 **五言律诗。共用下平十八尤（流、裘、愁）和十九侯（楼）。平水韵：下平十一尤。**

*

本诗与《南朝（玄武湖中）》一样，运用并非陈朝的其他王朝的典故，吟咏了南朝、特别是陈朝的那沉溺享乐而没有察觉存亡危机的情形。诗歌由俯瞰整个都城的视角出发，转向城门、宫殿，最后是室内，观察的焦点逐渐缩小，每一句的措辞都十分艳丽。“侵夜”两句表明人们为了追求逸乐，其举止甚至脱离了常轨。

石榴

榴枝婀娜榴实繁，榴膜轻明榴子鲜。
可羡瑶池碧桃树，碧桃红颊一千年。

纤弱多姿地生长着的石榴枝条，垂在枝头已经熟透了的石榴果实。透明似的薄薄的石榴皮，颜色鲜艳的石榴籽。

但还是生长在仙界瑶池畔的碧桃树更令人羡慕。三千年才结一次果的碧桃树，她那脸颊的艳红颜色也能保持一千年吧。

石榴 石榴。也指据传是汉代张骞从西域安石国（安息国，即西亚的帕提亚王国，汉字是阿萨息斯王朝的音译名称）带回中国的安石榴。

婀娜 形容女性的纤弱姿态的叠韵词。也可以像此诗一样用来形容树木枝条的柔弱多姿。

榴膜 不见其他用例，应该是指包裹着石榴籽的薄薄外皮。这层外皮像纸一样薄，有关叙述见于《酉阳杂俎》“木篇”所云“南诏石榴，子大，皮薄如藤纸”。

轻明 薄而透明。南朝梁江洪歌咏红色纸笺的诗中有“灼烁类蕖开，轻明似霞破”之句。

榴子　“榴实”指石榴的果实，与之相对，“榴子”指果实中的石榴籽。

瑶池　中国最西端的、西王母所居住的昆仑山山顶的池名。《穆天子传》云“（穆）天子觞西王母于瑶池之上，西王母为天子谣”，瑶池是西王母会见穆天子的场所。穆天子是周穆王被传说神化后的人物形象。仙界女王西王母与人间帝王欢会的故事，除穆天子外还有下一条注所引用的汉武帝故事。

碧桃　三千年才结一次果实的仙界桃树。传说老子曾和西王母一起吃碧桃（《艺文类聚》卷八六引《尹喜内传》）。据《汉武故事》，西王母于七月七日造访汉武帝处，把带去的桃子拿给他吃，武帝想要保留桃核，西王母笑称此桃三千年才结一次果，种在人间也无济于事。

红颊　年轻美丽的面颊。桃子的红色果皮被比作年轻女性的脸颊。韩愈咏女道士的诗《华山女》有“白咽红颊长眉青”之句。

诗型・押韵　**七言绝句。通押下平一先（年）、二仙（鲜）和上平二十二元（繁）。平水韵：下平一先和上平十三元。近体诗首句刻意用其他韵部的音近之字，运用这种技巧的诗作在中晚唐以后逐渐增多。**

*

本诗将石榴的艳丽与碧桃的长寿相对比，寓意女性的青春不能长久持续。反复使用“榴”字，视角从树枝到石榴籽不断贴近，描绘出各种具有魅惑性的石榴形象，但石榴花却被排除在外。石榴花花期短促不定，如柳宗元《始见白发题所植海石榴》等诗都有所吟咏。与之形成对照的是长寿的碧桃。虽说石榴花生命短暂，但诗却没有沉浸于感伤。不如说诗中蕴含着轻快的揶揄。诗人将名叫石榴的年轻妓女和名为碧桃的年长妓女并列在一起加以嘲讽，我们或许可以推测出这样的背景。

初 起

想像咸池日欲光，五更钟后更回肠。
三年苦雾巴江水，不为离人照屋梁。

浮现在眼前的，是太阳在咸池中沐浴，放射出光芒的情景。无法入睡时听到了五更的钟声，更令人悲伤不已。

三年间一直被笼闭在黯淡的雾气中，与巴江的水声共同生活在此地。连太阳也不为如此孤独的我照耀屋梁。

初起　刚刚起身。“初 + 动词”意为“刚刚开始做某事”。

想像　形象浮现在眼前。此词由同音字并列组成，表示形象浮现出来。

咸池　太阳升起时沐浴的地方。《淮南子 · 天文训》云“日出于旸谷，浴于咸池，拂于扶桑，是谓晨明”。

五更　将近天亮的时刻。参见《蝉》诗注。

回肠　令人的肠子都蜷曲起来的悲痛。宋玉《高唐赋》云“回肠伤气”。

苦雾　浓烈地笼罩着的雾气。也是给人以沉重痛苦之感的意象。鲍照《舞鹤赋》云“严严苦雾，皎皎悲泉”。事实上，巴蜀之地日照极少，以致有“蜀犬吠日”之说。

巴江水 流经巴地的长江支流。

离人 一般指与所恋男子分离的女子。参见《代赠二首》其二。不过此处“离人”指的是身为诗歌主体的男子。

照屋梁 苦苦等待着太阳的出现，这种心情与期待同所思女子相会的心情相重合。参见《无题（照梁）》诗注。杜甫《梦李白二首》其一有“落月满屋梁，犹疑照颜色”一句，所写不是明亮的日光而是冰冷的月光，不是来访而是告辞离去，与本诗形成对照，但正如杜甫描写李白出现在自己梦中，这句诗或许含有“所思念的女子甚至都没有出现在自己梦中”之意。

诗型・押韵 七言绝句。共用下平十阳（肠、梁）和十一唐（光）。平水韵：下平七阳。

独自一人无法入眠，迎来了被重重雾气笼罩的清晨，热切盼望着明亮的阳光。诗人心中充满了异乡生活的无聊、孤独和对如此生活的厌恶情绪，他对阳光的期盼，也可以理解为对所思念的女子的恳求。

宿骆氏亭寄怀崔雍崔衮

竹坞无尘水槛清，相思迢递隔重城。
秋阴不散霜飞晚，留得枯荷听雨声。

竹丛茂密的堤上没有尘埃，凉亭的栏杆也清洁怡人，从这处住所向远隔多重城墙的你遥寄相思。

秋日天空低垂，秋霜尚未降下。打在枯萎的莲叶上的雨声一直充盈在耳畔。

骆氏亭　长安东城门春明门外的楼台。据说系中唐人骆浚所建造。

崔雍　崔衮　李商隐曾经的府主崔戎的两个孩子。

竹坞　“坞”原指土坝或是被土坝包围的村子以及相似地形，这里描述水边的场景，指用土堆高的堤坝。

水槛　水边的栏杆。

相思　动词前的“相”突显了动作所作用的对象。与日语的“相思”意为互相思念不同，这里指思念对方。

迢递　相隔很远。

重城　包围着都城的多重城墙。

秋阴　秋季的阴天。

霜飞晚　《礼记·月令》云季秋（旧历九月）“霜始降”。如“风厉霜飞”（西晋张载《七命》）所示，“飞”这个动词常被用于表现“霜”。

诗型 · 押韵 ‖ 七言绝句。单用下平十四清（清、城、声）。平水韵：下平八庚。

*

诗人一边思念着长安城内的友人，一边沉浸于郊外住处的寂静。水边凉亭清净又静谧的氛围令人心旷神怡。诗人对友人的思念也很沉稳，与置身之处的澄明氛围融为一体。结句也可以解释为风吹过枯萎的莲叶，那声音听起来就像是雨声一样。不仅是和歌，中国诗中也有很多类似将落叶的声音误听成连绵雨声的叙述。不过这里解读为“雨水落在枯萎的莲叶上，响起清冷的声音”会更好。“枯荷”之外还有“败荷”“衰荷”，李商隐爱好歌咏枯萎的莲叶，后世便将这些词当作诗语不断使用。其中此句尤其著名，《红楼梦》中有女主角林黛玉吟咏此句的场景。苏州名园拙政园中也有依此句命名为“留听阁”的建筑。

风雨

凄凉宝剑篇，羁泊欲穷年。
黄叶仍风雨，青楼自管弦。
新知遭薄俗，旧好隔良缘。
心断新丰酒，销愁斗几千。

令郭震获得提拔的《宝剑篇》，每每读到都心绪难平。此生不仅未得提拔，今年也即将在漂泊中结束。

风雨越发猛烈地吹打着黄色枯叶，青楼上传来肆无忌惮的乐声。

新交的朋友显示出薄情的态度，旧识远离了我。

效仿马周痛饮失意之酒，仍旧肝肠寸断。这种愁绪，用一斗酒能销去吗。

宝剑篇 初唐时人郭震的诗。郭震（656—713），字元振，任县尉时向武则天进献《宝剑篇》诗，受到赞赏而得以出人头地。郭震后来在边境建立武功，睿宗、玄宗时任宰相，后因触怒玄宗被贬，失意而死（《新唐书·郭震传》）。《宝剑篇》歌咏工匠倾注心血铸造的名剑虽遭到埋没仍能发出剑气，寓意诗人之怀才不遇。

欲穷年　也指人生即将终结，此处指一年即将结束。

“黄叶”一句　“黄叶”是泛黄逐渐枯萎的树叶。汉武帝《秋风辞》有“草木黄落兮雁南归”之句。“仍”意为本来就枯萎坠落的树叶更加飘零。

青楼　涂着鲜艳色彩的豪华建筑。妓女的住宅。曹植《美女篇》云“青楼临大路，高门结重关”。

新知　新结交的人。

薄俗　人情之淡薄。

旧好　过去就相熟的人。

良缘　良好的人际关系。韦应物《酬张协律》诗云“遭时无早晚，蕴器俟良缘”。

新丰酒　用初唐人马周的典故。马周未发迹时在新丰（陕西省西安市临潼区）的旅馆里喝闷酒，后来得到唐太宗的重用（《旧唐书·马周传》）。他是出身微贱而后发迹的典型人物，常被用在感慨不遇的诗作中。

斗几千　王维《少年行四首》其一云“新丰美酒斗十千”，一斗酒价值一万钱。此处袭用该句。

诗型·押韵　**五言律诗。共用下平一先（年、弦、千）和二仙（篇、缘）。平水韵：下平一先。**

*

本诗属于中国古典诗歌中常规的歌咏贤人失志的诗。首联和尾联用“宝剑篇”、马周“新丰”酒等常见典故，虽然略显敷衍，但中间两联并不平庸。落叶遭受风吹雨打不断腐朽，与之相对，青楼上那与自己毫无关系的管弦交响却一如既往。“自”一字很好地表现出作者的寂寞无聊。“新知”“旧好”不是被一般化的世间人物，背后当然存在着若隐若现的具体人物，诗句因而萦绕着痛切之感。

庄生晓梦迷蝴蝶，望帝春心托杜鹃。

梦泽

梦泽悲风动白茅，楚王葬尽满城娇。
未知歌舞能多少，虚减宫厨为细腰。

茅草的白穗波浪般覆盖了整个云梦泽，冷风摇动着白茅显得十分悲切。这片湿地的泥土中，埋葬着古代因楚王而死的城中美女们的骸骨。

她们的歌舞技艺究竟如何呢？为了博取爱好细腰的楚王的宠爱，她们减少进食甚至饿死了。

梦泽　“云梦泽”的简称。云梦泽是位于楚国的广阔沼泽地。司马相如《子虚赋》云“臣闻楚有七泽。尝见其一……名曰云梦”。

白茅　茅草。茅草伸展着白色的穗子，覆盖了整个湿地。这是楚国向周王朝进贡的当地特产，用于在祭祀时筛酒。白色是令人联想到葬礼和死亡的颜色。

楚王　这里指春秋时期的楚灵王（前540—前529在位）。据说他喜欢纤瘦的美女，为此节食饿死的人不断增加。《韩非子·二柄》云“楚灵王好细腰，而国中多饿人”。

满城娇　满城中的美女。“娇”即艳丽之意，或指艳丽的美女。

能多少　“多少”是“几个”之意。“能”不是“能够”，而是置于数量疑问词前表示疑问语气。另外，疑问词前的“不知”“未知”等词，不是“不知道”而是“……吗”的意思。

诗型 · 押韵 ‖ **七言绝句。通押下平四宵（娇、腰）和五肴（茅）。平水韵：下平二萧和三肴。**

*

这首咏史诗将因楚王而丧命的宫女们的故事同云梦泽上茅草丛生的景象联系在一起。晚唐时，选取历史上的一个片段写成曲折有致的绝句，这种咏史诗很流行。此诗前两句描绘了广阔无垠的云梦泽中白茅随风摇动的荒凉风景，下接对于埋葬于此地的美女们的想象，景与情以悲痛的形式相互交融。诗歌后半则讽刺道：本来应该以歌舞为主业的宫女，为迎合王的喜好而饿死了，这样不是连歌舞都无法表演了吗？但是与这种曲折相比，这首诗描绘的埋葬在泥土中的美女形象更为鲜明而浓烈。美女的尸体埋在泥土中——无比艳丽的事物与污秽而丑恶的事物联系在一起的残酷之感，这正是李商隐的喜好，《景阳井》诗亦有“肠断吴王宫外水，浊泥犹得葬西施”之句，歌咏了埋葬在泥土中的美女西施。

七月二十八日夜与王郑二秀才听雨后梦作

初梦龙宫宝焰然，瑞霞明丽满晴天。
旋成醉倚蓬莱树，有个仙人拍我肩。
少顷远闻吹细管，闻声不见隔飞烟。
逡巡又过潇湘雨，雨打湘灵五十弦。
瞥见冯夷殊怅望，鲛绡休卖海为田。
亦逢毛女无憀极，龙伯擎将华岳莲。
恍惚无倪明又暗，低迷不已断还连。
觉来正是平阶雨，未背寒灯枕手眠。

梦境始于宝物灿烂生辉的龙宫。晴空万里，吉祥的锦云绵延不断。

不久我酒力上涌，倚靠着蓬莱山的仙树，有仙人拍着我的肩膀。

又过片刻，远远地传来笛声。虽能听见声音，但身姿被雾霭遮住，看不分明。

不一会儿更有阵雨降落在潇湘二江上。雨声好像湘灵弹奏五十弦瑟的声响。

一眼瞥见水神冯夷，他正悲伤地眺望远方。卖绡的人鱼也消失得无影无踪，眼看着大海逐渐变成农田。

也邂逅了华山的毛女，她显出百无聊赖的神色。巨人龙伯将华山的莲花峰擎在手掌之中。

无边无际的恍惚世界，刚以为要变得明亮却又转为昏暗。朦胧之间以为梦境要结束了，但梦仍在继续。

梦醒时分，连绵不绝的雨水已经积满了台阶，灯火微暗如旧，我枕着手肘睡了一觉。

王郑二秀才	王、郑二人名字不详。“秀才”在唐代是通过了乡试（地方考试）获得了参加进士考试资格的人的名称，也被用作一般性的对于尚未进士及第之人的尊称。
龙宫	龙王居住的海底宫殿。
焰然	光芒闪耀像是燃烧一般。
瑞霞	象征祥瑞的颜色鲜艳的云彩。
蓬莱	与方丈、瀛洲一样，是神仙所居住的东海三岛之一。
少顷	表示经过了很短一段时间的词语。
细管	可以指笔。此处则指又细又长的管乐器。
逡巡	此语也表示经过了很短的时间。
潇湘雨	潇水、湘水是自南方注入洞庭湖的水流。
湘灵	湘水之神。《楚辞 · 远游》云“湘灵鼓瑟”。
五十弦	传说中有着五十根弦的瑟。参见《锦瑟》诗注。
瞥见	扫了一眼。
冯夷	水神之名。《楚辞 · 远游》中前一句之后有“令海若舞冯夷”。海若是海神。
怅望	怀着悲伤心情眺望。杜甫《咏怀古迹五首》其二云“怅

望千秋一洒泪，萧条异代不同时”。

鲛绡 人鱼织出的绢织物。西晋左思《吴都赋》刘渊林注所引传说云，人鱼出自水中，借居在人类家中，每天卖绡。人鱼离去时主人要求得到织绡的工具，人鱼流泪而泪水化为珍珠。

海为田 海变成农田。指人间经过了甚至发生了地壳变动的漫长时间，而天界却只不过经过了一瞬。东晋葛洪《神仙传》记述仙女麻姑之语："接待以来（自从款待你以后），已见东海三为桑田。""沧海桑田"也被作为成语使用。《一片》诗也有"人间桑海朝朝变，莫遣佳期更后期"之句。

毛女 仙女之名。她曾是秦始皇的宫女，秦朝灭亡后她遁入华山成为了仙人。因浑身长满体毛而被称为"毛女"（刘向《列仙传》）。

无憀 同"无聊"。没有依靠、空虚的感觉。

龙伯 见于《列子·汤问》的传说中的大人国之名。此处指那里的巨人。

华岳莲 华山是五岳之一，在陕西省华阴市。华山的一座山峰形似莲花，被称为"莲花峰"。

恍惚 形容朦胧之态的双声词。

无倪 没有边界。

低迷 表现意识模糊的叠韵词。嵇康《养生论》云"夜分而坐，则低迷思寝"。出神时以为梦境已经中断了，但梦还在继续。全诗只有这两句对仗，形容在梦境与现实的夹缝中徘徊迷惘的状态。

平阶雨 指落下的雨水积满了台阶平面的状态。

未背寒灯 "背灯"指就寝时改变灯火的朝向使其变暗。也有版本"未"作"独"。

诗型 · 押韵 七言排律。一般将此诗归类为七言古诗，但钱锺书认为这是李商隐首创的散体(没有对句的)七言排律。共用下平一先(天、肩、烟、弦、田、莲、眠)和二仙(然、连)。平水韵：下平一先。

*

本诗通过铺陈光、声的丰富意象，描绘了梦中经历的神仙世界。在诗题中加上个人经验具体日期的做法始于杜甫。李商隐诗中也有好几个类似例子，但这首诗的“七月二十八日”究竟是对于作者有着特殊意义、还是单纯地出于记录目的而写下，已经无法知晓。旧注多采用前说，将此诗与诗人妻子之死联系起来。李商隐又有诗题为《七月二十九日崇让宅宴作》，与本诗诗题的日期相差一天，虽然似乎含有什么特殊意义，但两首诗中都没有同妻子之死直接相关的诗句。尽管无从考究有关诗人个人生活的意象，但本诗驱使视觉和听觉，铺陈徘徊在梦与现实之间而产生的种种幻想，是一首罕见的作品。“旋”“少顷”“逡巡”等表示时间经过的词语将梦的过程按时间顺序记录下来，以现实中的雨声为媒介将梦与现实交织在一起，这些都很贴合以梦为主题的诗。神话、传说中的人物逐个登场，而最初的华丽幻想也渐次转变为寂寥的心境。终于诗人从梦中醒来，恐怕王、郑二人也不知何时离去了，诗人意识到在这雨水连绵的夜里只剩自己孤身一人，诗在寂寞的思绪中收尾了。

漫成三首

其一

不妨何范尽诗家，未解当年重物华。
远把龙山千里雪，将来拟并洛阳花。

何逊和范云两人无疑都是出色的诗人。令人费解的是，当时两人为何如此对景物心醉神迷。

甚至特意拿来千里之外的龙山的雪，与都城洛阳的花朵并列在一起。

漫成　意为“很快写成的诗”。杜甫有五律《漫成二首》、七绝《漫成一首》，是以“漫成”为题的最早的诗。这是始于杜甫而由李商隐继承的一个例子。李商隐在这三首诗之外，还有七言绝句《漫成五章》。其中的两首与此处的三首连作都对前人诗作进行评论。以七言绝句的诗体进行诗歌批评，始于杜甫《戏为六绝句》，后来金代元好问的《论诗三十首》非常有名。至于这里的《漫成三首》，虽然后两首是五言绝句，但也是以诗论诗之作。

何范　梁朝诗人何逊和范云。传说范云见到何逊举秀才时的答卷，大为赞赏，虽然范云年长，但二人是“结忘年交好（不在意年龄差距的友谊）”（《梁书·何逊传》）的关系。何逊在后世的诗名更高，因擅长景物描写而知名。

尽　与日语的“全”“全部”不同，文言的“尽”和现代语的“都”一样，对于两个人或两件事物也可以使用。

物华　景物之美。

“远把”二句　“龙山”是见于《楚辞·大招》的“逴龙”之山，被认为是北方寒冷之地。此二句化用范云和何逊的联句。《范广州（范云）宅联句》中范云所作的四句云“洛阳城东西，却作经年别。昔去雪如花，今来花似雪”。两人在落雪时节分离、在花开时节重逢，以花喻雪、以雪喻花，通过本体、喻体的交换加以表现。联句中不曾提到龙山的雪，此处则一并化用了南朝宋鲍照《学刘公干体》的“胡风吹朔雪，千里度龙山”。李商隐在《送王十三校书分司》《韩冬郎即席为诗相送》二诗中也化用了范云、何逊的联句，似乎非常喜爱这句诗，此处虽然声称“无法理解”，实际上却是在表达赞赏。

诗型·押韵　七言绝句。单用下平九麻（家、华、花）。平水韵：下平六麻。

其二

沈约怜何逊，延年毁谢庄。
清新俱有得，名誉底相伤。

沈约被何逊的诗所吸引，颜延之贬低谢庄的作品。

但是何逊和谢庄都造语清新，这名声不是旁人能轻易损坏的。

“沈约”一句　沈约（441—513）是当时的文坛巨擘。他大大称赞过年轻的“何逊”，说“吾每读卿诗，一日三复，犹不能已”（《梁书·何逊传》）。“怜”是被对象深深吸引的意思。“感到同情、怜悯”不过是这种感情中的一部分。

“延年”一句　“延年”是颜延之（384—456）的字，他是与谢灵运齐名的南朝宋的代表性文人。谢庄（421—466）也是南朝宋的文人。颜延之贬低谢庄的逸事，见于《南史·谢庄传》：孝武帝询问颜延之对于谢庄《月赋》的意见，颜延之回答说“美则美矣，但庄始知‘隔千里兮共明月’”。孝武帝将此语转告谢庄，谢庄当即答道“延之作《秋胡诗》，始知‘生为久离别，没为长不归’”。帝闻之击掌大悦。“始知”意为作了这句诗后才明白了原本就简明易懂之事，含有惊讶和诋毁之意。谢庄《月赋》和颜延之《秋胡诗》是二人各自的代表作。

清新　赞扬表现手法新颖脱俗之语。杜甫将李白比作庾信，称赞其“清新庾开府，俊逸鲍参军”（《春日忆李白》）的诗句十分有名。

“名誉”一句　“底”与“何”同样表示疑问、反问，是绝句中使用的俗语性的词。此句意为虽然何逊受到称赞而谢庄被人贬低，但他们优秀的文学作品的价值并不会因批判而有所减损。其中蕴含着李商隐本人的“作品价值与他人的批评无关”的思想。

诗型 · 押韵 ‖ 五言绝句。单用下平十阳（庄、伤）。平水韵：下平七阳。

其 三

雾夕咏芙蕖，何郎得意初。
此时谁最赏，沈范两尚书。

歌咏傍晚雾气中盛开的莲花的诗，这正是何逊获得诗名的契机。

这时谁最为称赏？要数沈约和范云两位尚书。

“雾夕”一句　“芙蕖”是莲花的别名。《尔雅 · 释草》云“荷，芙蕖”。此句化用了何逊《看伏郎新婚》的前半四句“雾夕莲出水，霞朝日照梁。何如光烛夜，轻扇掩红妆”，何逊的诗将新娘之美比喻为朝霞和莲花。在何逊以前，曹植《洛神赋》“远而望之，皎若太阳升朝霞；迫而察之，灼若芙蕖出渌波”，将女神之美比作朝霞和莲花。

何郎　指何逊。“郎”是加在姓氏之后的用作男子美称的接尾词。

“沈范”一句　沈约和范云。因沈约曾任尚书令、范云曾任尚书右仆射而称为“两尚书”。

诗型 · 押韵 ▍ 五言绝句。单用上平九鱼(初、书)。平水韵:上平六鱼。

*

这组诗运用绝句形式评论以何逊为中心的梁朝诗人，是所谓的“论诗绝句”。这一崭新的文体始于杜甫，李商隐的这组诗则是杜甫之后的最早一例，以竞争诗意表达的凝练性的南朝文学为批评对象。与诗人采用绝句这一轻快的诗型也有关，这组诗并不从正面论诗，而是随心之所至，有时稍有反讽戏谑之感。

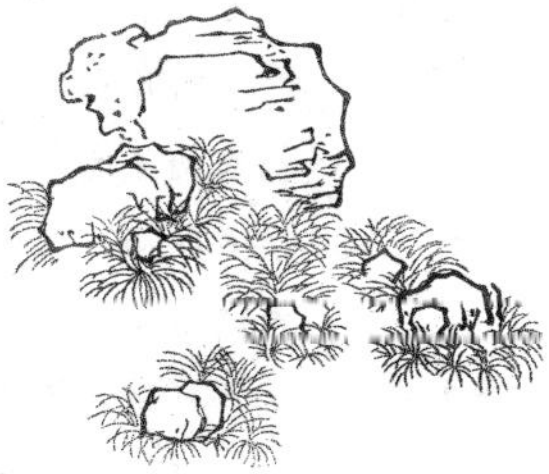

无 题

白道萦回入暮霞，斑骓嘶断七香车。
春风自共何人笑，枉破阳城十万家。

没有岔路的白色道路蜿蜒曲折延伸入暮空之中。多种香木制成的豪华马车，回响着毛色斑驳的骏马的嘶鸣。

春风毫无缘由地和谁人一起微笑？故意令阳城十万人家尽数毁灭。

无题　也有版本题作“阳城”。若题为“阳城”，则是从诗中选取二字当作题目的借题之作，显示出无题与借题的密切关系。

萦回　蜿蜒曲折。

暮霞　“霞”不是雾霭，而是早晨和傍晚时颜色鲜艳的云。

斑骓　毛色斑驳的马。古乐府《神弦歌》有《明下童曲》云“陆郎乘班（斑）骓”（《乐府诗集·清商曲辞》）。李贺承袭此句，《夜坐吟》有“陆郎去矣乘斑骓”之句，斑骓常常被与名为“陆郎”的贵公子联系在一起。

七香车　用多种香木制成的豪华的车。南朝梁简文帝《乌栖曲四首》其三云“青牛丹毂七香车，可怜今夜宿倡家”。

枉　更加地。

阳城　楚国的地名。宋玉《登徒子好色赋》序云“嫣然一笑，惑阳城，迷下蔡”。意为楚国的美女微微一笑，就令阳城和下蔡的人们都心醉神迷。

诗型·押韵　七言绝句。单用下平九麻（霞、车、家）。平水韵：下平六麻。

*

本诗吟咏妖艳氛围中妓女的魅惑之态。薄暮中不断延伸的白色道路，仿佛要被吸收进梦幻世界一般。上承白路与彤云的色彩对比，第二句运用听觉和嗅觉酝酿出华丽的氛围。乘坐毛色斑驳的马所拉的七香车的，根据典故应该是位高贵的男子，但这里可能是女子。“何人”指妓女，春天日暮时分的暖风与女子形象重合起来，指向她们的魅惑特性。

蝇蝶鸡麝鸾凤等成篇

韩蝶翻罗幕，曹蝇拂绮窗。
斗鸡回玉勒，融麝暖金釭。
玳瑁明书阁，琉璃冰酒缸。
画楼多有主，鸾凤各双双。

蝴蝶在薄绢窗帘上起舞——那被迫与妻子分离的韩凭转世化成的蝴蝶。苍蝇在有彩色纹饰的窗子上翻飞——那画家曹不兴所画、孙权想要赶走的苍蝇。

从斗鸡游戏中抽身骑马返回，房间里金灯盏中的麝香也被暖意融化。

从鳖甲窗中透进来的光照亮了整个书斋，用琉璃酒杯从酒瓮中舀出结冻一般醇厚的酒。

聚集在绚烂楼阁中的高贵客人们，都像鸾凤一样成双成对。

韩蝶 化用韩凭的传说。宋康王因家臣韩凭之妻貌美而强占了她，韩凭在狱中自杀。其妻在与王一同登台时跳下高台自杀殉夫。后来两人墓中长出树木互相缠绕，树上有成对的鸳鸯悲哀地鸣叫。人们称那树木为“相思树”。事见《搜神记》。《太平寰宇记 · 济州》引《搜神记》的故事则说侍臣拉住正要跳下的韩妻，她却化成了蝴蝶。也有像敦煌变文《韩朋赋》一样以韩朋之名流传的故事。李商隐《青陵台》诗也有“莫讶韩凭为蛱蝶”之句歌咏韩凭故事。

曹蝇 三国吴的画家曹不兴误将墨汁滴落在屏风画上，便将墨点化成苍蝇的样子来蒙混过去。孙权以为那是真正的苍蝇而想要伸手去拂落。此处化用了这个典故。该事首见于《三国志 · 吴书 · 赵达传》裴松之注所引《吴录》，《艺文类聚》等书也有所引用，是个有名的故事。

绮窗 色彩鲜艳的窗子。“绮”是彩绢。

斗鸡 古代流传下来的贵公子们的游戏。

玉勒 玉制的豪华马衔。

融麝 燃烧从麝香鹿身上取出的麝香。

金釭 “釭”是点亮灯火用的油碟、灯盏。“金釭”原是后妃宫殿里的装饰品，班固《西都赋》云“金釭衔璧”，五臣注云“金釭，灯盏也”，由此“金釭”也被解释为油盏、灯火的意思。《夜思》诗云“金釭凝夜光”，“金釭”也是灯火的意思。

玳瑁 玳瑁的甲壳多被当作鳖甲制成发簪等饰物，这里指的是将半透明的玳瑁镶嵌在窗子上作装饰品。

琉璃 双声词。这里指琉璃酒杯。玳瑁和琉璃都是罕见而奢侈的物品。

冰酒缸 “缸”是装酒的大瓮。“冰”在这里是动词“结冻”的意思。酒缸里的酒好像冻住了一样浓厚。

画楼 色彩鲜艳的楼阁。

鸾凤 此处将成对的客人和妓女比作鸾和凤。

双双 成对地在一起。

诗型 · 押韵 ‖ 五言律诗。单用上平四江（窗、钉、缸、双）。平水韵：上平三江。

*

本诗以马赛克风格描绘了贵公子们嬉游的妓楼的情景。“蝇、蝶、鸡、麝（麝香鹿）、鸾、凤”这些动物名称散落在各句中构成一篇诗作，从诗题来看就充满了游戏心态。动物以外的词如“罗幕”“绮窗”“玉勒”“金钉”“玳瑁”“琉璃”“画楼”，都是将各种各样的奢侈品以华美的词语串连起来写成诗作，室内和室外的热烈气氛重合起来。最后尾联歌咏了造访妓楼的恩客与妓女成双成对的情景。

药转

郁金堂北画楼东，换骨神方上药通。
露气暗连青桂苑，风声偏猎紫兰丛。
长筹未必输孙皓，香枣何劳问石崇。
忆事怀人兼得句，翠衾归卧绣帘中。

熏着郁金香的厅堂北侧，华美的楼阁东边。将凡胎变为仙骨的神秘方法，只有最高级的仙药才能实现。

夜露悄悄侵入聚集着美人的青桂庭园，风只管吹拂紫兰花丛发出声响。

荒唐行径毫不逊色于将如厕用的长竹签放在佛像手中、当着侍女们的面向佛像撒尿的孙皓。举止放纵而不必询问石崇在厕所里侍奉的侍女们献上的香枣的用途。

想着这样那样的故事、人物而作出了这样的诗句。还是回到挂着刺绣帘幕的房间里，钻进翠绿的被褥里去吧。

药转　可能是药发挥药性之意。

郁金堂　熏着郁金香的画堂。南朝乐府中歌咏女主角莫愁的诗（《乐府诗集》作梁武帝《河中之水歌》）描绘她出嫁的夫家“卢家兰室桂为梁，中有郁金苏合香”。

画楼　色彩鲜艳的楼阁。

换骨　通过服药改换骨质以成为仙人。《汉武内传》叙述服药成仙的九年过程，“六年易骨”。

神方　成仙的方法或是处方。参见《碧城三首》其三。

上药　分为上、中、下三等的仙药中最高级的一种。《抱朴子·内篇》云仙药“上药令人安身延命”。

青桂苑　植有青色桂树的庭园，是美人所在的处所。令人联想到汉武帝与仙界的女王西王母相会之事。两人欢会的寿灵坛周围“列种软条青桂，风至，枝自拂阶上游尘”，见于《太平御览》卷九五七引郭宪《洞冥记》。“青”常常显示神秘性的一面。

猎　风吹过。宋玉《风赋》云“猎蕙草，离秦蘅”。李善注云“猎，历也”。“蕙”“秦”“蘅”都是香气浓郁的植物。

紫兰丛　盛开着紫色兰花的草丛。指美女聚集的场所。《少年》诗云“别馆觉来云雨梦，后门归去蕙兰丛”。这也与汉武帝和西王母的欢会有关。据《汉武内传》，通知武帝西王母即将来访的使者是“西王母紫兰宫玉女”。

“长筹”一句　“长筹”是厕筹，即如厕后使用的竹签。用道世《法苑珠林》中的吴国孙皓之事。孙皓将佛像放在厕所中，让佛像拿着厕筹。他又在侍奉在侧的侍女们面前向佛像头上撒尿嬉闹，后来他受到剧痛折磨。一个侍女劝孙皓供养佛像，孙皓依言而行，疼痛就消失了。“输”为“不及”之意。

“香枣”一句　此句亦用有关如厕的典故，见于《白氏六帖》。西晋石崇以极尽奢靡而闻名，曾令数十名侍女手捧枣子在厕所中侍奉。将军王敦到访时，不知枣子是为了塞住鼻孔以免闻到臭气，吃掉了枣子而被侍女们嘲笑。

诗型 · 押韵 ‖ 七言律诗。单用上平一东（东、通、丛、崇、中）。平水韵：上平一东。

*

本诗罗列了逸乐、淫欲等情形。旧注或直言“题与诗俱不可解”，或认为这是吟咏便所抑或堕胎的诗，或认为这是苦于便秘的李商隐描写得到泻药而畅快排泄的诗，有着种种奇妙的说法。总之此诗虽然内容令人费解，但对于一般诗中不会出现的污秽之物也运用典故和华丽辞藻进行吟咏，使用这种绝妙手法展开创作，可谓是富有李商隐风格的诗歌。

杜工部蜀中离席

人生何处不离群，世路干戈惜暂分。
雪岭未归天外使，松州犹驻殿前军。
座中醉客延醒客，江上晴云杂雨云。
美酒成都堪送老，当垆仍是卓文君。

人生在世，尽管离别并不罕见，但在这战乱不断的时代，即便是短暂的分离也令人依依不舍。

使者前往处于天涯海角、距离遥远的雪山山岭而没有返回，号称近卫军团的军队一直停驻在松州。

明明没有喝酒的心情，却被醉酒的人拉进宴席之间。江边的晴空里也夹杂着雨云。

就在盛产美酒的成都安度晚年也不错。热酒待客的女子果然还是要数卓文君。

杜工部　杜甫滞留蜀中时受到剑南东西川节度使严武的庇护，被他任命为参谋，并得到与之对应的朝廷官衔“工部员外郎”，所以被称为“杜工部”。

离席　送别的宴席。李商隐有五言律诗《离席》。那首诗被认为是李商隐离开京城前往桂管观察使郑亚幕府赴任判官时在送别宴会上所作的。

离群　与伙伴们分开独自居住。语本《礼记·檀弓》中子夏所云“离群索居”。“索居”是远离人群居住的意思。

干戈　盾和矛。指战乱。此语多见于杜甫诗中。

“雪岭”二句　杜甫《严公厅宴同咏蜀道画图》诗有“剑阁星桥北，松州雪岭东”之句。“松州”（四川省松潘县）是蜀地北部与吐蕃接壤的地区。唐太宗时置都督府以守卫边境。那里横亘着雪山（雪岭）山脉，分隔开唐和吐蕃。“殿前军”意为宫殿前面的军队，本来指近卫军。因边境武将为获得军饷而试图成为朝廷直属的军队，故以此为名。

“座中”一句　明明一想到世事与己身遭遇就觉得无法沉醉，却还是在宴席中被醉酒的人强迫饮酒。“延”是“拉进”的意思。“醉客”与“醒客”的对仗令人想到《楚辞·渔父》的“众人皆醉我独醒”。“座中”“江上”一联中，“醉客”“醒客”和“晴云”“雨云”都是运用了句中对的技巧。据说句中对自杜甫起开始发扬光大。参见《当句有对》诗。

“当垆”一句　“垆”是用来热酒的地炉。本自卓文君的故事。蜀人司马相如发迹之前，与卓义君私奔，为了谋生而在临邛（四川省邛崃市）开了家酒馆，“令文君当卢”（《汉书·司马相如传》）。“卢”同“垆”。颜师古注认为“垆”不是地炉而是放置酒瓮的土台。

诗型·押韵　七言律诗。单用上平二十文（群、分、军、云、君）。平水韵：上平十二文。

*

想象处于某一情境中的前代诗人、模仿他在该情境中可能写作的诗进行创作，这种诗古已有之。

广为人知的是南朝宋谢灵运想象建安文人的诗酒之会而模拟各人诗风所作的《拟魏太子邺中集诗八首》。李商隐假想杜甫滞留蜀中时身处送别宴会的场景而模仿其风格写作此诗。杜甫是给予李商隐最大影响的诗人。诗歌前半叙述战乱之中的离别，这是将世道的淆乱与个人的不幸重合起来抒发愤慨的杜甫时常歌咏的主题。“座中醉客”一句描绘出在宴席中独自一人感到格格不入的杜甫形象，这与杜甫《九日蓝田崔氏庄》中宴会里无法与周围人谈笑自若的杜甫形象相关联（不过《九日》诗是杜甫移居蜀中前在华州时所作）。尾联表示希望与卓文君一起终老于成都，这是离开了杜甫风格的李商隐自身的心情。

隋宫

紫泉宫殿锁烟霞，欲取芜城作帝家。
玉玺不缘归日角，锦帆应是到天涯。
于今腐草无萤火，终古垂杨有暮鸦。
地下若逢陈后主，岂宜重问后庭花。

将紫渊河环绕的长安宫殿闲置在春日雾霭中，隋炀帝为何将都城设在《芜城赋》描述过的一片荒芜的江都呢？

要是玉玺不能归于唐高祖的手中，那么炀帝能够乘着锦船逃到天涯海角去吗？

此地曾有无数萤火虫闪烁，如今只有枯草而不见光芒。不曾改变的，是日暮时分聚集在炀帝手植的河堤杨柳上的乌鸦。

若是在黄泉之下与陈后主重逢，炀帝也无法再次谴责《玉树后庭花》中有着沉溺享乐的愚昧。

隋宫 指隋炀帝在江都（江苏省扬州市）建造的离宫。

紫泉 本当作“紫渊”，为避唐高祖李渊之讳而改“渊”为“泉”，唐代也将“陶渊明”写作“陶泉明”。“紫渊”是流经长安的河流之名。司马相如《上林赋》写到长安河流时云“丹水其南更，紫渊其北径”。

芜城 荒芜的城池。指广陵（江苏省扬州市）。南朝宋鲍照作有《芜城赋》，悲叹江都因汉朝的吴王刘濞叛乱而被毁灭，又在南朝宋竟陵王刘诞之乱中再次遭到破坏。

帝家 都城。李贺《沙路曲》云“帝家玉龙开九关，帝前动笏移南山”。

玉玺 作为皇帝凭证的玉印。始于秦代。

日角 皇帝的骨相。指额头像太阳一样突起的面相。建立东汉的光武帝刘秀发迹前有“隆准（高鼻梁）、日角”之相（《后汉书·光武帝纪》）。此处指唐高祖李渊。

锦帆 船只的美称。隋炀帝建造龙舟，行幸江都，船只行列绵延二百余里（《隋书·食货志》）。

腐草无萤火 萤被认为是腐烂的草化成的昆虫。《礼记·月令》云“季夏之月（阴历六月）……腐草为萤”。隋末的大业十二年（616），炀帝将收集而来的数斛萤火虫放在山中，周遭光芒闪耀（《隋书·炀帝纪》）。《隋书》记载此事发生在洛阳的景华宫，这里将它当作江都宫殿中的事加以运用。杜牧《扬州三首》其二亦有“秋风放萤苑，春草斗鸡台”之句，吟咏了隋炀帝的一项奢华游乐。

终古 自古以来一直如此。

垂杨 隋炀帝开凿运河时，“于河畔筑御道，树以柳”（《隋书·食货志》）。白居易的新乐府《隋堤柳》也吟咏了“绿影一千三百里”的杨柳与炀帝一朝的兴废。

陈后主 陈朝最后的君主陈叔宝。他同炀帝一样因耽于逸乐而导致亡国。参见《陈后宫》诗、《南朝（玄武湖中）》诗。《大业拾遗记》《隋遗录》等后世小说中有隋炀帝曾与陈后主会面、令后主爱姬随《玉树后庭花》起舞的故事。

“岂宜”一句 炀帝为晋王时曾攻入陈朝宫殿灭掉了陈朝。此句意为：

尽管那时他斥责了陈后主的亡国之责，但现在他也一样招致了隋朝的灭亡，已经无法以此来指责陈后主了。《后庭花》是陈后主所作的《玉树后庭花》。这是陈朝宫廷沉溺于享乐的象征。

诗型·押韵 七言律诗。共用下平九麻（霞、家、鸦、花）和上平十三佳（涯）。平水韵：下平六麻和上平九佳。

*

这是吟咏隋炀帝的奢侈与灭亡的咏史诗。李商隐喜爱行将灭亡的王朝之美，但此诗中也夹杂着对于隋炀帝的奢侈以及由奢侈造成的亡国后果的批判。晚唐的咏史诗比起咏叹来更多使用知性的语意、曲折的手法，此诗设想炀帝死后与陈后主重逢的情景，由此进行讽刺，从中也可以看出这种手法。

二月二日

二月二日江上行，东风日暖闻吹笙。
花须柳眼各无赖，紫蝶黄蜂俱有情。
万里忆归元亮井，三年从事亚夫营。
新滩莫悟游人意，更作风檐夜雨声。

二月二日踏青那天在河边散步，感受着柔和的春风、温暖的阳光，哦呀，游乐的人群中传来笙乐的声音。

胡须一样伸出来的花蕊、令人联想到少女眼眸的杨柳嫩叶，各种景物都充满吸引力。紫色翅膀的蝴蝶、黄色的蜜蜂，都好像有着特别的情思。

想要仿效舍弃官职返回故乡的陶渊明，想要回到万里之外的故乡，从生出这想法起已过了三年，前来堪比周亚夫的名将手下任官。

但是新滩不理解异乡人的心情，至今仍在激起凄绝的水声，声响好像摇动屋檐的夜间风雨一般。

二月二日　携带酒食前往郊外欣赏春景，即“踏青”之日。宋代陈元靓《岁时广记》记载说这是蜀地风俗，但踏青广为流行，白居易在洛阳所作的绝句《二月二日》中也曾提及。

该诗也以“二月二日新雨晴”开头，以最初四字为诗题。白居易和李商隐二人诗作起句都是“仄仄仄仄平仄平”，是违反近体诗声律的拗体诗。

吹笙　《诗经 · 小雅 · 鹿鸣》云“我有嘉宾，鼓瑟吹笙”。是在宴会上演奏的笙乐。

花须　将花蕊比作胡须。杜甫《陪李金吾花下饮》诗云“见轻吹鸟毳，随意数花须”。

柳眼　将杨柳嫩叶的形状比作少女的眼睛。元稹《生春》二十章第九首云“何处生春早，春生柳眼中”。

无赖　指危险的魅力，是俗语性质的表达。杜甫《绝句漫兴九首》其一云“眼见客愁愁不醒，无赖春色到江亭”。

有情　动物像人类一样拥有感情，甚至令人感受到情爱。李商隐诗常用此语。

元亮井　“元亮”是陶渊明的字。正如《归去来辞》所示，陶渊明是厌恶官宦生活而热切盼望回归故乡的典型人物。正如离开故乡被称为“背井离乡”，“井”指代故乡。

从事　指成为节度使柳仲郢的幕僚。

亚夫营　“亚夫”是汉文帝时的将军周亚夫。他为防备匈奴入侵而在细柳设置了军营。连前去慰问的汉文帝也被他要求遵守军纪，文帝称赞他“此真将军也”（《汉书 · 周亚夫传》）。这里的细柳营与柳仲郢的姓暗合。

新滩　可能是那一带的小地方的地名。“滩”是急流水域的意思。

游人　远离故乡的人。

风檐夜雨声　将急流的水声听成了击打屋檐的夜间风雨的声响。

诗型 · 押韵 ‖ 七言律诗。共用下平十二庚（行、笙）和十四清（情、营、声）。平水韵：下平八庚。

*

诗人接触到春天的明丽景物，一边仍为官宦生活的陌生感和思乡之情而黯然神伤。本诗被认为是李商隐在梓州（四川省绵阳市）任职于东川节度使柳仲郢幕下时所作。与作者的实际人生相联系、契合抒发宦游之身的疏离感和思乡之情的诗歌定式，从这两方面来看，这首诗在李商隐诗作中属于接近一般诗歌的作品。春天的盎然生意更加衬托出己身的不如意。新滩的水声听在心情沉重的诗人耳中，也成了异常凄惨的声响。

屏风

六曲连环接翠帷，高楼半夜酒醒时。
掩灯遮雾密如此，雨落月明俱不知。

连结在一起的六扇屏风，接触到翡翠的帷幕。深夜高楼上，从醉意中清醒过来的时刻。

如此细密地笼罩住屋里的灯光、阻隔住屋外的雾气，外面是下雨了还是月光普照，完全无从得知。

六曲　六枚木板相连的屏风。

翠帷　用翡翠羽毛装饰的或是翡翠色的帷幕。司马相如《子虚赋》云“张翠帷、建羽盖”。

诗型·押韵　七言绝句。共用上平五支（知）、六脂（帷）、七之（时）。平水韵：上平四支。

*

以房间内外的物品为题材写作的咏物诗曾盛行于南朝宫廷，到了晚唐再度流行起来。因为是咏物诗，所以诗题的“屏风”不出现在诗歌之中，而一切都围绕屏风进行吟咏。由屏风封闭而形成的质感厚重的空间，其中仿佛洋溢着浓郁的香气。

武侯庙古柏

蜀相阶前柏，龙蛇捧閟宫。

阴成外江畔，老向惠陵东。

大树思冯异，甘棠忆召公。

叶凋湘燕雨，枝折海鹏风。

玉垒经纶远，金刀历数终。

谁将《出师表》，一为问昭融。

蜀国丞相诸葛亮的庙，那种在阶前的柏树。树干曲折，守卫祠庙的姿态宛如龙蛇。

那树阴投在环绕成都的江水之畔，老树更将枝叶延伸到先主刘备的惠陵之东。

被祭祀在此处的诸葛亮，他的功勋令人联想到大树将军冯异，他的治国才能令人怀念《甘棠》诗所歌颂的召公。

但是树叶枯萎了——被卷起湘江石燕的风雨击打。树枝折断了——被裹挟南冥鹏鸟的大风吹打。

即便那志向如耸立在蜀地的玉垒山一样雄壮，但汉王朝气数已尽。

啊，谁来拿着那充满至诚情怀的《出师表》，问一问上天的心意呢？

武侯庙	祭祀三国蜀汉的诸葛亮（谥忠武侯）的庙，位于成都。庙前有相传为诸葛亮手植的两株大柏树。
古柏	杜甫的著名七言律诗《蜀相》也以“丞相祠堂何处寻，锦官城外柏森森”开头，可见柏树是武侯祠的象征。
閟宫	祠庙。“閟”是“关闭”的意思。杜甫歌咏夔州的刘备、诸葛亮祠庙的《古柏行》诗中回忆成都的祠庙，有“忆昨路绕锦亭东，先主武侯同閟宫”之句，可见成都的閟宫是合祀刘备和诸葛亮的。
外江	流经蜀地的长江支流中，一般称流经绵阳至重庆一段的涪江为“内江”，称流经成都至宜宾一段的岷江为“外江”，但成都也有称锦江为“内江”、郫江为“外江”的说法。此处或指流经成都城外的后者。
惠陵	刘备的陵墓。《三国志·蜀书·先主传》云“秋八月，葬惠陵”。
冯异	东汉的开国功臣。其人不居功，在其他将军夸耀功勋时独自退到大树之下，人称“大树将军”（《后汉书·冯异传》）。此处赞美身为武将的诸葛亮立下大功却不居功自傲。
“甘棠”一句	“召公”即召伯。《诗经·召南》有《甘棠》诗，是人们感念召伯德政、歌咏与召伯有缘的甘棠树的诗。召伯曾被认为是周初辅佐成王的召公奭，但现在被认为是宣王时的召穆公虎。这两句引用有关树木的两个典故，与诗题“古柏”呼应，歌颂了作为武将（“大树”）、作为贤臣（“甘棠”）的诸葛亮的功绩。
湘燕雨	湘江之畔的零陵（今属湖南省永州市）有一种名为“石燕”之物，遭遇风雨时就像燕子一样飞舞，雨停了就变成石头，见于《艺文类聚》卷九二所引《湘中记》。

海鹏风　《庄子 · 逍遥游》开头有北冥（北方的海）的名为“鲲”的大鱼变化成名为“鹏”的大鸟翱翔于南冥的故事，此句化用该事。

玉垒　山名。在四川省理县东南。

经纶　治理国家天下。语出《周易 · 屯》象传的“云雷屯，君子以经纶”。

金刀　“卯金刀”之略语。因“卯”“金”“刀”三字合而为汉王朝的国姓“刘”（劉）字，所以用来指汉王朝。见于《汉书 · 王莽传》中的王莽之语。蜀汉皇帝与汉朝同为刘姓，号称继承了汉王朝的正统。

历数　上天注定的帝王的顺序。《论语 · 尧曰》云“尧曰：咨！尔舜！天之历数在尔躬”。

《出师表》　诸葛亮出兵魏国时献给后主刘禅的上表。被认为凝聚了他的忠诚之心。

昭融　指天。杜甫《投赠哥舒开府翰二十韵》云“策行遗战伐，契合动昭融”。语出《诗经 · 大雅 · 既醉》“昭明有融”之句。

诗型 · 押韵　**五言排律。单用上平一东（宫、东、公、风、终、融）。平水韵：上平一东。**

*

李商隐的咏史诗，固然对南朝末期的颓废气氛和因亡国而增添神秘色彩的王朝很有兴趣，但也有像本诗一样歌咏具有治国和行军才能的英雄的诗作。

关于诸葛亮，杜甫曾经参谒成都和夔州的祠庙，感慨缺少能够拯救时代的人物，诗歌的基本结构也如此依序构成。李商隐的诗作将重心转移到感叹诸葛亮的悲剧色彩上，但歌咏古人事迹、期待当世出现类似人物，这种心情是同杜甫一致的。

即日

一岁林花即日休，江间亭下怅淹留。
重吟细把真无奈，已落犹开未放愁。
山色正来衔小苑，春阴只欲傍高楼。
金鞍忽散银壶滴，更醉谁家白玉钩。

用了一年才开放的花在盛开的那天里就凋谢了。河边的凉亭悲哀地伫立着。

反复吟咏诗句、细心地将花拿在手中，却还是毫无办法。早早凋零的花朵、尚未开放的花朵，这份悲哀无穷无尽。

山中的绿意蔓延开来，笼罩了御苑；春天的云飘荡着，似欲靠近高楼。

乘用闪闪发光的黄金鞍具的游客们很快消失不见了，只传来银制滴水计时器的水声。那么，现在再去哪里重醉一场呢——去那刚刚卷起帘幕用白玉钩挂住的地方吧。

即日　一天之中。与表示较长时间段的“一岁”在一句之中形成对比。本诗自首句中取二字作为诗题。“即日”这一诗题十分新奇，李商隐另有四首同题诗作。屡屡模仿李商隐的韩偓也作有同题诗，可见这是一个富有李商隐特色的词语。

淹留　难以离去而一直停留在某地。

无奈　毫无办法。同“无奈何”“无可奈何”。

放愁　向外界释放出心中的愁绪。

小苑　不是泛指规模小的庭园，而是专指御苑。

春阴　春日的云。

金鞍　豪华的马具。指富贵的游客。

银壶　水漏。

白玉钩　白玉制成的帘钩。表现居室的华美。这里或指酒家、妓楼。

诗型·押韵　**七言律诗。共用下平十八尤（休、留、愁）和十九侯（楼、钩）。平水韵：下平十一尤。**

*

本诗吟咏落花之景，并深切惋惜春日的流逝。正如《落花》诗以描写无人的场景开头，本诗中诗人也被赏花的人们离去后的寂寞情景所吸引。为花落春尽而悲哀，这一主题在后来的“词”的文体中被反复吟咏。李商隐的诗给了“词”不小的影响。但是属于歌谣的“词”以甘美而充满感伤色彩的心情为抒情的中心，相比之下，李商隐的抒情性中则摇荡着属于个人的深刻而尖锐的悲哀。

无题二首

其 一

昨夜星辰昨夜风，画楼西畔桂堂东。
身无彩凤双飞翼，心有灵犀一点通。
隔座送钩春酒暖，分曹射覆蜡灯红。
嗟余听鼓应官去，走马兰台类断蓬。

昨夜的星，昨夜的风——在那星影之下、吹拂的风之中，我们在华丽的楼阁西边、芳香的堂屋东边密会。

即便两人不像美丽的凤凰那样结合在一起比翼双飞，心情却像神奇的犀角上贯通的一根白线一样能够互相理解。

在对面而坐玩藏钩游戏的酒席上，春酒的香气暖融融地飘荡；在分成两组玩猜物游戏的房间里，烛光照亮了周遭。

啊，我听到清晨的鼓声，不得不前往官衙工作。驱马前往兰台的此身，宛如细碎而漂泊不定的蓬草一般。

“昨夜”一句　从末尾二句显示的清晨的时间点回溯昨夜。通过重复“昨夜”一词展现深刻的情思。

画楼　颜色华丽的楼阁。

桂堂　用桂木建造的壮丽的房屋。汉宫有昆明池，池中灵波殿的房梁是用桂木做的，风吹过处香气扑鼻(《三辅黄图》)。歌咏莫愁的古乐府也有“卢家兰室桂为梁，中有郁金苏合香”之句。参见《药转》诗注。

彩凤　颜色鲜艳的凤凰。凤凰是男女和合、世界调和的象征。此处是由室内装饰或女性饰品的凤凰形状产生的联想。《蝶三首》其二“为问翠钗钗上凤”是由发簪的装饰联想到凤凰，《七夕》诗“鸾扇斜分凤幄开”是由帘幕上的花纹联想到凤凰。

双飞翼　雌雄合体一起飞翔，即所谓的比翼鸟。

灵犀　“犀”是远方的动物，因而带有神秘性，被认为行动具有灵性。此处是由室内用品上使用的犀所产生的联想。

一点通　据说名为“通犀”“通天犀”的犀牛角上有一根白线贯通。从印度传入西欧而被当作独角兽的犀带有性的意味，在中国流传的“犀”或许也有与男女之事有关的传说。

隔座　隔了一段距离坐着。此处是对坐的意思。

送钩　名为“藏钩”的游戏。“钩”是裁缝时使用的扳指。参加者分为两组，猜测扳指藏在谁的手中。西晋周处《风土记》记载说这是儿童的游戏，在唐代则成了宴席上的游艺，例如岑参《敦煌太守后庭歌》云“醉坐藏钩红烛前，不知钩在若个边”。

分曹　分成两组。“曹”是小组的意思。

射覆　猜测藏在容器中的物品名称的游戏。汉武帝侍臣中的奇才东方朔擅长此游戏，见于《汉书·东方朔传》。

嗟余　感叹自身遭遇时的感叹词。

听鼓　底本作“听故”，从诸本改。听到城中心鼓楼上打响的宣告黎明的鼓声。

应官　官吏必须在黎明时分前往官府工作。

兰台　指秘书省的雅称。李商隐于开成四年（839）初次任官，任秘书省校书郎。

断蓬　“蓬”是秋末时根部脱离土地、任风吹动在大地上四处飘荡的草。“转蓬”“飞蓬”等诗语常被用来比喻无处可去漂泊不定的旅人、无所依靠的人生等。这里将自己比拟为“断蓬”，或许与秘书省长官秘书监别称“大蓬”、副官秘书少监别称“少蓬”有关。大蓬、少蓬的别称，见于宋代洪迈《容斋随笔·四笔》卷一五“官称别名”条。

诗型·押韵　七言律诗。单用上平一东（风、东、通、红、蓬）。平水韵：上平一东。

*

在夜晚邂逅，度过欢乐的时光，到了早晨分离，这个过程通过回想清晰地浮现出来。“昨夜星辰昨夜风”的起句，饱含了只有两人知晓的珍贵情思。身体没有结合而心灵相通的两人，在高贵之人的宴席中混在人群里度过了激动人心的时间。对方可能是贵人家中的私妓。但是到了清晨，自己不得不退出宴会前往官府。恋情无法实现的痛苦凝结成为凄绝的抒情诗。

其二

闻道阊门萼绿华，昔年相望抵天涯。
岂知一夜秦楼客，偷看吴王苑内花。

听说天宫里有萼绿华这位美丽的仙女。此后我非常憧憬她，哪怕穷尽天际也想要见她一眼。

一天晚上拜访秦氏之馆时，我见到了吴王庭院里如盛开鲜花、令人误认为是西施的美人。

阊门 天宫的门。同“阊阖”。《楚辞·离骚》有“倚阊阖兮予望”之句。该句王逸注云“阊阖，天门也”。“阊阖”还是苏州西城门之名。参见《陈后宫》诗。与末句的“吴王”呼应，将苏州与天界重合起来。

萼绿华 古代仙女之名。参见《重过圣女祠》诗注。

“昔年”一句 “相望”的“相”是为了强调“望”这一动词存在作用的对象，而不是“互相眺望”的意思。“抵”意为“到达”。此处意为“相望”的视线到达了目力所及之处的尽头。“天涯”是天尽头那般遥远的处所。《古诗十九首》其一云“相去万余里，各在天一涯”。

秦楼客 化用箫史和弄玉的典故。箫史是古代的仙人，擅长吹箫，他与秦穆公之女弄玉相恋，婚后教弄玉模仿凤凰鸣声。凤凰飞落，两人就乘着凤凰升天了（《列仙传》）。此句意为自己以客人身份造访秦穆公一般的贵人的宅邸，邂逅了弄玉一样的女子。弄玉是秦穆公之女，令人想到诗人邂逅的女子也是贵人的家人。

吴王苑内花　指西施。战败于会稽的越王勾践欲令吴王夫差沉溺于女色，献上美女西施。最终吴王迷恋西施而导致国力衰颓，被越国灭亡（《吴越春秋·勾践阴谋外传》）。

诗型·押韵　**七言绝句。通押上平十三佳（涯）和下平九麻（华、花）。平水韵：上平九佳和下平六麻。**

*

在贵人的宴席上意想不到地邂逅了一直享有美誉的美女，本诗吟咏的正是此事。从其名流传于众人之口这一点看来，女子可能是位妓女。“吴王苑内花”不仅是西施的比喻，如果意指高贵之人的宅邸，那么诗还暗示了这位妓女是贵人的所有物。“岂知”意味着在意想不到的场所邂逅了轰动世间的美人，还含有对于邂逅场所意外地很近的惊讶之情。若将主题总结为“对贵人家妓的恋情”，那么此诗虽与《无题（昨夜星辰）》相连续，但两诗的情感差异很大，这首诗中没有沉郁的悲伤。从夸张而又轻快的措辞来看，这首诗可能是称赞那位女子的作品，或者可以认为是采用情书风格向她致意。

无题四首

其一

来是空言去绝踪，月斜楼上五更钟。
梦为远别啼难唤，书被催成墨未浓。
蜡照半笼金翡翠，麝熏微度绣芙蓉。
刘郎已恨蓬山远，更隔蓬山一万重。

只是口头上说着会来，一旦离去就踪影全无。高堂之上的月亮也倾斜了，辗转无眠之间敲响了五更的钟声。

梦见两人远隔两地，哭着呼喊你的名字却不成声响。为不得不写信而感到焦灼，却没能顺利磨好墨汁。

画在屏风上的成对金翡翠鸟，蜡烛略显黯淡地照着。刺绣在被褥上的莲花，若隐若现地飘荡着麝香的香气。

过去那人曾叹息两人间隔着好像海对面的蓬莱山那般遥远的距离而无法会面，如今他的心绪却好像蓬莱山距离的一万倍一样远远地离开了我。

空言　　没有内容的言辞。

绝踪　杳无踪迹。

五更　将近黎明的时刻。参见《蝉》诗注。

“梦为”一句　梦到两人分离、相距遥远，一边哭着一边呼唤对方却发不出声音。

“书被”一句　“书”是书信。《碧瓦》诗亦云“梦到飞魂急，书成即席遥”——做梦时魂魄飞到你身边，写完了信就感觉近旁的人也离自己很远，此处“梦”与“书”对仗，两者都是与恋人交流的媒介。歌咏与恋人的心理性距离的落差也与此二句类似。

半笼　蜡烛光亮朦胧地笼罩着屏风。

金翡翠　屏风上用金子绘制的翡翠图画。“翡翠”是亲密成双的鸟，是男女和合的象征。

麝　麝香。从雄性麝香鹿体内取出的昂贵的香料。

绣芙蓉　刺绣在被褥上的莲花（芙蓉）。莲花、芙蓉都是歌咏恋情的南朝乐府诗常用的意象。如“雾露隐芙蓉，见莲不分明”（《子夜歌四十二首》）等。由“芙蓉”引起的“莲”，与同音的“怜”相通，“怜”是恋慕之意。此二句与杜甫《李监宅二首》其一描写豪门室内装饰的“屏开金孔雀，褥隐绣芙蓉”之句相似。

刘郎　六朝志怪小说中常常称在故事中出场的汉武帝刘彻为“刘郎”。《汉武内传》等作品将仙界的女王西王母与人间的帝王汉武帝当作一对男女进行叙述，因而“刘郎”又被用作指代恋人的称呼。

蓬山　蓬莱山。传说位于东海之中的三座仙山（蓬莱、方丈、瀛洲）之一。

“更隔”一句　两人之间的距离，在男子看来像是蓬莱山一般遥远，而在女子看来则有这距离的一万倍那么遥远。这种夸张的表达，是乐府等使用的歌谣性技巧。

诗型 · 押韵 ‖ 七言律诗。单用上平十三钟（踪、钟、浓、蓉、重）。平水韵：上平二冬。

*

李商隐的恋爱诗中，不少诗无法判别叙述者的性别，但这首诗却明显是女性口吻，歌咏的是对于移情别恋的男子的无法割舍的恋情。彻夜无眠直到迎来清晨，这虽是闺怨诗的常套，但梦中呼唤对方的名字却发不出声音、急急忙忙地连墨都没有磨好就提笔写信，通过描写这种种情态来展现女性心理，显得非常生动。屋内的屏风、寝具，呈现出极尽奢侈的华美气氛，同时也引发了对于两人共度之夜的回忆。男子借口说相隔遥远而无法会面，令人联想到《论语·子罕》所引逸诗的“岂不尔思，室是远而”。男子夸张了现实的距离，而女子感叹两人心理上的隔绝更加遥远。

其 二

飒飒东风细雨来，芙蓉塘外有轻雷。

金蟾啮锁烧香入，玉虎牵丝汲井回。

贾氏窥帘韩掾少，宓妃留枕魏王才。

春心莫共花争发，一寸相思一寸灰。

与发出轻盈声响的春风一道，小雨静静地下着。莲花盛开的池塘对面，雷声低沉地回响。

香炉上金制的蛤蟆咬着锁头，薰香气息流入室内。装饰着玉虎的井头，提上水瓶汲水时辘轳也在转动。

贾充之女从帘间偷窥到的，是年轻貌美的韩寿。宓妃将充满情意的枕头赠予的，是才华横溢的曹植。

恋爱的心啊，为何要同花朵竞争着开放呢？明明这恋情每燃烧一寸，就立即变成一寸的灰烬。

飒飒　风吹过的声响。《楚辞·九歌·山鬼》云“风飒飒兮木萧萧”。

东风　底本作“东南”。从诸本改。虽然“东南”在李商隐诗中有时指中国的东南地区，有时指日出的方向，但“东风”（春风）更适合成为触发艳情之物。

细雨来　“细雨”是李商隐喜爱的景物之一。参见《细雨（帷飘）》诗。说到雨“来”，令人联想到与楚怀王欢会的巫山神女自述“暮为行雨”的故事。参见《重过圣女祠》诗注。

芙蓉塘　莲花盛开的池塘。“塘”指池，也指围绕池塘的土堤。“芙蓉”引发对于恋爱的想象。参见《无题（来是空言）》诗注。

轻雷　雷声和车声之间存在比喻关系。这一比喻最早见于汉代司马相如《长门赋》，失宠于汉武帝的陈皇后退居长门宫，“雷殷殷而响起，声象君之车音”，等待皇帝前来的心情迫切，以至于将雷声错听成车的声音。此处关于车声的联想点到即止，而解释为：与风雨相伴而来的远方传来的隐约雷声，听起来仿佛伴随着恋情的悸动和恐惧。

“金蟾”一句 “金蟾”是蟾蜍形状的黄金香炉。李贺《荣华乐》有“金蟾呀呀兰烛香”。“锁”是香炉上的钮，或者是香炉上的装饰性的锁，做成了蛤蟆咬着锁的形状。

玉虎 或是宝玉制成的辘轳装饰。

“贾氏”一句 引用《世说新语·惑溺》中的故事。眉清目秀的韩寿在权势显赫的西晋功臣贾充手下任掾（属官）。贾充之女偷窥韩寿，对他一见钟情，并在侍女的穿针引线之下结合了。后来，韩寿身上散发出罕见的香气，贾充因而怀疑他与女儿私通。因为那种薰香是晋武帝（司马炎）只赐给了贾充和陈骞的珍稀物品。贾充质问侍女，得知了两人的关系，于是对于私通之事秘而不宣，将女儿嫁给了韩寿。

“宓妃”一句 “宓妃”是上古帝王宓羲（伏羲）之女，溺死于洛水而成为水神。曹植《洛神赋》云“斯水之神，名曰宓妃”。“魏王”是魏的曹植。他又被称为“陈思王”。他被认为是唐以前最为杰出的诗人，甚至有天下才共一石曹植独占八斗之说。《洛神赋》描写了出现在洛水之畔的宓妃的美貌，但此句本自李善注所引用的恋爱悲剧故事：曹植爱慕甄逸之女，但其父曹操却命她嫁给长子曹丕，曹丕即位为文帝后妻子也成为甄后。后来文帝将甄后遗物的枕头赐给了入宫觐见的曹植。这表明甄后是受到谗言污蔑而被杀死的。曹植在返回封地的途中行经洛水之畔，甄后现身，向曹植表白说自己一直倾慕他，说完就消失不见了。孑然一身的曹植思绪万千，作《感甄赋》。其后明帝（文帝之子）害怕亲生母亲的隐秘恋情被人发觉，将题名改作“洛神赋”。

春心　恋爱之心。参见《锦瑟》诗注。

相思　恋情。“相”不是指两人互通情意，而是表明动词有着作用的对象。

诗型·押韵　七言律诗。共用上平十五灰（雷、回、灰）和十六咍（来、才）。平水韵：上平十灰。

诗的开头两句借由风、雨以及雷声呈现了恋情的预兆。继之以“金蟾”“玉虎”一联，写室内外之物，大约是暗示幽会之事。或许可以分开理解为“金蟾”句指男子、“玉虎”句指女子。“贾氏”“宓妃”一联引用有关男女情爱的典故，两者的共同点在于同为禁忌之爱的故事。贾氏瞒着父亲与韩寿私通，叔嫂关系的宓妃（甄后）与曹植间产生的恋情绝无成就的可能。李商隐的恋爱诗中很多都像这样带有乱伦的阴影，这种阴影又为恋爱诗在甘美的悲伤之上添加了沉痛而凄厉的情调。最后一联写出了即便知道恋情无法成就却还是情不自禁地投身其中的心情，并将这份悲痛之感称作“春心”来吟咏。

其 三

含情春晼晚，暂见夜阑干。
楼响将登怯，帘烘欲过难。
多羞钗上燕，真愧镜中鸾。
归去横塘晓，华星送宝鞍。

将情思隐藏在心中，春日静静地渐近黄昏。只是眺望那景色过了一会儿，夜就深了。

想登上高楼却因为脚步声在寂静中回响而感到胆怯，无法在帘幕中漏出的明亮光线中穿过走廊。

面对装饰在发簪上的燕子，只是为那亲密模样感到羞惭；镜子上雕刻的鸾鸟，那忠贞令人发自内心地感到惭愧。

从横塘回来时正值破晓时分，目送我跨上华丽马鞍远去的，是天空中闪耀的一点明星。

含情　将情思隐藏在心中。白居易《长恨歌》云“含情凝睇谢君王”。

晼晚　表示时间渐次流逝的叠韵词。《楚辞 · 九歌 · 哀时命》云“白日晼晚其将入兮”。此处既指一个春日临近黄昏，也指春天即将结束。

阑干　本来是形容物品横竖散乱的叠韵词。此处可以理解为是将指夜深的常用语“夜阑”的“阑”延伸为叠韵的二字词。

“楼响”一句 想要登上楼梯，脚步声在整座楼里回响。

“帘烘”一句 “烘”是照射的意思。室内的灯光透过帘幕漏出光亮，但却无法穿透帘幕。这两句写的是前往女子房间时的畏缩心情。

多羞 一味感到害羞。

钗上燕 发簪上的燕形装饰。正如《圣女祠》的“寄问钗头双白燕”所云，可能是成对的燕子。参见该诗注释。“钗”与“燕”的联系本自玉钗化为白燕的故事。据郭宪《洞冥记》，汉武帝自神女处得到玉钗，到其子昭帝时，宫人打开匣子，只见白燕飞出。

镜中鸾 镜子上雕刻的鸾鸟。“鸾”是类似凤凰的神秘鸟类。有关镜与鸾，参见《陈后宫》诗注。

横塘 六朝艳诗中妓女所居住区域的名称。南朝梁吴均《和萧洗马子显古意六首》其五云“妾家横塘北”。

晓 底本作“晚”。从诸本改。

华星 清晨时闪烁的星。三国魏曹丕《芙蓉池作》云“丹霞夹明月，华星出云间”。

诗型 · 押韵 **五言律诗。共用上平二十五寒（干、难、鞍）和二十六桓（鸾）。平水韵：上平十四寒。**

尽管去了心仪的女子那里，却怀着未能得到满足的心情踏上归途，本诗歌咏了这种寂寞的心绪。诗按时间顺序叙述了从黄昏直到次日清晨的情形。“燕”和“鸾”的一联是由女子的发簪和镜子的装

饰而引发的联想。感到“羞惭”的，可能是尽管两人幽会却没能像燕子一般好合、没有像鸾鸟一样激烈地欢爱。尾联叙述清晨归途，与《无题（昨夜星辰）》诗相似。映衬出孤独感的“华星”似乎也象征着恋情的光辉。

其 四

何处哀筝随急管，樱花永巷垂杨岸。
东家老女嫁不售，白日当天三月半。
溧阳公主年十四，清明暖后同墙看。
归来展转到五更，梁间燕子闻长叹。

不知何处传来应和着急促笛声的悲哀筝声。在樱桃花开香气袭人的小路深处，在杨柳枝条低垂的河岸。

邻家的老姑娘想要嫁人却无人做媒。三月半的春天里太阳在天空正中照耀。

溧阳公主十四岁，在清明节后天气转暖的时候，同夫君互相依偎着从同一面墙上眺望春色。

就算回了家也只是辗转难眠直到天明。知道这深沉叹息的，只有屋梁上成双成对的燕子。

哀筝　带着悲哀之意的筝声。李商隐有题为“哀筝”的诗。

急管　演奏出急促旋律的管乐器。

樱花　山樱桃一类的蔷薇科花。姑且译作“樱桃花”。

永巷　城市深处的小路。

东家老女　“东家”意为邻居。宋玉《登徒子好色赋》中为证明自己不好色，说“东家”美丽的女子“登墙”表示属意于自己，但自己却不为所动。此处的“老女”与日文意思不同，指的是婚期已过的女子。一般用“妇”指已婚女性，“女”指未婚女性。古乐府《地驱歌乐辞》有“老女不嫁，蹋地唤天”，哀叹自己无法结婚。

嫁不售　想要出嫁却无法嫁人。“售”的原意是“卖”。《战国策 燕策》云“且夫处女无媒，老且不嫁，舍媒而自衒，弊而不售”。

白日当天　太阳行至天空正上方。

溧阳公主　梁简文帝之女。她嫁给了掌握梁王朝实权的侯景，侯景十分迷恋她。但正史中没有她出嫁时十四岁的记载。此处指与“老女”形成对比的贵族女子。

清明　二十四节气之一，清明节。春分后约十五天。正是春意盎然适合游乐的时期。

同墙　可能是“夫妇二人从同一面墙上（眺望）”的意思。侯景曾劝岳父简文帝趁春天外出游玩，简文帝回宫后却发现侯景和溧阳公主趁机得意洋洋地像皇帝和皇后一样坐在御座上，事见《南史 · 贼臣侯景传》，但其中并无有关“墙”的记载。

展转　不断翻来覆去而难以入眠的样了。《诗经　周南　关雎》描写无法与所爱的女子结合的烦闷，有“辗转反侧”之语。“展”通“辗”。

梁间燕子　在屋梁上筑巢的燕子。正如卢照邻《长安古意》“双燕双飞绕画梁”，诗歌中歌咏的燕子大多是成双成对的。

诗型・押韵　七言古诗。通押上声二十四缓（管）、去声二十八翰（岸、看、叹）和二十九换（半）。平水韵：上声十四旱和去声十五翰。

＊

李商隐还作有吟咏少女成长为成熟女子的姿态的《无题（照梁）》诗、《无题（八岁）》诗，而这首诗歌咏的是得不到伴侣、徒然度送了青春年华的女子的悲哀。过去的中国不同于今日，女子会遭受各种各样的不幸，错失婚期也是其中之一。《无题》诸诗描写了各种恋情的悲哀，也歌咏了女子的各种悲哀。

无题

照梁初有情，出水旧知名。
裙衩芙蓉小，钗茸翡翠轻。
锦长书郑重，眉细恨分明。
莫近弹棋局，中心最不平。

像照耀屋梁的朝阳一样熠熠生辉的少女，刚刚知晓了恋爱的忧愁。她那宛如水面上盛开的莲花一般的身姿，早先就颇受赞誉。

她的裙子上有小小的莲花花纹。她的发簪上装饰着轻飘飘的翡翠羽毛。

织在长长锦缎上的情书里缠绵地述说了情思，描画的细眉中显现出恋爱的痛苦。

但是最好别靠近那弹棋的棋盘啊。因为棋盘中间部分突起，心中并不平静。

照梁　少女的稚气就像照耀屋梁的朝阳一样熠熠生辉。宋玉《神女赋》云“其始来也，耀乎若白日初出照屋梁”。

初有情　“情”是恋爱之心。指到了初通恋爱之事的年纪。

出水　将清新之美比作莲花盛开在水面。曹植《洛神赋》云“灼若芙蕖出渌波（绿波）”。南朝梁钟嵘《诗品》记载南朝宋的汤惠休比较谢灵运和颜延之的诗作，说“谢诗如芙蓉出水，颜如错彩镂金”，这个比喻也被用于评论诗歌。

旧知名　那份美貌早已为人所知。

裙衩　裙摆上有斜开衩的半身裙。“衩”意为开叉。

芙蓉　莲花。裙摆的样子见于《楚辞·离骚》所云“制芰荷以为衣，集芙蓉以为裳”。

钗茸　有着毛茸茸装饰物的发簪。“茸”是绒毛。

翡翠　将翡翠鸟的羽毛装饰在发簪上，见于宋玉《讽赋》“以其翡翠之钗，挂臣冠缨（系帽子的绳纽）”。

“锦长”一句　化用将织锦回文诗寄给丈夫的故事。前秦时窦滔之妻苏蕙思念身在远方的丈夫，将从上往下或从下往上都可以读通的八百四十字诗织在锦缎上，以表达连绵不绝的思念（《晋书·列女传》）。这被认为是回文诗之始。

“眉细”一句　描画细眉来做出忧郁神情的化妆方法。始于东汉时权势煊赫的外戚梁冀家中，在整个都城中流行。《后汉书·五行志》加以说明，“所谓愁眉者，细而曲折”。

弹棋局　用来玩弹棋游戏的棋盘。弹棋是一种从中央像倒扣着的碗一样突起的棋盘两侧弹棋子去撞击对方棋子的游戏（《梦溪笔谈》卷一六）。利用发音相同的“棋”（游戏用的棋子）和“期”（幽会，或是幽会的约定）来双关，在歌咏恋情的南朝乐府中很常见。

“中心”一句　与棋盘的“中心”突起双关，“心中”也并不平静。

诗型·押韵　五言律诗。共用下平十二庚（明、平）和十四清（情、名、轻）。平水韵：下平八庚。

*

本诗歌咏了刚刚从少女长大成人、知晓了恋爱的悲哀的女子,是借用乐府歌辞风格的轻快的艳诗。诗将初次体会到恋情作为女子的魅力之一，描绘了这样的少女形象,而恋爱的忧愁也不是深刻的情感,而是被作为年轻女子的一种魅力来描写的。

纵使有花兼有月，可堪无酒又无人。

无题二首

其一

八岁偷照镜，长眉已能画。
十岁去踏青，芙蓉作裙衩。
十二学弹筝，银甲不曾卸。
十四藏六亲，悬知犹未嫁。
十五泣春风，背面秋千下。

八岁的时候，悄悄地坐在镜子前面。已经能自己描画长眉。

十岁的时候，去春日的郊外采摘草叶。穿着有莲花纹样的裙子。

十二岁的时候，开始学习弹筝。一直戴着银质的弹筝用的指甲。

十四岁的时候，一个劲儿地躲着家里人。因为他们一定会提到出嫁的事。

十五岁的时候，在春风中流下了眼泪。转过身去一边摇晃着秋千一边哭泣。

八岁　按照年龄顺序描写少女，来源于古乐府《焦仲卿妻》（或取首句而称之为《孔雀东南飞》）。这篇长篇乐府诗叙述了媳妇被公婆赶出家门、被娘家逼迫再婚而不从，投水而死后前夫也追随她自缢而死的悲剧故事。诗中描述女主角富有作为女子的各种教养，是个完美无缺的人物，“十三能织素，十四学裁衣。十五弹箜篌，十六诵诗书。十七为君妇，心中常苦悲”。此后歌咏少女的乐府诗中按年龄顺序叙述成为一种常见的表现手法。

“长眉”一句　写顽皮的幼女模仿大人画眉，最早有西晋左思《娇女诗》，唐代则有杜甫《北征》诗、白居易《吾雏》诗等。

踏青　春意盎然之时前去郊外游乐的风俗，也是男女交往的机会。

“芙蓉”一句　“芙蓉”就是莲花。此处是指开衩的半身裙的花纹。参见《无题（照梁）》诗注。

银甲　为了弹筝而戴上的银色的指甲。

不曾卸　“卸”是脱下的意思。热衷于弹筝到了从不脱下指甲的地步。

藏六亲　“六亲”是血缘相近的六种亲戚。计算的方法并不固定。“藏”是不出现在那些亲戚面前。

悬知　“悬知”是先于事实发生之前进行推测。此处意为预想自己会因为还没有嫁出去而受到责怪。

背面　转过脸去。

秋千　自北方民族传来的女子的游戏。特别与春季及寒食、清明时节相联系。

诗型 · 押韵　五言古诗。通押去声十五卦（画、衩）和四十祃（卸、嫁、下）。平水韵：去声十卦和二十二祃。

本诗按年龄顺序描写了少女成长起来直到进入青春期的过程。借用乐府风格轻快地歌咏，出色地表现出了少女的可爱之处。

其二

幽人不倦赏，秋暑贵招邀。
竹碧转怅望，池清尤寂寥。
露花终裛湿，风蝶强娇饶。
此地如携手，兼君不自聊。

寂寞独居的男子毫不厌倦地望着周遭的风景。暑热犹存的初秋，正是想要招待别人前来的时节。

凝视着青翠的竹子却令悲哀积蓄，清澈的池水酝酿出近乎悲哀的寂寥之感。

含着露水的花朵常常带着湿气，风中飞舞的蝴蝶勉强表现出可爱的一面。

在这里，要是能与你手牵着手赏玩风景的话，该是多么令人愉快的事。

幽人　语出《周易 · 履》“履道坦坦，幽人贞吉”，一般指隐者，也指独自静悄悄地居住的人。如张华《情诗》五首其二云“幽人守静夜，回身入空帷”等。此处可以理解为远离尘世喧嚣、既没有友人也没有恋人的男子。

不倦赏　毫不感到厌倦地观赏。

秋暑　残暑。

贵招邀　“贵”意为“想要”“想做某事”。“招邀”意为邀请他人。

怅望　怀着悲伤的心情眺望。参见《七月二十八日夜与王郑二秀才听雨后梦作》诗注。

裛湿　“裛”通“浥”。和“湿”一样是湿润的意思。

风蝶　在风中飞舞的蝴蝶。

娇饶　形容艳丽姿态的叠韵词。《玉台新咏》中有歌咏采桑女的诗《董娇饶诗》。也写作同音的“娇娆”。

此地　用于显示说话人的强烈意念。《曲池》诗亦有“从来此地黄昏散，未信河梁是别离”之句——意思是说，李陵《与苏武诗》所歌咏的黄昏时分的桥梁，不是只有那里才是分离之处，对我来说过去和那人分别的此处才是分离之处。

携手　手牵着手。《诗经 · 邶风 · 北风》云“惠而好我，携手同行”。这在同性和异性之间都是表示亲密关系的动作。

兼君　“兼”与“与”同意，意为“与……一道”。

不自聊　《楚辞 · 招隐士》的“岁暮兮不自聊，蟪蛄（即蝉）鸣兮啾啾”是“常含忧”（王逸注）之意，这里当解作反语。

诗型 · 押韵　五言律诗。共用下平三萧（寥、聊）和四宵（邀、饶）。平水韵：下平二萧。

*

孤独地凝视初秋景物的男子，热切盼望着与恋人一同欣赏风景。也可以将末句的“君”理解为友人，解释为作者希望与友人一道赏景。希望与他人一同品味美景，这在中国古典诗中很常见。即便如此，然而“露花”“风蝶”两句具有女性化的特征，所以这里将诗人呼唤的对象解释为女性。

落花

高阁客竟去，小园花乱飞。
参差连曲陌，迢递送斜晖。
肠断未忍扫，眼穿仍欲稀。
芳心向春尽，所得是沾衣。

高楼上的人消失不见，小小庭院中落花飞舞。

重重叠叠地散落在小路上的花，欲目送夕阳西沉而飞往远方的花。

肝肠寸断而没有清扫花瓣，凝视时只觉得落花变得更少了。

将近尾声的春天也带走了明朗的心情，所得到的只有沾湿了衣裳的泪水。

参差　形容不整齐之貌的双声词。这里指落花陆陆续续飘舞的状态。

曲陌　蜿蜒曲折的小路。

迢递　形容远远相隔之态的双声词。

斜晖　夕阳。

眼穿　凝视着好像要盯出洞一样。

芳心　享受春天的心情。“芳”是花朵的芳香。

沾衣　泪水沾湿了身上的衣服。与“沾巾”等一样都是表现悲哀之情的常套。

诗型・押韵　**五言律诗。单用上平八微（飞、晖、归、衣）。平水韵：上平五微。**

*

本诗饱含惋惜之情地描写了飞舞飘散的落花景象。杜甫的“一片花飞减却春，风飘万点正愁人”（《曲江二首》其一）之句作为中国诗中咏落花之作的绝唱而广为人知，但杜甫的咏春诗往往逸出常轨，带有近乎疯狂的激烈之感。相比之下，李商隐的惜春诗则在表达深刻悲哀的同时采用情景交融的规范性表现手法。正如歌咏南朝王朝灭亡的诸诗一样，对于对行将毁灭的美丽事物抱有特别爱好的李商隐而言，落花也是一个非常合适的题材。

破镜

玉匣清光不复持，菱花散乱月轮亏。

秦台一照山鸡后，便是孤鸾罢舞时。

美玉制成的匣子中，那清亮的光芒已然不能再次闪耀。照射在墙壁上的菱花纹样散乱，月亮一般的影子也残缺了。

自从自恋的山鸡在秦台的镜子中照见自己的身姿后，孤独的鸾鸟也停止了对镜起舞。

破镜　破碎的镜子。这意味着男女的分离，根据是《神异经》（《太平广记》卷七一七）中的故事：一对夫妇在分开居住之际将镜子分成两半，两人各持一半，作为爱情的证明。后来妻子与其他男子私通，镜子就化作鹊飞到丈夫那里，丈夫由此知道发生了什么事。从那以后，镜子背面就雕有鹊的花纹。另外，在古代相传的谜语诗（《艺文类聚》卷五六题作《藁砧诗》，《玉台新咏》题作《古绝句》）中，女子将想要知道丈夫身在何方、何时归来的心意用谜语形式表达出来，然后以“破镜飞上天”结尾。不圆满的月亮出现在空中，说明丈夫在十五日之后回来，这是谜语的谜底。此处“破镜”指残月，仍然与男女的离合有关。

玉匣　装镜子的箱子。

不复持　不能够继续保持现状。

菱花　镜子反射日光，会在墙上呈现出菱花纹样。庾信《镜赋》云“照日则壁上菱生”。

月轮　将镜子比作月亮。庾信《镜赋》有“临水则池中月出”之句。满月的团圆形状也是男女合欢的象征。

秦台　可能指秦朝楼台上的镜子。《西京杂记》卷三记载说汉高祖进入秦朝宫殿，找到了许多宝物，其中有一面能透视五脏的奇妙镜子。南朝梁昭明太子的《十二月启·蕤宾五月》云“蘋叶漂风，影乱秦台之镜”，“秦台”被用作与镜子有关的典故。

山鸡　有着华美羽毛的鸟。南朝宋刘敬叔《异苑》记载，山鸡爱惜自己美丽的羽毛，有对着自己倒映在水中的身姿起舞的习性，魏武帝（曹操）时在南方献上的山鸡面前放了一面镜子，山鸡就不断地跳舞直到死去。《鸾凤》诗将其作为形似凤凰但实则不同的鸟、与凤凰形成对比，此处的“山鸡”则是与鸾鸟相对的动物。

孤鸾　镜子前面的鸾鸟看到自己的身姿就会不断鸣叫直到死亡，此句化用了这个故事。参见《陈后宫》诗注。

诗型·押韵　七言绝句。共用上平五支（亏）和七之（持、时）。平水韵：上平四支。

*

本诗将破灭的恋情寄托在破碎的镜子上来歌咏。旧注解释此诗与某种破灭的遭际有关，或是悼亡，或是科举落第后作，但从以镜子为题材这一点来看，所写的应当是男女关系的破裂。根据诗中出现“山鸡”这个“鸾”的敌人来看，或许是情敌的出现导致了恋情的破灭。

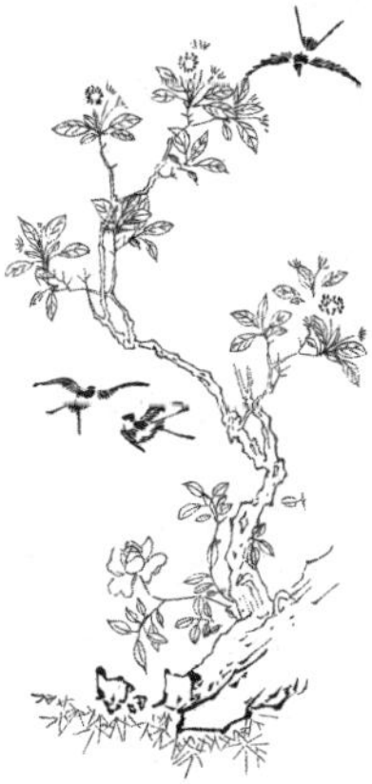

无题

紫府仙人号宝灯，云浆未饮结成冰。
如何雪月交光夜，更在瑶台十二层。

紫府的仙女名叫宝灯。五色彩云做成的灵液还没入口就已经冻住了。

雪光与月光彼此交融的这天夜里，为什么她仍然身在昆仑神山的十二层瑶台一样的地方呢？

紫府 道教仙人的住处之名。据《海内十洲记》，南海中的长洲又名青丘，该处风山“有紫府宫，天真仙女游于此地”。

宝灯 本系佛名。见于《佛说佛名经》。道教和佛教常常共用语汇。“宝灯”也指供在佛前的灯火。意为名为“宝灯”的女子对于本诗的叙述者而言如同光明一般，或是其人光彩出众而在当时广受欢迎。

云浆 能实现长生不老的仙界饮品。据《太平御览》卷八六一所引《汉武故事》，汉武帝向西王母询问有何不死药时，西王母列举出的药名中有“五云之浆”。

雪月交光夜 描写雪光和月光交融的情景，稍早于李商隐的姚合有《咏雪》诗云“与月交光呈瑞色”。该句同样歌咏了尘世间不可能出现的景象。

更　在人间雪光与月光交融的清澄的夜里，不必特意待在仙界——包含了这样的想法。

瑶台　昆仑山上的神仙住处。《拾遗记》云“昆仑山……傍有瑶台十二，各广千步。皆以五色玉为台基”，正是这种十二层的楼台。“十二”来源于道教的圣数。李商隐时常将仙界的十二层楼台当作恋人的住处来吟咏。

诗型 · 押韵　**七言绝句。共用下平十六蒸（冰）和十七登（灯、层）。平水韵：下平十蒸。**

*

本诗描绘了仙界女子独自久居在彻骨严寒之中的情景。月光与雪的光亮，同样洁白而冰冷的两者交融在一起，宛如是在人间重现了天界的景象。冯浩云“时盖元夕”，如以正月十五的元宵之夜为背景，那正是适合与被比喻为仙女的女子相会的绝佳时机。但她并不打算前来人间。正如《霜月》诗中的“青女”和“素娥”，独自伫立在寒意凛冽的世界中的神女形象深受李商隐的喜爱。

柳

曾逐东风拂舞筵，乐游春苑断肠天。

如何肯到清秋日，已带斜阳又带蝉。

枝条曾在微风中摇摆，拂过有舞女起舞的宴席。在春天的乐游苑里，在那令人心情激荡的天空之下。

为何到了秋天就沐浴着斜阳的光辉，甚至萦绕着微弱的蝉声呢？

舞筵　欣赏歌舞音曲时所用的竹席。指酒席。

乐游春苑　长安东南处有高台的乐游苑。一称“乐游原”。都城中人的游乐之处。参见《乐游原》诗注。

断肠　未必仅限于指悲痛的情绪，指令身体产生反应的剧烈心情震荡时也可以使用。

如何肯到　意为“华美的春天逝去，萧瑟的秋天到来，不料竟喜欢上了这样的季节变换吗”。

带蝉　“蝉”在中国一般与秋天的寂寥之感联系在一起。参见《蝉》诗。

诗型・押韵　七言绝句。共用下平一先（天）和二仙（筵、蝉）。平水韵：下平一先。

这是咏柳的咏物诗，将春秋两季的柳树进行了对比。李商隐作有不少咏柳诗，仅以“柳”为题的就多达五首，其中五律、七律各一首，另有七绝三首。这首七绝对比着列出了春天的柳树到了秋天的一系列变化。融入春景之中的碧绿柔嫩的柳条，在秋天里则沐浴在夕阳中闪烁着金黄色的光芒，萦绕着秋蝉的叫声而显得格外寂寥。本诗向这种不合理的转变提出质问，也可以说是投射了作者本人的心理感受。

为有

为有云屏无限娇，凤城寒尽怕春宵。
无端嫁得金龟婿，辜负香衾事早朝。

因为有云母制成的屏风，那举世无双的可爱之处更加突显出来。繁华的都城里，寒冷的冬天过去了，春宵的流逝令人感到留恋。

意外地嫁给了系着金龟袋的丈夫固然是件好事，但他转身背向芳香的寝具，在清晨时分就前去上朝了。

为有　取诗首二字为题。

云屏　云母制成的屏风。是非常奢侈的用具。据《西京杂记》卷一，赵飞燕获封皇后时，其妹昭仪以“云母屏风、琉璃屏风”相赠。

娇　女子的可爱之处。

凤城　都城的美称。

怕春宵　“春宵”底本作“春销”，从诸本改。因为欢乐而恐怕时间短暂。白居易《长恨歌》云“春宵苦短日高起，从此君王不早朝”。

无端　没有明确的缘由。

金龟婿　官位很高的丈夫。“金龟”是高官戴在身上的身份凭证。唐代官员将鱼形的凭证（鱼符）装在袋子里（鱼袋），去官府办公时戴在身上。三品以上的官员用金鱼符，五品以上用银鱼符。武则天当政时一段时间内不用鱼形而用龟形凭证，此处化用其事。

辜负　转过身去。以背相向。

香衾　香气浓郁的被子。

早朝　清晨时的朝见。“早朝”的“朝”是朝廷而非清晨的意思。官员在黎明时分入宫觐见。参见《无题（昨夜星辰）》诗的“听鼓”“应官”注。另外上文“春宵”注中所引《长恨歌》诗句中也可见出皇帝眼中的“早朝”。

诗型·押韵　七言绝句。单用下平四宵（娇、宵、朝）。平水韵：下平二萧。

*

本诗歌咏了身份高贵的青年夫妇，华丽的闺房中有着稚气未脱的新娘。如旧注所云，本诗与盛唐王昌龄的《闺怨》诗——在盎然春意中心情荡漾的新妇一看到街道上的柳树，就想到自己将丈夫送上了战场、现下孤身一人，而不禁悲叹起来——颇有相似之处。因为闺怨诗的惯例是歌咏闺中的孤独和悲哀，所以诗人在其中做足了功夫。王昌龄描写了心情由喜悦到悲哀的急转直下，本诗则捕捉了共度一夜后次日清晨的情形。

无 题

相见时难别亦难，东风无力百花残。
春蚕到死丝方尽，蜡炬成灰泪始干。
晓镜但愁云鬓改，夜吟应觉月光寒。
蓬山此去无多路，青鸟殷勤为探看。

虽说很难会面，但分别更令人痛苦。春风慵懒无力，花朵也都凋残了。

春蚕直到死亡都在一直吐丝，恋情也持续到生命终点。蜡烛直到燃尽都在一直滴落烛泪，因恋爱而落的泪水也没有流尽之时。

一夜无眠直到清晨照镜，白发令人悲哀。在不眠之夜里吟诗的那个人，沐浴在寒冷的月光之中吧。

从这里前去那人所在的蓬莱山，路程也并不遥远。传递恋情的青鸟啊，请你为我想尽办法去看看那人吧。

相见 化用古代流传下来的成语“会难别易”之意并增添新意。

东风 春天的风。《礼记·月令》孟春（正月）条云“东风解冻”。

残 被破坏。不是“剩下”之意。

春蚕 在桑叶新芽萌生的春季，人们开始养蚕。蚕蛹吐丝做茧，做完茧后就羽化飞出，但被养殖的蚕在茧中就被杀死。“丝”与同音的“思”双关。这是南朝民间恋歌中常用的技巧。

蜡炬 蜡烛。将蜡滴比作泪水是南朝宫体诗以后的常套。

云鬓 女子的丰茂如云的头发。《诗经·鄘风·君子偕老》云“鬒发（即黑发）如云”。

蓬山 即蓬莱山。蓬莱山是东海三仙山之一。李商隐经常将蓬山当作恋人之所在。参见《无题（来是空言）》诗注。

青鸟 为西王母和汉武帝传书联络的恋爱的使者。

诗型·押韵 七言律诗。单用上平二十五寒（难、残、干、寒、看）。平水韵：上平十四寒。

*

本诗吟咏了无法见到想见的人的感情，以及晚春的情景和对于恋情的比喻。这虽是典型的恋爱诗，却完全没有深入描写具体的情境。诗歌的主人公是男是女也无法分辨，“晓镜”指女子晨起化妆，“夜吟”一句则用“应觉”表示推测，由此看来将本诗解释为从女子的角度出发歌咏恋情更为恰当。《无题（来是空言）》诗中也写到，“蓬山”指实际距离远而心理上相隔更远，是由伴随恋情而来的距离感的二重性中产生的说法，而本诗中的女子将与“蓬山”之间的距离形容为“无多路”，想要更加接近恋人。

碧城三首

其一

碧城十二曲阑干，犀辟尘埃玉辟寒。
阆苑有书多附鹤，女床无树不栖鸾。
星沉海底当窗见，雨过河源隔座看。
若是晓珠明又定，一生常对水精盘。

绿色的楼阁有十二层，那蜿蜒曲折的栏杆更深处，有着用犀角防尘、用玉驱寒的清洁而温暖的房间。

仙界花园中，被托付了情书的仙鹤在阆风中飞舞；仙山女床山上，鸾鸟在每棵树上都营造了巢穴。

透过窗子眺望星辰沉入海底，雨水落在黄河源头的场面近在对面清晰可见。

如若清晨时闪耀的珍珠的光芒能恒久不变，那么我想一辈子都面对着这盛放珍珠的水晶盘。

碧城　仙女居住的建筑物。《太平御览》卷六七四引《上清经》云“元始居紫云之阙（宫殿），碧霞为城”。“元始”是元始天尊，道教神仙之名。

十二　碧城的楼台有十二层。《九成宫》诗云“十二层城阆苑西”。《无题（紫府仙人）》诗云“更在瑶台十二层”。参见诗注。

曲阑干　曲折的栏杆。南朝的乐府恋歌《西洲曲》云“阑干十二曲，垂手明如玉”，则“十二”不仅是碧城的层数，也指弯曲的栏杆。

犀辟尘埃　名为“却尘犀”的犀牛角因可以防尘，故被置于室内以保持清洁（《述异记》）。

玉辟寒　令房间变暖的玉。据《太平广记》卷四〇四引《宣室志》，会昌元年（841）扶余国贡品中有名为“火玉”之物，将其放在房间里则冬季也不需要穿夹衣。

阆苑　昆仑山中的阆风苑，西王母居处。《太平广记》卷五二引《续仙传》云“此花在人间已逾百年，非久即归阆苑去”。

附鹤　仙界中“鹤”是送信的使者。道源注引《锦带》一书云“仙家以鹤传书，白云传信”。“附”意为“托付”。

“女床”一句　“女床”是位于西方的仙山。名为“鸾”的鸟居住在那里。《山海经·西山经》云“女床之山……有鸟焉。其状如翟而五采文。名曰鸾鸟。见则天下安宁”。东汉张衡《东京赋》亦云“鸣女床之鸾鸟，舞丹穴之凤皇”。

“星沉”一句　从天界所见的天空的模样。“当窗”指在近处看见星辰的运行情况。

“雨过”一句　从天界所见的人世的光景。“隔座”意为相对而坐、距离很近。《无题（昨夜星辰）》云“隔座送钩春酒暖”。参照该句注。

“若是”二句　“水精盘”是水晶制成的大盘。“水精”同“水晶”。关于盘中的“晓珠”为何物，众说纷纭，此处解释为象征爱情的形状。

诗型·押韵　七言律诗。共用上平二十五寒（干、寒、看）和二十六桓（鸾、盘）。平水韵：上平十四寒。

其二

对影闻声已可怜，玉池荷叶正田田。
不逢箫史休回首，莫见洪崖又拍肩。
紫凤放娇衔楚佩，赤鳞狂舞拨湘弦。
鄂君怅望舟中夜，绣被焚香独自眠。

仅仅是看着那影子听着那声音，就令人情思缠绵，在那莲叶繁茂生长着的仙界玉池。

遇不到箫史那样的男子就不要因为心动而回头啊。也不要看见洪崖那样的男子就亲密地去拍他的肩膀。

紫色羽毛的凤凰看起来婀娜多姿，口中衔着神女赠给郑交甫的佩玉；红色鳞片的鱼疯狂地起舞，弹拨着湘神的琴弦。

过去与划船少年相爱的鄂君，今晚在船里寂寞地远望，裹在焚香后浸透香气的刺绣被褥里独自入眠。

可怜　心情被强烈地吸引。与日语的“可怜”（意为惹人怜爱——译注）不同。

“玉池”一句　“玉池”是池塘的美称。《欢闻歌》（《玉台新咏》记为梁武帝所作，《乐府诗集》记为南朝梁王金珠所作）云“艳艳金楼女，心如玉池莲”。“田田”是莲叶密密从丛生长的样子。古乐府《江南》有“江南可采莲，莲叶何田田。鱼戏莲叶间……”之句。莲叶繁茂的池塘正是恋情的舞台。

箫史　古代仙人。他是吹箫名手，也是秦穆公之女弄玉的恋人。参见《无题（闻道）》诗注。

洪崖　上古仙人之名。晋代郭璞《游仙诗七首》（《文选》卷二一）其三云“左挹浮丘袖，右拍洪崖肩”。

紫凤　紫色的凤凰。师旷《禽经》记述了各种颜色的凤凰，云“紫凤谓之鷟”。此处与下一句的“赤鳞”对仗，渲染了妖异的氛围。

放娇　或是恣意散发出色香之意。

楚佩　化用郑交甫与神女的故事。郑交甫在汉水之畔邂逅两名女子。分离之际，两人将佩玉送给郑交甫，但他刚走了几十步，放在怀里的佩玉就不见了，回头一看女子的身姿也已杳无踪迹（《列仙传》）。

赤鳞　神秘的鱼。江州刺史桓仲想要观看庐山灵异，命人先行，湖中出现了“赤鳞之鱼”。使者想要喝水，鱼就竖起鱼鳍朝向使者。（见《述异记》）。

拨湘弦　弹奏湘水之神的乐曲。“拨”意为弹动琴弦。《七月二十八日夜与王郑二秀才听雨后梦作》诗云“雨打湘灵五十弦”。参见该诗诗注。

“鄂君”二句　“鄂君”是楚国的王族。这里化用他抱起越国的划船少年、以“绣被”覆之的男色故事。《牡丹》诗云“绣被犹堆越鄂君”之句。参见该诗诗注。“怅望”意为悲哀地远望。参见《七月二十八日夜与王郑二秀才听雨后梦作》诗注。

诗型・押韵　七言律诗。单用下平一先（怜、田、肩、弦、眠）。平水韵：下平一先。

其 三

七夕来时先有期，洞房帘箔至今垂。
玉轮顾兔初生魄，铁网珊瑚未有枝。
检与神方教驻景，收将凤纸写相思。
武皇内传分明在，莫道人间总不知。

“七夕时前来拜访”，像西王母传达给汉武帝的信息一样，我们互相约定。然而洞房的帘幕到现在还低垂着。

兔子居住的月亮开始有缺口，生长在铁网上的珊瑚枝也不再伸长。

搜寻仙药的药方来让时间停止吧。获取仙界的凤纸来书写相思的心意吧。

仙女与凡人的欢会，不是确切地记录在《武皇内传》中吗？怎么能说人间从来没有过这样的事情呢！

“七夕”一句　本自《汉武内传》所载故事。突然有身着青衣的女子降临到汉武帝的宫殿中，传言说西王母将于七月七日到访。等到了那一天，云中传来箫鼓乐声和人马行进的声响，西王母前来拜访。“期”意为约定会面的日期。

洞房　深处的居室。

帘箔　帘子。“箔”也是“帘子”的意思。

至今垂　指无人来访。

“玉轮”一句　“玉轮”比喻月亮。“顾兔”是月亮里的兔子。《楚辞·天问》云“夜光（即月亮）何德，死则又育。厥利维何（有什么好处呢），而顾兔在腹”。“魄”是月缺之后阴影的部分。

“铁网”一句　将铁网沉入海中，使珊瑚附着在其上。参见《燕台诗四首》其一诗注。

检与　查访。“与”是为了将动词变成二字词语而加上的字。

神方　成仙之药的药方。

教驻景　让太阳的运行停止。停住时间以永葆青春。“景”即光。《集仙录》（《太平广记》卷六一所引）云“以道德二经及驻景灵丸授之而去”。

收将　收拾，获取。“将”与前一句的“与”用法相同，是为了将动词变成二字词而加上的字。

凤纸　唐代诏书所使用的纸。此处指仙界的纸。

相思　恋爱的情感。

武皇内传　以汉武帝为主人公的六朝志怪小说之名。以《汉武内传》之名流传。

分明　明明白白地，确实地。

人间　人世之中。

诗型·押韵　七言律诗。共用上平五支（垂、枝、知）和七之（期、思）。平水韵：上平四支。

本诗以“碧城”这一神仙世界为舞台，铺陈了恋爱的情思。那如梦似幻的氛围中交织进了许多恋

爱故事，歌咏了无法实现的爱情，但“其一”的尾联和“其三”的尾联都表示相信存在与仙界一样缥缈不定的恋情世界，并想要停留在其中，可以见出对于恋爱的肯定态度。

牡丹

锦帏初卷卫夫人，绣被犹堆越鄂君。
垂手乱翻雕玉佩，折腰争舞郁金裙。
石家蜡烛何曾剪，荀令香炉可待熏。
我是梦中传彩笔，欲书花叶寄朝云。

锦缎帘幕刚刚卷起就露出身姿的卫国夫人南子，被刺绣的被子簇拥着的越之鄂君。

腰带上的玉饰随着舞者的动作而优雅地晃动，流畅地弯腰舞蹈时熏有郁金香的裙裾在空中飞扬。

那光芒和就算不剪去蜡烛芯也还是灿烂炫目的石崇之家一样，那香气堪比就算不在香炉中添香也还是芳香四溢的荀彧的香气。

我是梦里被人授予了五色笔的诗人。我要在这花、这叶上写下诗歌来献给那巫山神女的化身朝云。

“锦帏”一句 比喻牡丹花盛放的姿态。本句下有“典略云，夫子见南子在锦帏之中”的原注。此处节录的三国魏鱼豢《典略》中的记述（见于《艺文类聚》卷六七），说的是孔子去往卫国时卫灵公的夫人南子要求孔子觐见，孔子以臣下之礼谒见，而南子隔着“锦帷”再拜，帷幕中只传出佩玉（挂在腰带上的玉饰）的声响。《史记 · 孔子世家》的记载则非“锦帏”而是“絺帏（葛织成的帷幕）”。南子作为美貌而多情的女子而知名，《论语 · 雍也》中，孔子的弟子子路对于孔子与南子会面之事感到不悦。“初卷”意为刚刚卷起，是说刚刚卷起“锦帏”就露出了身姿。

“绣被”一句 比喻牡丹的花苞。越鄂君是春秋时楚国的王族鄂君子皙，是个美男子。他乘船游玩时，划桨的越国男子唱出了“心说君兮君不知”的情歌（歌谣全文见《玉台新咏》《乐府诗集》）。鄂君上前抱住男子并用“绣被”盖住了他。这则男色故事见于刘向《说苑》卷一一。本诗云“越鄂君”，但在最早的故事中鄂君是楚人，“越”是划船男子的母国。“犹堆”意为一直向上隆起。

“垂手”一句 “垂手”是低垂手臂的舞蹈动作。舞曲名有“大垂手”“小垂手”。“雕玉佩”是雕琢过的腰带玉饰，“佩”是挂在腰上的玉饰。

“折腰”一句 底本作“招腰”，从《唐音戊签》改。一种弯腰的舞蹈动作。《西京杂记》卷一云“（戚）夫人善为翘袖折腰之舞”。戚夫人是汉高祖刘邦的宠妃。正如东汉梁冀之妻孙寿的“折腰步”被列为其人“妖态”之一（《后汉书 · 梁冀传》），“折腰”是一种妖艳的动作。“郁金裙”是熏过郁金香的裙裾。

“石家”一句 西晋石崇生活奢侈，煮饭也要用昂贵的蜡烛（《世说新语 · 汰侈》）。“剪”意为剪去蜡烛芯使火焰明亮。此处意为不用剪去烛芯也一直有很多蜡烛所放出明亮的光芒。

“荀令”一句 曹操任用的参谋荀彧，人称“荀令君”。《艺文类聚》卷七〇引《襄阳记》云“荀令君至人家，坐处三日香”。“可待熏”意为不用焚香，自己从身体中散发出香气。

“我是”一句　化引用梁朝文人江淹的典故。江淹梦到东晋文人郭璞，郭璞说将笔长年寄放在江淹处，希望他能够归还。江淹从怀中找到了五色笔，将笔还给了郭璞，此后江淹的诗才就枯竭了（《南史 · 江淹传》）。

“欲书”一句　“朝云”是与楚怀王结下盟誓的巫山神女的化身。参见《重过圣女祠》诗注。

诗型 · 押韵　七言律诗。通押上平十七真（人）和二十文（君、裙、熏、云）。平水韵：上平十一真和十二文。中晚唐以后，七言律诗的首句有故意用邻韵（十一真是十二文的邻韵）的现象。

本诗逐句用典描绘了牡丹花的种种美丽姿态，是一首咏物诗，也是采用咏物诗形式的艳诗。“牡丹”一词未在诗中出现，一、二句将牡丹的姿态比作高贵的南子、因男色而知名的鄂君两个貌美之人，三、四句将牡丹随风摇曳的模样比作舞蹈。五、六句描绘了牡丹的光辉和香气，虽然实际上牡丹并没有多少香气。然后末二句中吟咏牡丹的作者本人登场。被称作朝云的女子在诗末出现，由此可见牡丹也是用来比喻那位女子的。

马嵬二首

其一

冀马燕犀动地来，自埋红粉自成灰。

君王若道能倾国，玉辇何由过马嵬。

冀州的马、燕国的铠甲，在震动地面进攻而来的逆贼面前，皇帝把妆容美丽的妃子亲手掩埋在土里，让她归于尘土。

如果皇帝知道美女能倾覆国家的话，皇家车辇就不会经过马嵬之地了吧。

马嵬 玄宗逃难前往蜀地途中，在此地杀死了杨贵妃，该地因此有名。马嵬在陕西省兴平县西，距长安的直线距离有五十多公里。

“冀马”一句 “冀马”是冀州产的马。冀州是古代中国的九州之一，是以河北省、山西省为中心的地区，自古以来就是马匹的产地。《左传·昭公四年》云“冀之北土，马所生”。“燕”是春秋战国时代的国名，在河北省一带。“犀”指用犀牛皮做成的铠甲。《周礼·冬官·考工记》云“燕之无函也，非无函也，夫人而能为函也”，郑玄注云“燕近强胡，习作甲胄”，意为与异族相邻的燕地的人们都自己制作铠甲，而没有制作铠甲的工匠。此句意为在范阳（幽州，今北京市）举起叛旗的安禄山大军进攻都城。白居易《长恨歌》中写安禄山来袭亦有“渔阳鼙鼓（作战用的鼓）动地来”之句。

“自埋”一句 “红粉”是胭脂和白粉，指代美女。“成灰”是遗体化为尘土。陆机《挽歌诗三首》之二云“昔为七尺躯，今成灰与尘”。杨贵妃的遗骸被当场简单掩埋。她不仅是被杀死的，而且还没得到正式安葬，更令人感到痛惜。

道 一般解作“说”，但此处意为“知道”。

倾国 汉朝李延年作歌，以“倾国”指其妹李大人。参见《北齐二首》其一诗注。玄宗与杨贵妃的关系常常被与汉武帝和李夫人的关系相重合，《长恨歌》开头亦有“汉皇重色思倾国”之句。

玉辇 皇帝乘坐的用具。

诗型・押韵 七言绝句。共用上平十五灰（灰、嵬）和十六咍（来）。平水韵：上平十灰。

其 二

海外徒闻更九州，他生未卜此生休。

空闻虎旅传宵柝，无复鸡人报晓筹。

此日六军同驻马，当时七夕笑牵牛。

如何四纪为天子，不及卢家有莫愁。

据说在包围着这个世界的海洋之外还有九个一模一样的世界。但是只是听过这种说法，并没有办法确认。未及占卜来世，今生的命数就已经竭尽。

近卫军敲响的巡夜梆子徒劳地回响，欢乐的辰光终结时报晓的鸡人如今也不在了。

这一天，六月十四日，禁军士兵一同勒马不前。那时候，七月七日，两人嘲笑着每年只能相会一次的牵牛织女，彼此起誓说永不分离。

身为天子君临天下过了半个世纪，为何还不及嫁入卢家的莫愁那细微的幸福呢？

“海外”一句 本句有原注云“邹衍云，九州之外复有九州”。传说中国分为九州，周围都是海洋，战国时代的阴阳家邹衍则认为中国（赤县神州）不过是九州之一，同样被海包围的州共有九个，外侧被更大的海洋包围着（《史记·孟子荀卿列传》）。此句意为玄宗派道士到天涯海角寻找杨贵妃（白居易《长恨歌》），结果却徒劳无功。

“他生”一句 化用佛教的观念和语汇。“他生”是来世，“此生”是今世。这句是说玄宗和杨贵妃互相起誓说来世也在一起（这也是《长恨歌》的内容），最后却是一场空。

虎旅 见于《周礼·夏官》的官名，本自负责王的警卫工作的虎贲氏和旅贲氏，是宫中的警卫士兵。这里指伴随玄宗逃出长安的近卫兵。

宵柝 夜间巡回的梆子。

鸡人 见于《周礼·春官》的官名，在宫中管理漏刻（滴水计时器）。

晓筹 清晨时刻。“筹”是计数时刻的竹棒。

“此日”一句 “六军”本自《周礼·夏官》中王拥有六军的说法，指天子的直属军队。《长恨歌》亦云“六军不发无奈何”。六月十四日，行至马嵬的士兵们认为灾祸源头在于杨贵妃，于是停止前进。

“当时”一句 意为在幸福的最高潮时，嘲笑每年只能相会一次的牛郎织女。本白《长恨歌》“七月七口长生殿，夜半无人私语时。在天愿作比翼鸟，在地愿为连理枝”之句。

四纪 “纪”是岁星（木星）的公转周期十二年。四纪是四十八年。指玄宗在位的四十五年。

卢家有莫愁 “莫愁”是南朝乐府歌咏的女主角。《河中之水歌》（《玉台新咏》《乐府诗集》署名为梁武帝作，《艺文类聚》卷四三署为无名氏作）云“洛阳女儿名莫愁……十五嫁为卢家妇”。诗歌下文写到莫愁虽然嫁入富裕人家生活优渥，但还是希望当初能与邻家的男子结合，而此处是以民间女子获得幸福的爱情生活为例，与玄宗、杨贵妃进行对比。

诗型·押韵 七言律诗。单用下平十八尤（州、休、筹、牛、愁）。平水韵：下平十一尤。

*

本诗歌咏了因安史之乱而被迫死别的玄宗与杨贵妃的悲剧。天宝十五载（756），安禄山叛军攻破潼关，进逼都城。玄宗与宰相杨国忠、宠妃杨贵妃一道逃出皇宫，前往蜀地。为了平息同行士兵的骚乱，行至马嵬时玄宗不得不下令缢死杨贵妃。玄宗与杨贵妃的爱情故事，以白居易《长恨歌》为始，是唐代诗人反复歌咏的题材。李商隐在这两首诗之外，还作有《龙池》《骊山有感》《华清宫二首》等诗，除《马嵬》其二外均是七绝。李商隐的这两首诗明显以《长恨歌》为基础。其二中写到玄宗令人去冥界寻访杨贵妃的灵魂、七月七日交换誓言之事，都是《长恨歌》编造的虚构故事。但是，与《长恨歌》尽情吟咏悲剧咏叹调的风格相比，李商隐诗中有强烈的嘲讽态度——寻访冥界已是徒劳，来世结缘的盟誓也无法依凭，他否定了这一切。掌握一切权力的皇帝还比不上平凡的百姓夫妇，诗歌以此结束，正是最高级的讽刺。

可叹

幸会东城宴未回，年华忧共水相催。
梁家宅里秦宫入，赵后楼中赤凤来。
冰簟且眠金镂枕，琼筵不醉玉交杯。
宓妃愁坐芝田馆，用尽陈王八斗才。

幸运地在东城邂逅，一起参加的宴会还在继续，但时间像是被流水催促着一般流逝真是令人怨恨。

梁冀宅邸中奴仆秦宫潜入了其妻的居室，仆人赤凤出入赵飞燕的楼阁。

富贵之人在凉爽的席子上枕着镶金枕头酣眠，在琼玉制成的坐席上手执宝玉酒杯不断畅饮。

另一边，洛水女神宓妃在远方昆仑山上的芝田馆里萧瑟地孑然独立。号称才高八斗的曹植倾尽才华描绘恋情也还是徒劳无功。

可叹 令人悲叹。

东城 分为东西两边的都城中东边的街市。

宴未回 “宴回”意为从宴会上返回。白居易《渭村退居寄礼部崔侍郎翰林钱舍人诗一百韵》云“宴回过御陌，行歇入僧房”。

年华　时间，岁月。

共水相催　自孔子川上之叹以后，水的流动就成为了时间推移的比喻。“催”即催促。陶渊明《杂诗》其七云“日月不肯迟，四时相催迫”。

梁家　用东汉梁冀之妻的典故。梁冀喜爱监奴（仆人的统领）秦宫，秦宫出入梁冀之妻孙寿处时孙寿中意于他，两人私通。事见《后汉书·梁冀传》，《太平御览》卷二三二、卷五〇〇所引《梁冀别传》之类的小说中也有所叙述。

“赵后”一句　用汉成帝皇后赵飞燕与其妹的典故。赵飞燕受到宠爱成为皇后，其妹也被封为昭仪。与赵飞燕私通的奴仆赤凤也与昭仪私通，招致了姐妹二人的龃龉(《赵飞燕外传》)。

冰簟　像冰一样寒冷的席子。“簟”是纳凉用的铺席。

金镂枕　镶嵌着黄金的枕头。曹植《洛神赋》（《文选》卷一九）李善注所引《记》云“东阿王（曹植）入朝，帝（文帝，即曹丕）示植甄后玉镂金带枕”。此处仅指奢华的物品，不像尾联那样带有对曹植和甄后的哀情的联想。

琼筵　玉制的华丽坐席。

不醉　不管喝了几杯酒都不醉，还是一直在喝。

玉交杯　可能是几种不同的玉拼起来制成的酒杯。

宓妃　曹植《洛神赋》中出现的洛水女神。宓妃实际上是曹丕之妻甄后，她与曹植隐秘地相爱却无法结合。参见《无题（飒飒东风）》诗注。

芝田　昆仑山上的农田之名。《拾遗记·昆仑山》云“第九层……下有芝田、蕙圃，皆数百顷，群仙种耨（耕作）”。

陈王八斗才　“陈王”即陈思王曹植。谢灵运“天下才共一石，曹植独占八斗”之语古来相传。此二句意为曹植驱使文才写作《洛神赋》来描写宓妃（即甄后），两人的恋情也无法实现，宓妃只能成为仙女沉浸在孤独之中。

诗型·押韵 七言律诗。共用上平十五灰（回、催、杯）和十六咍（来、才）。平水韵：上平十灰。

*

诗人所“叹”为何难以把握，不过可以读出与贵人们沉湎逸乐相对的、为无法实现的恋情而叹息的意思。发语者只在首句出现。即便偶然邂逅但相处的时间也转瞬即逝。与这般虚幻的关系相对，诗中也罗列了恣意玩乐的男女的典故。尾联同样用典，无法结合的关系中投射了发语者本人的身影。旧注云此诗感慨当时风纪混乱，但正如以曹植的文才也无法同甄后结合，诗人感叹的或许是无法成就现实恋情的诗歌的无力。

代赠二首

其一

楼上黄昏欲望休，玉梯横绝月中钩。
芭蕉不展丁香结，同向春风各自愁。

黄昏渐近的楼上，一边想着“你还不来吗”一边想要向外眺望，但还是不做这种徒劳之事了。连结楼阁的走廊横跨在空中，天上现出帘钩般纤细的月亮。

硬而卷曲的芭蕉叶，坚硬地纠结在一起的丁香花苞，两者都被春风吹拂，但各自心中都怀有悲哀吧。

欲望休 《才调集》作“望欲休”。虽然语法稳定，但缺乏写作“欲望休”时表现出的踌躇心情。

玉梯 使楼梯与华丽的妓楼相衬的美化词。南朝梁江淹《娼妇自悲赋》云“网罗（蜘蛛网）生兮玉梯虚”。

横绝 横向跨过。“绝”意为跨过。本句语意难解，旧注众说纷纭，此处理解为道路一样的事物在空中将各处楼阁连结起来。

月中钩 将纤细的月亮比作卷起帘子挂住的帘钩。南朝梁简文帝《乌栖曲》云“浮云似帐月如钩”。李商隐此诗也有版本作“月如钩”，那样更稳妥些，不过“月中钩”是将帘钩形状的新月形容为“月亮里有帘钩”。

芭蕉不展　芭蕉的嫩叶卷曲着。指男子不敞开心扉。

丁香结　丁香是香气浓郁的植物。“结”意为花苞、长出花苞。花苞纠结着，与女子的心情“郁结难解”双关。参见《柳枝五首》其二。

诗型·押韵　七言绝句。共用下平十八尤（休、愁）和十九侯（钩）。平水韵：下平十一尤。但是第一句头一个字“楼”也是同韵部的字（十九侯），犯声病。

其二

东南日出照高楼，楼上离人唱石州。
总把春山扫眉黛，不知供得几多愁。

东南方向升起的太阳照耀着高高的楼阁。楼上的女子孑然一身，哼唱着表达离别悲伤的《石州》歌。

最后她把眉毛画成了春山的形状。眉形平缓地延伸着，其中生出了多少悲哀啊。

“东南”一句　化用东汉乐府《陌上桑》（又题作《日出东南隅行》《艳歌罗敷行》）开头的“日出东南隅，照我秦氏楼”之句。住在“秦氏楼”中的是朝阳照耀中熠熠生辉的美丽女主角罗敷。诗歌歌咏的是受众人喜爱的罗敷在丈夫外出时坚强地独守家中。李商隐另有化用这首乐府的题为《东南》的七绝。

石州　唐代无名氏乐府中有《石州》，歌咏了妻子切盼出征边地的丈夫的心情。

总　结果，最后。将苦恼于无法会面的悲哀心情全部舍弃。

春山　将眉毛描画成春山的形状。《西京杂记》卷二记述司马相如之妻卓文君云“眉色如望远山”。

扫眉黛　用眉墨画眉。正如李白《怨情》所云“美人卷珠帘，深坐颦蛾眉”，“眉”可以表现悲哀的情感。

“不知”一句　“不知……几多”意为“有多少……呢”。“供”意为提供。动词后附加的“得”是表示“造成了那样的结果”的口语性用法。此句意为春山一般形状美丽的眉毛因为美丽反而招致了恋情的悲哀。

诗型・押韵　七言绝句。共用下平十八尤（州、愁）和十九侯（楼）。平水韵：下平十一尤。

*

本诗采用了代妓女赠诗恩客的形式。可能歌咏的是现实中身在妓楼、怨恨无情客人的妓女的心情。

尽管场景相同，但“其一”直接借用了妓女口吻，“其二”则将妓女作为对象来吟咏。“其二”后两句尽管难以理解，但“春山一般的蛾眉反而增添了愁绪”这一表达方法，带有机巧的色彩。艳情诗的诗题冠以“代”字，古有曹丕《代刘勋出妻王氏作》，是较早的例子。化身为孤独的深闺女子进行吟咏，与闺怨诗有相通之处。李商隐另有一首题为《代赠》的五律闺怨诗，不过这一诗题不是固定的，其他可见的也只有李白的闺怨诗《代赠远》。

南朝

地险悠悠天险长，金陵王气应瑶光。

休夸此地分天下，只得徐妃半面妆。

绵延不绝的地险、天险所守护的地方。古来相传有王气上升的福地金陵，准确对应着天上的斗宿。

但是别因为定都此地并坐拥天下一半土地就骄傲自满。就像徐妃只在半边脸上化了妆一样，（梁朝）也只不过拥有全部国土的一半而已。

南朝　七律《南朝（玄武湖中）》诗展开描写了宋、南齐、陈朝宫廷的种种逸乐，这首《南朝》诗则以梁朝为背景。

“地险”一句　“天险”“地险”是守卫国家的自然屏障。语出《周易》。“习坎”象传云“天险，不可升也，地险，山川丘陵也。王公设险，以守其国”。“悠悠”和“长”一样，指时间上和空间上的“长”。

金陵　南朝历代定都之地建康（江苏省南京市）的雅称。据《太平御览》卷四一引《金陵地记》、《太平寰宇记 · 昇州》引《金陵图经》所云，战国时楚威王见此地有“王气”而埋金于此，故称“金陵”。秦时，秦始皇听说江东有天子之气而心生恐惧，斩断地脉，将其地改名为“秣陵”。

王气　预示着王者即将出现的气。

应瑶光　“瑶光”是北斗七星的柄上两端的星的名字。也指北斗七星。整个天空根据二十八个星座(宿)划分区域(分野)，中国国土的划分被认为与“分野”相对应。金陵所在的吴地与包含北斗七星在内的斗宿相对应，故此处云“应”。

分天下　指中国分裂为南朝和北朝。

徐妃　梁元帝之妃徐昭佩。她容貌平平，元帝两三年才去了她房里一次。她为了讥讽元帝瞎了一只眼睛，只在半边脸上化了妆等候皇帝。元帝发觉了此事，大怒而出（《南史·后妃传下》，此事不见于《梁书》）。徐妃因生性淫乱而被元帝疏远，最后被迫自杀。

诗型·押韵　七言绝句。共用下平十阳（长、妆）和十一唐（光）。平水韵：下平七阳。

*

南朝定都在自然险阻坚固的建康，却只占有中国一半的领土，本诗讽刺了此事。晚唐时流行的咏史诗，在简短的绝句中交织有机巧。本诗也将占有一半国土与徐妃只在半边脸上化妆两事双关，把国家领土和皇后妆容两种相隔甚远的事物以“半面”为中介联系起来，这种机智正是点睛之笔。

圣女祠

松篁台殿蕙香帏，龙护瑶窗凤掩扉。
无质易迷三里雾，不寒长著五铢衣。
人间定有崔罗什，天上应无刘武威。
寄问钗头双白燕，每朝珠馆几时归。

松与竹包围着的祠堂，香气馥郁的帏幕。玉窗上雕着守护祠堂的龙，门上刻满了凤凰花纹。

没有实体的塑像四处徘徊，好像弥漫了三里的雾气那样令人无从捉摸。因为没有人形而不觉得寒冷，一直穿着薄薄的五铢衣。

人世间应该有同异世界的女子谈笑的崔罗什那样的才子。但是天界里却找不出刘武威那样富有威严的武将。

告诉我吧，发簪上装饰的成对白燕啊。总是去仙界宫殿里觐见的圣女，什么时候才会返回这里呢？

圣女祠　祭祀道教神女的祠堂。参见《重过圣女祠》诗注。

松篁　“篁”意为竹林、竹子。用平声的“篁”代替仄声的“竹”。

蕙香帏　“蕙”是香草名。“帏”是帘子。

“龙护”一句 形容祠堂窗子、门上雕刻的龙和凤凰纹样非常壮丽。“瑶窗”是用玉装饰的窗子。

无质 圣女是塑像，此处只是形态而没有精神实体。

三里雾 所谓的“五里雾中”的状态。语出《后汉书·张楷传》：“性好道术，能作五里雾。时关西人裴优亦能作三里雾。自以不如楷，从学之。楷避不肯见。”

不寒 圣女没有肉体，所以感觉不到寒冷。

五铢衣 仙人穿着的薄而轻的衣服。见于《太平广记》卷四〇五等所引《博异志》的如下故事：仙界的童子现身在唐初重臣岑文本处，岑文本见他穿着的衣服似乎很轻，便询问衣服的产地，童子说“此是上清（天界）五铢服”。岑文本又问“听说天衣都是六铢重的”，童子答说“其中最轻的重五铢”。“铢”是重量单位，一两的二十四分之一。

人间 人世之中。

崔罗什 受到墓中女子款待的男子的故事。见于段成式《酉阳杂俎·冥迹》。北魏时，崔罗什路经长白山麓时，忽然出现了一座豪华的宅邸。他被招待进门，与女主人谈笑，约定十年后再见，然后告辞，回头望去时那里只有一座很大的坟墓。

刘武威 可能本自武将自述与仙女交欢的故事，但具体出典不详。据道源注，汉朝的武威（甘肃省武威县）太守刘子南从道士处得到萤火丸，戴在身上后身体就消失不见，此后他在战斗中再也没有受伤（《太平广记》卷一四所引《神仙感遇传》）。清代学者冯浩则举出了与夷狄作战建立功勋的东汉武威将军刘尚之名，又云不知是否还有其他合适的典故。此二句意为：圣女的塑像遇不到匹配的男子，还是留在天上，人间世界中却有好男子。这是对圣女的嘲笑。

钗头双白燕 装饰在发簪上的成对白燕。本自东汉郭宪《洞冥记》中的故事。汉武帝元鼎元年（前 116）建成招仙阁时有神女降临，赠予武帝玉钗。武帝将玉钗赐给赵婕妤。到其子昭帝元凤年间（前 80—前 75）打开箱子一看，箱子里飞出一只白色的燕子。宫女们效仿此事制作了名为“玉燕钗”的发簪。

珠馆 仙界的建筑。

诗型 · 押韵 七言律诗。单用上平八微（帏、扉、衣、威、归）。平水韵：上平五微。

*

诗人途经祭祀道教女神的祠堂，对圣女塑像感到亲切而又含有些许揶揄。塑像被安置在庄严的场所，但从嘲讽女子孑然独立没有男子作伴这一点看来，圣女像被归为李商隐其他诗中所写的女道士的同类。

独居有怀

麝重愁风逼，罗疏畏月侵。
怨魂迷恐断，娇喘细疑沉。
数急芙蓉带，频抽翡翠簪。
柔情终不远，遥妒已先深。
浦冷鸳鸯去，园空蛱蝶寻。
蜡花长递泪，筝柱镇移心。
觅使嵩云暮，回头灞岸阴。
只闻凉叶院，露井近寒砧。

笼罩房间的浓郁麝香气息是否会被风吹散、月光是否会穿过透明的帘幕照射进来，这么想着而心绪不宁。

被怨恨所迷惑的魂魄就要断裂了，柔弱的喘息声仿佛要消失了一般。

反复重新系好因憔悴而松弛的芙蓉腰带，多次把从凌乱发丝中掉落的翡翠发簪重新插好。

虽然爱慕那人的心意没有减少，但远隔两地怨恨他的心情与过去相比也没有消减。

寒冷的河畔成对的鸳鸯鸟消失不见，寂静的庭中飞来一只蝴蝶。

泪水像蜡烛不断滴落烛泪一样连绵不绝，心绪像是筝柱不断移动一样始终不得平静。

想找人帮忙带信给他，但此地嵩山已是日暮云深，想着或许能看到那人而回身去看，他已经身在霸陵岸边的云中。

能听到的只有落叶纷飞的庭院中、传到井边的捣砧的声音。

麝重　麝香的香气浓郁地飘散。

罗疏　“罗”是薄绢。此处指薄绢制成的帘幕。

“怨魂”一句　“怨魂”是怨恨恋人的魂魄。魂“断”即陷入茫然自失的状态。

娇喘　柔弱的喘息声。

数急　“急”意为“紧”。此处指系紧腰带。为相思而憔悴致使腰带变松，反复重新系紧腰带。参见《燕台诗四首》其一诗注。

芙蓉带　画着芙蓉亦即莲花花纹的腰带。梁元帝《乌栖曲》云“芙蓉为带石榴裙”。

频抽　“抽”意为“拔出”。心情烦恼导致发丝变乱，反复拔出发簪来重新梳头。

翡翠簪　装饰有翡翠羽毛的发簪。南朝梁姚翻《同郭侍郎采桑》（《玉台新咏》）诗云“日照茱萸领，风摇翡翠簪”。

柔情　女子爱慕恋人的心情。

终不远　即便令人痛苦的分离一直持续，但心意绝不与对方疏远。

遥妒　从远方嫉妒。旧注将本诗解作寓意李商隐和令狐绹的龃龉，所以将此语解作令狐绹对于李商隐的恶意，但此处解作女子一面恋慕情人、一面嫉妒也深深地植根于心。徐陵《玉台新咏序》云“画出天仙，阏氏（匈奴单于的正妻）览而遥妒”。

鸳鸯　象征关系亲密的男女。

蛱蝶　蝴蝶。此处是一只蝴蝶。《蝶》诗亦云“孤蝶小徘徊，翩翾粉翅开”，歌咏了孤独的蝴蝶。

蜡花　蜡烛灯芯的尖端。

长递泪　“递”意为“接连不断传送”。将泪水比喻为烛泪滴落，参见《无题（相见时难）》诗注。

筝柱　“筝”是十三弦。“柱”是琴柱。参见《锦瑟》诗注。

镇　时常。

移心　与弹筝时琴柱移动双关，指心情不得平静。

“觅使”一句　与如下一则《汉武内传》(《艺文类聚》卷七)的故事暗合：汉武帝在梦中与道士李少君一同攀登嵩高山，路上见到身穿锦衣的使者乘着龙从云中出现，传话说太乙君（道教神仙）召见他们。武帝从梦中醒来，说道：“倘若如朕所梦，那么李少君将要弃朕而去吧。”嵩山在洛阳东面，在本诗中是女子所在之地。与下一句所指的男子所在的长安形成对比。

“回头”一句　灞水是流经长安东郊的河。也指其附近的霸陵。此句化用王粲《七哀诗》其一的“南登霸陵岸，回首望长安”。王粲诗所写的是从东汉末陷入战乱的长安逃出后行至霸陵时回望长安，本诗的“灞岸”则是与“嵩云”对仗，指长安。

凉叶　秋天的树叶。韦应物《秋夜二首》其一云“萧条凉叶下，寂寞清砧哀”。

露井　没有井盖的井口。古乐府《鸡鸣》云“桃生露井上，李树傍桃生”等，常见于艳诗中。

寒砧 冬季捶打衣服的砧。此处指砧声。像“凉叶”注所引韦应物诗一样，砧声也被当作晚秋的寂寥景物来吟咏。

诗型 · 押韵 **五言排律。单用下平二十一侵（侵、沉、簪、深、寻、心、阴、砧）。平水韵：下平十二侵。**

*

只看诗题似乎是文人的不遇之叹，诗歌内容却是女子的心绪。诗人化身为独居的女子吟咏其心中所思。被独自一人留在洛阳的女子，一直爱慕前往了长安一带的男子，诗中详细描写了她摇荡不定的心情。

有感二首 乙卯年有感，丙辰年诗成

其一

九服归元化，三灵叶睿图。
如何本初辈，自取屈氂诛。
有甚当车泣，因劳下殿趋。
何成奏云物，直是灭萑蒲。
证逮符书密，词连性命俱。
竟缘尊汉相，不早辨胡雏。
鬼箓分朝部，军烽照上都。
敢云堪恸哭，未免怨洪炉。

人间的一切都归顺于作为世界本源的天子之德，天上的日月星辰也和充满睿智的天子之心毫无不同。

在本朝为何会有像试图诛杀宦官的袁绍一样的人，自己招致了像受宦官诬告而被处死的刘屈氂一样的灾祸呢？

过去汉代的袁盎将与文帝同乘一车的宦官赵同拖下车来令他哭泣，而李训、郑注比袁盎更加严厉。但是这却令皇帝遭受了出宫四处奔逃的苦难。

为何要在祥瑞出现时上奏呢？这不是令大臣们好像群聚在萑蒲的强盗一样被一举歼灭了吗？

官府发出布告将证人一个不漏全部逮捕。名字出现在证言中的人就要被杀死。

李训相貌不逊于令匈奴王感叹不已的汉代宰相王商，皇帝刚刚信任他就造成了这种状况。郑注不同于被预言说迟早要覆灭晋朝的“胡雏”石勒，没有人看穿他的不祥之处。

大臣分为两类：已经身入鬼籍者和尚未身死者，战争的烽火熊熊照耀着大唐帝国的国都。

就连因这份悲痛而恸哭也不被允许。但即便如此，还是不得不面向广阔天地述说这份怨恨。

有感 意为“有所想之事”。仅凭此诗题无法知晓内容，而根据题下的自注中记录的年号，本诗是围绕甘露之变而写的。杜甫《有感五首》也是对当时的政治现状发出感慨的诗作。

乙卯年 大和九年（835）。宦官屠杀了大批大臣的“甘露之变”爆发的年份。

丙辰年 第二年，即开成元年（836）。

九服 中国周围的所有地区。古代中国将国土正中边长千里的正方形土地称为王畿，包围王畿的同心正方形边长每扩大五百里，依次设立侯服、甸服、男服、采服、卫服、蕃服、夷服、镇服、藩服。《周礼·夏官·职方氏》云“乃弁九服之邦国”。“服”意为从属于天子。

元化 世界根源的运作。此处指天子的德化。

三灵 日、月、星，或天、地、人。指成为世界基础的三种灵妙的存在。

睿图　天子的充满睿智的思想。

本初　东汉末期恣意弄权的袁绍字本初。袁绍与大将军何进谋诛宦官，何进为宦官所杀，袁绍则将宦官杀尽。此处将李训、郑注类比袁绍。

屈氂　刘屈氂，西汉武帝之甥。他被宦官诬告诅咒武帝，被处以腰斩之刑（《汉书·刘屈氂传》）。此处类比李训、郑注想要铲除宦官却反被宦官诛杀之事。

当车泣　用西汉袁盎的典故。汉文帝令宦官赵同与自己同乘一车，袁盎伏在车前进谏说不能让低贱的宦官乘坐天子用车，赵同只能哭着下车了（《史记·袁盎晁错列传》）。

下殿趋　用有关梁武帝的典故。中大通六年（534），荧惑（火星）与南斗星重合。武帝见此不祥之兆，引用“荧惑入南斗，天子下殿走”的谚语，赤脚从宫殿中走下以祓除不祥（《资治通鉴》）。此处指李训、郑注攻入宫中时宦官仇士良将文宗带出宫殿之事。

云物　云的形状。《周礼·春官·保章氏》云“以五云之物，辨吉凶”，郑玄注云“物，色也”。观察云物以判断吉凶。《左传·僖公五年》云“凡分（春分和秋分）、至（夏至和冬至）、启（立春和立夏）、闭（立秋和立冬），必书云物”。此处指天降甘露的祥瑞。

萑蒲　沼泽之名。或是盗贼的巢穴。《左传·昭公二十年》云“郑国多盗。取人于萑蒲之泽。子太叔兴徒兵以攻萑蒲之盗，尽杀之”。

“证逮”一句　“证”即证人。“符书”是官府的文书。指发出了周密的文书，连证人都逮捕起来。

“词连”一句　一旦从证人的供词中发现了联系，连性命都会被夺去。

汉相　汉朝宰相王商。王商仪表出众，令前来朝觐的匈奴单于敬畏，成帝称赞他“此真汉相也”（《汉书·王商传》）。

此处以李训类比。李训也仪表不凡，长于论辩，文宗因此将未来托付给他（《旧唐书·李训传》）。

辨胡雏 用五胡十六国时期在后赵登基的羯人石勒的典故。石勒少年时叫卖商品，王衍听到他的声音说道："此胡雏，吾观其声视有奇志。恐将为天下之患"，想要把他关押起来，而石勒已经离开了（《晋书·载记四》）。"胡雏"意为"胡族的小鸡仔"，是对于胡人孩子的蔑称。此处以郑注类比。

鬼箓 记载死者姓名、死亡时间等信息的账簿。

朝部 可能是朝班（大臣的队列）之意。

军烽 战争的烽火。

上都 都城。指长安。

敢云 意为这份悲惨之情达到恸哭亦无法疗愈痛苦的程度。汉代贾谊批判时政的文章中云"可为痛哭者一，可为流涕者二，可为长太息者六"（《汉书·贾谊传》），但这不是哭泣就能解决的问题。

"未免"一句 意为不得不向天地倾吐怨恨。"洪炉"是巨大的熔矿炉。参见《异俗二首》其二注。

诗型·押韵 五言排律。共用上平十虞（诛、趋、俱、雏）和十一模（图、蒲、都、炉）。平水韵：上平七虞。

其二

丹陛犹敷奏，彤庭欻战争。
临危对卢植，始悔用庞萌。
御仗收前殿，凶徒剧背城。
苍黄五色棒，掩遏一阳生。
古有清君侧，今非乏老成。
素心虽未易，此举太无名。
谁瞑衔冤目，宁吞欲绝声。
近闻开寿宴，不废用咸英。

涂成丹朱颜色的台阶下不断传来有关天降甘露的奏章时，宫中红色的庭院突然变成了战场。

面临存亡关头的皇帝，面对着敢于反抗宦官和董卓的卢植一般的忠臣，头一次后悔任用了那背叛了光武帝信任的庞萌一般的逆贼。

虽然禁军夺回了正殿，但被追逼的贼人还在继续激战。

五色棒被人们慌乱地挥舞着。混乱甚至影响到天道运行，春天也迟迟不来。

自古以来有许多铲除奸臣的事例，如今也并非没有忠诚的老臣。

虽说对于天子的忠心丝毫未变，但此次行动师出无名。

无辜被害的人们，能够心安理得地合上双眼吗？他们默默强忍住那快要消失似的声音了吗？

然而近来听到传闻说，宫中召开了庆祝天子生辰的宴会，甚至没有暂停使用《咸池》《六英》等惯例的歌舞乐曲。

丹陛 正殿正面的台阶。因涂成红色而称为“丹陛”。

敷奏 大臣向皇帝上奏。《尚书·舜典》云“敷奏以言”。

彤庭 “彤”也是红色。宫中地面涂成红色。

卢植 东汉末年的忠臣。何进谋诛宦官反而被杀后，宦官将少帝挟持出宫，卢植追上去杀了宦官，夺回了少帝。董卓欲废少帝改立陈留王（献帝）时，大臣们默然无语，只有卢植坚决反对（《后汉书·卢植传》）。此处类比令狐楚。此句有“是晚独召故相彭阳公入”的自注。“彭阳公”是受封为彭阳郡开国公的令狐楚。《旧唐书·令狐楚传》云“（李）训乱之夜，文宗召右仆射郑覃与（令狐）楚宿禁中，商量制敕。上皆欲用为宰相”。

庞萌 东汉初期人。起初光武帝信任他为“社稷之臣”（能成为国家砥柱的大臣），但后来他发动了叛乱而被杀（《后汉书·庞萌传》）。此处类比为李训、郑注。

御仗 皇帝的仪仗兵。指宦官和禁军。

前殿 正殿。此处指含元殿。

背城 背向城池疯狂地作战。《左传·成公二年》云“请收合余烬，背城借一（战斗一场）”。

苍黄 慌张奔逃的样子。也写作同音的“仓皇”“苍惶”等，此处与“五色棒”双关，使用了同样表示颜色的“苍”“黄”二字。

五色棒 曹操的典故。曹操年轻时任洛阳县尉，准备了五色棒以严惩犯法者，当权的宦官蹇硕的叔父因犯夜行之禁而被打死（《三国志·魏书·武帝纪》裴松之注引《曹瞒传》）。

掩遏 镇压并制止。

一阳生 冬至时阳气发生。甘露之变发生在阴历十一月二十一日，将近冬至。

清君侧 铲除君主侧近的奸臣。《公羊传·定公十三年》云“逐此君侧恶人”。

老成 素来忠诚的家臣。《诗经·大雅·荡》云“虽无老成人，尚有典刑”。此处指令狐楚。

素心 本来的想法。

未易 底本“未”作“永”，从诸本改。

无名 没有名目。

“谁瞑”一句 “瞑目”意为闭上眼睛什么也不想做。《后汉书·马援传》云“今获所愿，甘心瞑目”。“冤”是没有犯下的罪。“衔冤”指无罪却被杀害的王涯等大臣。

“宁吞”一句 “吞声”意为悲伤到发不出声。杜甫《哀江头》云“杜陵野老吞声哭”。

寿宴 庆祝天子生辰的宴会。

咸英 古代的雅乐。黄帝的《咸池》和帝喾的《六英》。

诗型·押韵 五言排律。共用下平十二庚（生、英）、十三耕（争、萌）、十四清（城、成、声、名）。平水韵：下平八庚。

蓬山此去无多路，青鸟殷勤为探看。

重有感

玉帐牙旗得上游，安危须共主分忧。
窦融表已来关右，陶侃军宜次石头。
岂有蛟龙愁失水，更无鹰隼与高秋。
昼号夜哭兼幽显，早晚星关雪涕收。

支起天子的营幕，竖起将军的军旗，占据形势有利之地，如此则身为节度使之人方可在国家危急存亡之际与天子齐心协力忧心国事。

进言要求征伐逆贼的窦融的上书已经送到了位于关右的国都。前去平定叛乱的陶侃军队应该集合在都城附近的石头城。

尽管神龙不能离开水，但仍有以天空为自身私有之物的猛禽在秋日空中翻飞交错。

正午时的号泣、黑夜中的恸哭，生者和死者都发出悲痛的呻吟。希望总有一天能拭去泪水、亲手收回被星辰包围的皇宫。

玉帐　军营中将军的幔帐。指节度使的阵营。

牙旗　将军的军旗。旗杆顶部原本装有象牙制成的饰物，故有此名。

上游　原意是河川的上流。此处指形势有利的地区。

窦融　东汉的开国功臣。他曾向光武帝进言说应当立即攻打僭称帝号的隗嚣（《后汉书 · 窦融传》）。此处指对宦官不满的昭义节度使刘从谏因宰相王涯无罪被害之事屡次向文宗上书。

关右　函谷关以西之地。此处指都城。

陶侃　为东晋的安定鞠躬尽瘁的武将。苏峻之乱时他与温峤、庾亮等人一同在石头城（南京市郊外）集结军队，夺回了都城。

“岂有”一句　“蛟龙”比喻皇帝，“失水”喻指皇帝失去权力。

“更无”一句　“鹰隼”是残暴的猛禽，比喻违逆朝廷的军阀。“更无”应理解为反语。

幽显　“幽”是已死之人，“显”是活着的人。

早晚　哪一天。是针对时间的疑问词。

星关　意为星辰的关卡处，指皇帝的居所。结合《后汉书 · 宦者列传》所云“宦者四星，在皇位之侧”，则此语也有“宦官环绕下的天子居所”之意。

诗型 · 押韵　七言律诗。共用下平十八尤（游、忧、秋、收）和十九侯（头）。平水韵：下平十一尤。

*

诗歌与唐代后半期的政治史有关，当时大臣、宦官、军阀各成一派，而大臣中间又有派系分裂，权力斗争非常复杂。其中最突出的事变就是大和九年（835）发生的“甘露之变”。其先大臣中称为“牛李党争”的权力斗争持续多年，李训、郑注等新势力在两派的缝隙间发展起来。他们与朝廷内的另一派势力宦官尖锐对立，谋划铲除宦官。他们谎称出现甘露降临的祥瑞，想要引出宦官将他们一网打尽。但这一计划提前泄露，他们遭到宦官的反击，结果宫中鲜血四溅，酿成了众多大臣遭到屠杀的惨剧。尽管这是如此重大的政变，但同时代几乎没有言及此事的诗文。中国古典诗本应以批判政治为主旨，但可能因为实际上事变中有着种种纠葛，人们没有勇气来叙述此事。其中直面此事的，正是《有感二首》《重有感》这三首诗。这表明李商隐不仅是位艳诗诗人，他还非常关注政治并有着极具洞察力的眼光，以及将这一切表达出来强大的精神和语言能力。李商隐当时二十四岁，尚未进士及第，虽说得以免于官场的束缚，但这无疑是大胆而直率的言论。不过，每一句各指谁并不明确。但希望恢复以天子为中心的秩序、并愤怒于远离这一理想的现实，这一思想主旨则是明确的。

春雨

怅卧新春白袷衣，白门寥落意多违。
红楼隔雨相望冷，珠箔飘灯独自归。
远路应悲春晼晚，残宵犹得梦依稀。
玉珰缄札何由达，万里云罗一雁飞。

尽管春天到了，但还是穿着白色袷衣，将忧郁之情封闭在胸中。恋人们幽会之地的白门又恢复了宁静，情思全都难以实现。

隔着细雨浮现在眼前的，是从前与那人幽会的红楼的冷淡身影。珍珠帘幕在灯光中闪闪发光，我孤身一人返回。

身在遥远客舍的那人是否也惋惜着即将逝去的春天呢？不眠之夜将要结束时，他在我幽暗的梦境中出现。

即便想要送去附有玉耳环的书信，但怎样才能送到呢？空中满是像细密的罗网一样的云朵，其中有一只大雁飞过。

怅卧　怀抱愁绪闷在房间里。“怅”意为失意、忧愁。多用作双声词“惆怅”。

白袷衣　“袷衣”是春秋天穿的衣服。西晋潘岳《秋兴赋》云“藉莞蒻（蒲草坐席），御袷衣”。

白门　见于南朝恋歌，是男女幽会之处。乐府《杨叛儿》云“暂出白门前，杨柳可藏乌。欢作沉水香，侬作博山炉”。

寥落　表现幽静寂寞之感的双声词。

红楼　涂成红色的楼阁。形容女子的居所十分华丽。

珠箔　珍珠编成的帘幕。与“红楼”一样，形容女子的住处华美。此二句以雨为媒介，回想起过去的幽会。

晼晚　形容春日、春季即将终结的叠韵词。参见《无题（含情）》诗注。

依俙　形容朦胧状态的叠韵词。也写作“依稀”。

玉珰　耳环。有男子随信赠送耳环给女子的风俗。《夜思》诗亦云“寄恨一尺素（书信），含情双玉珰”。

缄札　“缄”意为密封书信。“札”是写有文字的纸片。

云罗　“罗”是捕鸟用的网。云像细密的捕鸟网一样在整个天空中铺展开来。

一雁　汉代的武将苏武被匈奴俘虏，匈奴隐瞒此事而声称苏武已死。汉朝使者套话说武帝射下的大雁腿上系有苏武写的信、他应该还活着，匈奴单于不得不承认并释放了苏武（《汉书·苏武传》）。“雁”传送书信的说法出自这个典故。

诗型·押韵　七言律诗。单用上平八微（衣、违、归、俙、飞）。平水韵：上平五微。

*

本诗吟咏了春日冷雨中对于未能结合的恋人的思念。雨水酝酿出冷淡而寂寞的情绪，又令人回忆起过去幽会的情景。正如杜牧《江南春》所云“南朝四百八十寺，多少楼台烟雨中”，在烟雨朦胧中产生了看到南朝街市的幻觉那样，春雨引发了人的回忆。雁是传递书信的鸟，但在空中高飞而无法托付。而且雁本是成群飞翔的动物，那里却只有一只大雁。大雁身上投射了孑然一身的自己的影子。

楚 宫

湘波如泪色漻漻，楚厲迷魂逐恨遥。
枫树夜猿愁自断，女萝山鬼语相邀。
空归腐败犹难复，更困腥臊岂易招？
但使故乡三户在，彩丝谁惜惧长蛟。

湘江水像泪水一般澄澈。投身其中的楚人屈原的冤魂追逐着怨恨直到天涯海角。

江边枫树上鸣叫的夜猿，发出令人心碎的悲痛啼声。身上缠绕着女萝藤蔓的山鬼，花言巧语地引诱别人。

江底逐渐腐烂的肉体再也无法复生，又被鱼啃食破碎，还能够招回魂魄吗？

哪怕屈原的家乡只剩下了三户人家，也会用能吓退蛟龙的彩色丝线绑住食物，不断投入他长眠的江水中来供奉他吧。

楚宫　战国时期楚国的宫殿。李商隐另有三首题为《楚宫》的诗以及一首题为《过楚宫》的诗，但都是以楚国宫中奢侈荒淫的生活为题材，与屈原无关。本诗吟咏死于非命的屈原，或许是诗题有误。

湘波　湘江的水波。湘江是自南方注入洞庭湖的河流。屈原投水的汨罗是湘江支流。

色漻漻　河水澄澈透明的样子。李贺《南山田中行》云“秋野明，秋风白。塘水漻漻虫啧啧”。

楚禰迷魂　指楚国屈原的冤魂。“禰”是死于非命者的鬼魂。《左传·昭公七年》云“匹夫匹妇强死（即意外而死），其魂魄犹能冯依于人，以为淫厉”。“禰”同“厉”。

枫树　南方河边的植物。《楚辞·招魂》云“湛湛江水兮上有枫，目极千里兮伤春心，魂去归来兮哀江南”。

夜猿　“猿”也是南方的动物，据说其鸣声悲痛。《楚辞·九歌·山鬼》云“雷填填兮雨冥冥，猿啾啾兮又夜鸣”。“又”也是一种猿猴。

女萝山鬼　“女萝”是藤蔓植物之名。“山鬼”是住在山中的女性神。《楚辞·九歌·山鬼》描述山鬼云“若有人兮山之阿，被薜荔（桂树一类）兮带女萝”。

邀　邀请，呼唤。

空归腐败　人死后肉体腐烂。

复　令死者的灵魂苏醒过来的仪式。见于《礼记·丧大记》。

腥臊　腥臭味。由此指代动物。《吕氏春秋·本味》云“夫三群之虫，水居者腥，肉玃者臊，草食者膻”。此处意为投水而死的屈原的尸体被鱼类啃食而遭到破坏。

招　召唤死者的魂魄。宋玉悼念屈原所作的正是《楚辞》的“招魂”。

三户　战国末年，楚国一位名叫南公的预言家曾说“楚虽三户，亡秦必楚（楚人对于秦国怨恨至深，哪怕只剩下三户人家也能灭掉秦国吧）”（《史记·项羽本纪》），语本于此。

“彩丝”一句　化用《艺文类聚》卷四引《续齐谐记》的轶事：每当屈原的忌日五月五日到来时，楚人就用竹筒装米来祭祀屈原之灵。东汉建武年间，自称三闾大夫（屈原）的人现身，说“每年我得到的东西都被蛟龙偷走了。要是你们再送来供品，请用楝叶盖住并用五色丝线包裹。这两样是蛟龙讨厌的东西”。此后，依照此语制作粽子的习俗就产生了。

诗型 · 押韵　**七言律诗。通押下平三萧（漻）、四宵（遥、邀、招）和五肴（蛟）。平水韵：下平二萧和三肴。**

*

本诗运用《楚辞》的词汇、有关屈原的传说来吟咏投身汨罗江水中死去的屈原。叙述尤其集中于受到水中鱼龙折磨的屈原的身体，这种带有些许残酷之感的叙述看似偏离了追悼的主题，但末尾道出屈原故乡的人们永远怀有对屈原的思慕之情，诗歌以此作结。

安定城楼

迢递高城百尺楼，绿杨枝外尽汀洲。
贾生年少虚垂涕，王粲春来更远游。
永忆江湖归白发，欲回天地入扁舟。
不知腐鼠成滋味，猜意鹓雏竟未休。

高耸在远处的，是高大城墙上的百尺高楼。向下看去，只见绿色的杨柳，其余全是泾水中的小岛。

年轻的贾谊被流放到好像此地的江边之地长沙，唯有垂泪不止。王粲辗转逃难到远方，一直来到了春日的荆州。

一直期待着到了满头白发的年纪时能安身于江湖的悠闲世界。如能成就令天地旋转的伟大事业，则想要事成之后寄身小船踏上旅途。

然而不知道居然有鸱鸟认为腐烂的老鼠很美味。他们不断猜疑那不会夺走腐鼠、只食用清洁食物的鹓雏。

安定城楼　安定是泾州（甘肃省泾川县）的古名。“城楼”是建造在城墙壁上的楼阁。

迢递　形容非常之高。

汀洲　河流中间的小岛。此处的河流是泾水，而“汀洲”与《楚辞 · 九歌 · 湘夫人》的“搴汀洲兮杜若（燕子花），将以遗兮远者”相联系，水边的风景也令人联想到楚地，语意导向下一句中在楚地抱怨自身失意的贾谊。

“贾生”一句　西汉的文人贾谊。他是位早熟的才子，被召为博士时才二十多岁，年纪最小。他因年轻又才华横溢而受到嫉妒，被流放到楚地的长沙。贾谊文章中有“可为痛哭者一，可为流涕者二”之句。参见《有感二首》其一诗注。又如他三十三岁死去之前“哭泣岁余”（《史记 · 屈原贾生列传》）年轻、流泪，都与贾谊有所关联。

“王粲”一句　王粲是东汉末年建安年间的文人。他加入曹操政权之前，为董卓所迫从洛阳移居长安，又在董卓遭暗杀后从陷入战乱的长安出逃，投奔荆州的刘表。王粲在刘表处不受重用，将不满写成了《登楼赋》，有“虽信美而非吾土兮，曾何足以少留”之句。“春来”的“来”是表示时间的接尾词。《登楼赋》中没有明言春天，但此二句有杜甫《春日江村五首》其五作为中介：“异时怀二子（贾谊和王粲），春日复含情。”将贾谊和王粲的不遇放在一起感叹、季节设定在春天，是为本诗之前驱。

江湖　南方的水乡地区。正如“身在江湖，心存魏阙（都城的城门）”（本自《庄子 · 让王》）之语所示，“江湖”是与中央、朝政相对的周边、隐逸的空间。虽然无法期待通过参政而获得名利，但自由得到保证。

回天地　成就令天地旋转的伟大事业。杜甫《寄奉章十侍御》诗中称赞章彝作为武官的能力，有“指挥能事回天地，训练强兵动鬼神”之句。

扁舟　小船。春秋时代的范蠡辅佐越王勾践击败宿敌吴国后，舍弃地位和名声成为了商人，本句用此事。《史记 · 货殖列传》云“乃乘扁舟，浮于江湖，变名易姓，适齐为鸱夷子皮”。

“不知”二句　用《庄子·秋水》的典故。庄子将要造访梁国宰相惠子，有人向惠子进谗言说庄子打算夺取宰相的地位。庄子向恐惧此事的惠子讲了一则寓言：南方有种叫作“鹓雏”的鸟，非梧桐树不肯停歇、非练实（竹子的果实）不吃、非清水不喝。鸱在吃腐鼠时鹓雏经过，鸱瞪着它发出“吓”的叫声。现在你是恐怕我夺取梁国政权而威吓我吗？“猜意”意为抱有猜疑的念头。

诗型·押韵　**七言律诗。共用下平十八尤（洲、游、舟、休）和十九侯（楼）。平水韵：下平十一尤。**

*

根据诗题中的地名，本诗显然是李商隐在泾州幕府时所作。大和九年（835），王茂元以泾源节度使身份前往泾州赴任。开成三年（838），李商隐应博学宏词科不第，前往王茂元处，本诗即作于当年。李商隐时年二十八岁。被流放至长沙的年轻的贾谊、寄身荆州而心怀不满的王粲，李商隐将自己与他们进行类比，由此可以窥见他心中居留当地的失意之情。泾州不过是李商隐的一时安身之所，但对他入职幕府感到不快的小人们却围绕在他身边。也可知李商隐在进入官场之前的这一时期就已经有了“欲回天地”的抱负。

相 思

相思树上合欢枝，紫凤青鸾共羽仪。
肠断秦台吹管客，日西春尽到来迟。

相思树上有着枝叶交错的合欢树。紫色凤凰和青色鸾鸟毛色鲜艳，亲密无间。

在秦国高楼上吹箫的箫史肝肠寸断。约定了一同乘凤凰飞走，但白日西斜春日将逝，所爱的弄玉不见踪影。

相思树 树名。传说韩凭与其妻墓中生长出相思树（参见《蝇蝶鸡麝鸾凤等成篇》）。与男女情爱有关。“相思”意为恋情、恋爱。

合欢 树名。形似梧桐，枝叶交错。也包含男女结合的意思。

羽仪 堪为典范的美丽羽毛。《周易 · 渐》云“鸿渐于陆。其羽可用为仪，吉”。“仪”意为典范。此句意为鸟类是男女情好的范本。

秦台吹管客 指古代仙人、秦穆公之女弄玉的恋人箫史。参见《无题（闻道）》诗注。

诗型 · 押韵 ‖ 七言绝句。共用上平五支（枝、仪）和六脂（迟）。平水韵：上平四支。

*

本诗将情侣与亲密无间的凤和鸾对比，吟咏了等候女子不至的心绪。前半两句通过相思树、合欢树上栖息的凤和鸾描写了亲密的男女，后半两句将一直等待恋人的男子与仙人箫史和弄玉的故事联系起来进行描绘。虽说“肠断”是有些夸张的措辞，不过可以将本诗理解为妓楼中稍带嘲戏之意的作品。

泪

永巷长年怨绮罗，离情终日思风波。
湘江竹上痕无限，岘首碑前洒几多。
人去紫台秋入塞，兵残楚帐夜闻歌。
朝来灞水桥边问，未抵青袍送玉珂。

譬如宫殿幽深处绢衣再鲜艳也是徒劳无功的那被永久幽闭的宫女的悲叹，又或是忧心爱人旅途艰辛的孑然一身的妻子的悲哀。

譬如不断流淌甚至让湘江边竹子上染上斑痕的舜妃之泪，又或是岘山碑前行人哀悼羊祜而流下的无数泪水。

譬如萧瑟秋日中离开朝廷前往匈奴的王昭君的痛心，又或是战败之夜在被包围的营帐中听到敌军所唱楚歌的项羽的悲痛。

这种种泪水，都比不上前来灞水桥上、在分离的清晨目送显贵者离去的青年的悲哀。

“永巷”一句　被君主抛弃了的宫女的悲哀。“永巷”是汉代宫廷幽禁有罪宫女的监牢。宫怨诗正是悲叹“长年”、一生被关在其中的宫女失却青春和美貌的作品。代表性作品有汉代班婕妤的《怨歌行》（参见《无题（凤尾香罗）》诗注），唐代则有白居易《上阳白发人》等。“绮罗”是身份高贵的女子所穿的绢衣。

“离情”一句　与伴侣分离的悲哀。歌咏思妇的诗以《古诗十九首》其一为典型。“思风波”意为挂念艰苦旅行中丈夫的健康。

“湘江”一句　上古帝王舜的两位妃子娥皇和女英悼念他的死，流下的泪水将湘江一带的竹子都染上了斑点（斑竹）。本句使用这个典故。参见《潭州》诗注。

“岘首”一句　“岘首”即岘山。用堕泪碑的典故。身为德行高尚的武将而知名的西晋羊祜，时常登上襄阳的岘山举行宴会，一天他忽然想到过去登山游乐的人如今都死去而不在人间，想到自己终有一天也要像他们一样离开人世，因而落泪。羊祜死后，杜预树立了纪念碑，从该处经过的人怀念羊祜的品德而流泪，所以称为“堕泪碑”（《晋书·羊祜传》）。

“人去”一句　用王昭君的典故。汉元帝时的宫女王昭君为实现和平而降嫁匈奴，最后死于异国（《汉书·匈奴传下》）。“紫台”与“紫宫”一样，指汉代的宫廷。“塞”是边境。

“兵残”一句　用项羽四面楚歌的典故。秦朝覆灭后参与争霸的项羽在垓下之战中被刘邦包围，听到四周汉军都唱着楚歌，以为楚军已向汉军投降而感到绝望（《史记·项羽本纪》）。

“朝来”二句　比上面列举的情形更为悲哀的，是目送贵人远去的寒士，诗歌以此作结。“朝来”即早晨。“灞水”是长安东边的河流。习俗是陪伴即将离开都城的人走到那里、住上一晚，第二天早上在灞桥边送别。“青袍”是身份低微的士大夫穿着的服装。“玉珂”是饰有宝玉的马笼头，指显贵之人。

诗型 · 押韵 ‖ 七言律诗。单用下平七歌（罗、波、多、歌、珂）。平水韵：下平五歌。

*

本诗列举了古来相传的人世间的种种悲哀，最后指出没有比目送贵人的寒士更为悲哀的场景。到第六句为止，诗歌逐句列举了悲哀的各种典型表现，如同写作了一部“悲哀的文学史”。与之相对，尾联的视角则有所不同。六种悲哀在文学中已经定型，而送别则令人感觉是现实的场面。为了强调目送曾有恩于己身之人的悲哀、独自一人被留下而失去容身之所的不安，才安排了前六句。尽管这是诗歌的结构，但不断铺陈叙写人世间的悲哀，正是本诗的韵味所在。

常 娥

云母屏风烛影深，长河渐落晓星沉。

常娥应悔偷灵药，碧海青天夜夜心。

半透明的云母屏风清晰地映出蜡烛光芒。银河渐渐沉落，黎明的星辰也在此时渐渐沉下。

嫦娥一定很后悔吧，她偷喝灵药而升入了月中。碧海蓝天无边无际，在漂浮其中的月中世界里，她孤身一人每夜都满怀寂寞。

常娥　也写作“嫦娥”“姮娥”，月中女神。古代传说中她是著名射手羿的妻子，偷偷喝下了羿从西王母处得到的不死药而升天，成为了月中精灵。传说见于《淮南子·览冥训》。

烛影　蜡烛的光芒。也指物体被蜡烛光照到后的影子。这里指云母屏风反射的、或者是透过屏风的烛光。

长河　银河。

晓星　黎明时出现的星辰。不仅指天亮时的启明星。

诗型 · 押韵 ‖ 七言绝句。单用下平二十一侵（深、沉、心）。平水韵：下平十二侵。

*

本诗歌咏独自居住在月中世界里的仙女的孤独。室内的光与影交错出复杂的阴影，天空即将破晓，彻夜未眠迎来清晨的是孑然一身的男子。离他而去的女子如今正在月中世界。男子不禁想象她是否也感受到了无尽的孤独。

细雨

帷飘白玉堂，簟卷碧牙床。
楚女当时意，萧萧发彩凉。

轻柔得仿佛被吹拂着白玉堂的微风翻动的帘幕，又冰冷得像碧牙床上铺着的竹席。

巫山神女的心意依旧未变，像是她的黑发一样清凉地发出簌簌声。

细雨 李商隐有很多咏雨诗，其中吟咏细密地落下的雨的有五律《细雨（潇洒）》、五言排律《细雨咏成献尚书河东公》、五绝《微雨》等。

帷 房间四周垂挂着的帘子。此处比喻雨丝。

白玉堂 白玉做成的厅堂。李商隐《李长吉小传》叙述天帝造“白玉楼”，召李贺入天界撰写“记”，“白玉堂”由此令人联想到天界的建筑。

簟 为纳凉而用竹子编成的席子。

碧牙床 用绿色象牙雕成的床。“碧牙”见于白居易《想东游五十韵》“稍催朱蜡炬（挑出烛芯令蜡烛红色的光芒更亮），徐动碧牙筹”，可以用来制作计数棒，但未见“碧牙床”的用例。

楚女　巫山神女。雨是楚王梦中与之交合的神女的化身。参见《重过圣女祠》诗注。

萧萧　降雨的声响。

发彩　黑发仿佛能照见人影一般放出光芒。女性的美丽黑发“光可以鉴”（《左传·昭公三十八年》），是说像镜子一样可以反射光线。此处将雨比喻为神女的头发。

诗型·押韵　五言绝句。共用下平十阳（床、凉）和十一唐（堂）。平水韵：下平七阳。

*

本诗是以雨为主题的咏物诗。因为是咏物诗，故诗中没有出现“雨”一词，而是排列比喻，铺陈由比喻而联想到的意象。一、二句的“白玉堂”“碧牙床”有白色和绿色两种颜色，又有着玉和牙（象牙）两种坚硬的装饰物，这些都与末句的“凉”相联系，“帷”和“簟”细密而柔软的特征与“雨”相联系。诗人的想象更由天界的建筑和房室扩展到神女，将绵密的雨丝比喻成巫山神女的发丝，其中自然包含着有关与女子交欢的感情。

无题二首

其 一

凤尾香罗薄几重，碧文圆顶夜深缝。
扇裁月魄羞难掩，车走雷声语未通。
曾是寂寥金烬暗，断无消息石榴红。
斑骓只系垂杨岸，何处西南待好风。

绣着凤凰花纹的芳香彩绡，重叠了好几层也还是轻薄透明。为了准备婚礼当天使用的绿色帐篷而不断地缝纫直到深夜。

制成满月形状的扇子，就算在相会时也不会遮住害羞的我的面容。听到雷声一般的车辆行进声而为你的到来感到欢欣，但未及交谈你就又走远了。

这就是所谓的寂寥吧，金黄色的灯芯稍稍暗淡下去。在音信隔绝之中，很快就到了鲜红的石榴花盛开的时节。

你一直乘着前来的五花马，紧紧地系在有垂柳的岸边。我想要化为西南风飞进你的怀中，但去哪里等待那美妙的风才好呢？

凤尾香罗　绣着凤凰纹样的薄绢。《白氏六帖》云“凤文、蝉翼，并罗名”。“尾”字或许是因受限于平仄不能用“文”而改用了仄声的“尾”。

碧文圆顶　婚礼时使用的饰有花纹的圆锥形青色帐篷。形似蒙古包，由北方民族传来。《酉阳杂俎·礼异》云“北朝婚礼，青布幔为屋，在门内外，谓之青庐，于此交拜”。古乐府《为焦仲卿妻作》云“其日牛马嘶，新妇入青庐”。

扇裁月魄　月亮一样的圆扇。圆形象征团圆。汉代班婕妤因赵飞燕而失宠于成帝，作《怨歌行》云“裁为合欢扇，团团似明月”。“月魄”本来指不圆满的月亮的白色影子的部分，由此转而指代月亮本身。

车走雷声　将车声比作雷声。司马相如《长门赋》云“雷殷殷而响起，声象君之车音”，此处将比喻的本体和喻体互换。

金烬　金黄色的灯芯。

断无消息　“断”是强调否定的词。

石榴红　曹植歌咏被丈夫离弃的女子的《弃妇诗》云“石榴植前庭，绿叶摇缥青”。该诗继而写到因石榴没有结出果实导致鸟也飞走了，自己因为没有生出孩子而遭到离弃。此处则将鲜艳盛开的花朵与年华老去的女子进行对比。参见《石榴》诗注。

斑骓　毛色斑驳的马。参见《无题（白道萦回）》诗注。

西南待好风　西南风带有与恋人结合的联想。曹植《七哀》诗云“愿为西南风，长逝入君怀”，写孤独的深闺女子想要飞奔前去丈夫身边，本诗化用此句。

诗型・押韵 ▌ 七言律诗。通押上平一东（通、红、风）和二钟（重、缝）。平水韵：上平一东、二冬。

*

本诗歌咏了一心等待婚礼的女子的心情。女子一边缝制婚礼那天所用的装束，一边等待着。她所爱的男子如今已然遥不可及，但即便如此她也不放弃，仍然抱有些许期待，诗歌写出了她动摇不定的思绪。

其二

重帏深下莫愁堂，卧后清宵细细长。
神女生涯元是梦，小姑居处本无郎。
风波不信菱枝弱，月露谁教桂叶香。
直道相思了无益，未妨惆怅是清狂。

被多重帘幕隔绝在深处的，是那美丽的莫愁所居住的房间。独自一人躺着的时候，清净的夜里时间漫长而安静地流逝。

巫山神女的一生从开头就是一场梦境。青溪少女的身边原来就没有恋人。

纤弱的菱枝无法承受风波的摧残。月亮里的桂花承受了冰凉露水，也无法散发出香气了吧。

即便这场恋情最终使人一无所获，但这份悲哀应该可以称为清狂。

重帏 好几层叠在一起的帷幕，将室内外隔开。

莫愁 南朝乐府中登场的女主角之名。她是嫁入卢家的洛阳美女。参见《马嵬二首》其二。

堂 处于家宅中心位置的房间。宽敞的房间。

细细 意为深闺之中时间显得静谧而漫长，好像细丝一样过去。

神女 巫山神女。楚王于梦中与之欢会。参见《重过圣女祠》诗注。

小姑 原注云"古诗有'小姑无郎'"之句。"小姑"即少女。化用南朝乐府《青溪小姑曲》"小姑所居，独处无郎"之句。《乐府诗集》在此乐府题的说明中引用了吴均《续齐谐记》的故事：南朝宋时，男子赵文韶在青溪边独自唱歌，妙龄女子出现，两人对唱歌谣共度了一夜，分别时互赠礼物。次日，赵文韶在青溪庙中看见自己送给女子的物品，明白了那女子是青溪神女。

居处 每天的生活。《论语 · 子路》云"居处恭，执事敬"。

郎 女子用来指男性恋人的词。常见于吟咏恋爱的南朝乐府诗中。

"风波"一句 "风波"是折磨人的事物。"菱枝"是柔弱的事物，喻指女子。

桂叶　传说月中生有桂树。

直道　“直”意为“即便”。“道”意为“说”。

相思　恋情。

了　结果，最终。

惆怅　指悲哀的双声词。此处指恋情无法实现的悲哀之情。

清狂　在世俗标准看来是异常的、但在美学观念中却是受到肯定的心态。

诗型・押韵　七言律诗。共用下平十阳（长、香、狂）和十一唐（堂、郎）。平水韵：下平七阳。诗中用了同属下平十阳的“妨”字，是诗病。

*

男子痛苦地想象着自己心爱的女子寂寥度日的情形，本诗歌咏了他的心情。他将爱恋的女子加以理想化，孤独而纤弱的她令他感到痛惜而又爱怜，这份几乎令人肝肠寸断的心情，又酝酿出另一种恋爱诗的抒情之感。尾联离开了具体的对象，而赋予了恋爱本身以意义。

昨日

昨日紫姑神去也，今朝青鸟使来赊。
未容言语还分散，少得团圆足怨嗟。
二八月轮蟾影破，十三弦柱雁行斜。
平明钟后更何事，笑倚墙边梅树花。

昨天来访的紫姑女神转眼间就消失了，到了今早，传递感情的青鸟使者还是没有来到。

才交谈了只言片语便又分离。未能亲密地共度良宵，怨恨还是积聚了起来。

映在十六日的月亮里的，是不成形的蟾蜍。和十三弦的琴柱排列在一起的，是斜着在空中飞翔的成群大雁。

要说在黎明钟声后发生了什么，只有墙边的梅花在微笑而已。

昨日　以诗歌开头两字为题。与《无题（昨夜星辰）》诗开头包含了个人深刻情思的“昨夜”不同，本诗在“昨日”与“今朝”的对仗中写出了幽会的虚无缥缈。

紫姑神　在正月十五之夜（元宵）出现的占卜吉凶的女神。据见于南朝宋《异苑》的故事，名叫紫姑的女子是某人之妾，遭到正妻欺侮而死于正月十五日。后来产生了在那天夜里祭祀厕神的习俗。此处指意外遇见的恋人。

也	诗歌句末用“也”字很少见，与“矣”一样强调结束的语气。
青鸟	恋情的使者。参见《无题（相见时难）》诗注。
赊	迟。韦应物《池上》诗云“郡中卧病久，池上一来赊”。
少得团圆	“团圆”指十五夜的圆形月亮，也指男女和合。“少”意为“几乎没有”，含有否定的意味。
二八月轮	十六日的月亮。
蟾影破	传说月中有蟾蜍（癞蛤蟆）。《河内二首》其一云“蟾蜍夜艳秋河月”。“破”意为满月有缺、蟾蜍的形状也不成形了，指团圆的破坏。
十三弦柱	筝有十三弦。“柱”即筝柱。
雁行斜	将筝柱斜着排列的形状比作空中飞翔的大雁的队列。由雁排成“人”字队列引起了对所思念之人的情思，又从将书信绑在雁腿上让它送信的苏武的典故中联想到书信。参见《春雨》诗注。
平明	天空变亮的时刻。
“笑倚”一句	意为伤感的我身上什么也没有发生，只有与自己无关的梅花盛开着。

诗型・押韵 七言律诗。单用下平九麻（赊、嗟、斜、花）。平水韵：下平六麻。

*

紫姑神在正月十五日即元宵这一节日的晚上造访人间，又一瞬间就离开了人世。诗人将恋人比作紫姑神，在度过了短暂幽会的次日清晨，他沉浸于恋情无法实现的悲哀。如果将末句的“笑”的主语理解为发语者，那就是在以冷淡而寂寞的笑来自嘲无法成就恋爱的悲哀。

房中曲

蔷薇泣幽素，翠带花钱小。
娇郎痴若云，抱日西帘晓。
枕是龙宫石，割得秋波色。
玉簟失柔肤，但见蒙罗碧。
忆得前年春，未语含悲辛。
归来已不见，锦瑟长于人。
今日涧底松，明日山头檗。
愁到天地翻，相看不相识。

蔷薇在寂寥的静谧中哭泣。铜钱般的小花长在绿色的花茎上。

男子像无依无靠的云朵一样失神，拥抱着西边帘幕中透进来的朝阳。

枕头是从龙宫中拿出来的宝石，上面浮现出自清凉的秋日水色中截取而来的花纹。

那曾坐在玉饰坐席上的肌肤柔软的人现在何处？如今只有绿色薄绢挂在那里。

记起来去年春天，未及交谈就感到悲哀充塞心胸，在那分离之日。

回来一看，那人不见身影，只有长度同她身高相仿的锦瑟横放着。

今天如同谷底松树一般笼闭在抑郁的心绪中，明天也被山上黄檗一般的痛苦所折磨。

这份悲伤永远不会消失。直到有朝一日天地逆转、我见到那人也认不出她之日为止。

……………………………………………………

房中曲　意为“女子的房间之歌”。古来有周代《房中乐》曲，汉代《房中词乐》《安世房中歌》等见于《汉书·礼乐志》。《乐府诗集》只选录了这一首新乐府《房中曲》。

蔷薇　野玫瑰。不像西洋文化那样以“玫瑰”代表所有鲜花。

泣幽素　“幽素”即寂寥的静谧。李贺《伤心行》云“咽咽学楚吟，病骨伤幽素”。“泣”将蔷薇花带有露水的情态拟人化了。

翠带　将蔷薇花茎比作女子的衣带。

花钱小　蔷薇花像硬币一样小。

娇郎　相敬如宾的男女关系中的男子一方。

痴若云　将茫然自失的状态比作在天空中散漫地漂浮着的云。

“抱日”一句　“抱日”出典不详。“西帘”指太阳升起，“西”字或许是为了引起有关男女之事的联想（参见《夜雨寄北》诗注），故意将“东”“西”相颠倒。

龙宫石　龙王宫中的宝石。因为龙王宫殿处在水中，故而与下一句的“秋波”相接。

“割得”一句　“秋波色”是秋日一片澄澈的水色。“秋波”在后代被用于比喻女子的目光，或许此处亦有此意。“割得”是截取秋日水色一般的花纹，附着在“龙宫石”上。

“玉簟”一句　“簟”是为了纳凉而铺在床上的竹席。过去有女子（“柔肤”）躺在那上面，而她现已不在。“玉簟”和“柔肤”都是强调触觉的词语。两者都呈现出光泽感，但前者是坚硬之物，后者则是柔软的。

蒙罗碧 “罗碧”是绿色的薄绢。它也只是“蒙”在上面。触感柔软的“罗碧”也是曾经在那里的“柔肤”女子的替代物。西晋潘岳《悼亡诗》三首其二云“展转眄枕席，长簟竟床空。床空委清尘，室虚来悲风”，写应该在枕、床之间的人如今却不在，由此哀悼妻子的死。《王十二兄与畏之员外相访见招小饮时余以悼亡日近不去因寄》化用该诗，有“更无人处帘垂地，欲拂尘时簟竟床”之句。

锦瑟 《锦瑟》诗中“锦瑟”也是死去的女子的替代品。

“今日”二句 “涧底松”是生长在谷底的松树。本自西晋左思《咏史》八首其二所云“郁郁涧底松，离离山上苗”。“山头檗”是生长在山顶上的黄檗。黄檗因树皮苦涩，在南朝乐府中常被用来形容为恋情而烦恼的痛苦心情。左思的“涧底松”和“山上苗”是将能力高强却沉沦不遇的人和器量狭小却占据了高位的人进行对比，此二句则借用“涧底”“山上（山头）”之语，将处于阴暗谷底的黯淡心情与被失去爱人的痛苦所折磨的难过心情并列起来。

“愁到”二句 “天地”底本作“天池”，据诸本改为“天地”。经过了天地上下颠倒所需要的那么长时间，这份悲伤要持续到自己见到却认不出对方为止。《庄子·德充符》云“虽天地覆坠，亦将不与之遗”，意为“就算天翻地陷，也不会随之发生改变”。恋歌中使用夸张性的表现手法，有汉代乐府《上邪》，其中列举了不可能发生的自然现象：“山无棱，江水为竭。冬雷震震，夏雨雪，天地合，乃敢与君绝。”

诗型・押韵 ┃ 五言古诗。每四句换韵。

（1）共用上声二十九筱（晓）和三十小（小）。平水韵：上声十七筱。

（2）通押入声二十二昔（石、碧）和二十四职（色）。平水韵：入声十一陌和十三职。

（3）单用上平十七真（辛、人）。平水韵：上平十一真。

（4）通押入声二十一麦(檗)和二十四职(识)。平水韵：入声十一陌和十三职。

*

本诗借用歌行体，绵绵不绝地叙述了失去所爱之人的悲哀，属于悼亡诗的类型。虽说悼亡诗是根据事实进行叙述，本诗却采用歌行体而削弱了现实感。由此可见李商隐的独特手法。第三句的“娇郎”也可以解释为年幼的孩子，但紧接在前两句描写女子的意象之后的应当是写男方的诗句，且正因为采用歌行体而将自己作为登场人物之一加以客观叙述。

当句有对

密迩平阳接上兰，秦楼鸳瓦汉宫盘。
池光不定花光乱，日气初涵露气干。
但觉游蜂饶舞蝶，岂知孤凤忆离鸾。
三星自转三山远，紫府程遥碧落宽。

那里紧挨着秦的平阳宫，又与汉的上兰观相邻。秦的楼阁上排列着鸳鸯形状的瓦片，汉的宫殿中矗立着承露盘。

池水反射着阳光，波光粼粼，花上的光芒也承受波光而显得凌乱。周遭沉浸在太阳即将升起的氛围中，正在此时朝露消失了。

即便眼见许多蜂蝶成群嬉戏，但丝毫不曾察觉孤独的凤仍然一直恋慕着已经分离的鸾鸟。

夜空中引导恋人们的三星沉入地下，仙界的三山也遥不可及。仙女们游玩的天界紫府，前往那里的旅途太过漫长，青天无边无际地延伸开去。

当句有对　即所谓“当句对”。像“密迩平阳—接上兰”“秦楼鸳瓦—汉宫盘”一样，一句之中形成对仗的句式。据宋代洪迈《容

斋随笔 · 续笔》卷三所云，这种句式最早见于《楚辞》，盛行于唐代，李商隐诗中尤其多见。但是李商隐诗中一首诗所有诗句都使用当句对手法的仅此一首。

密迩　紧紧相连。“迩”意为近、接近。《左传 · 文公十七年》云“以陈、蔡之密迩于楚，而不敢贰焉，则敝邑之故也”，杜预注云“密迩，比近也”。

平阳　平阳宫。秦朝宫殿之名。与下句的“秦楼”对应。

上兰　上兰观。汉代上林苑中的楼阁之名。与下句的“汉宫”对应。

鸳瓦　制成鸳鸯形状的瓦。

汉宫盘　汉武帝在宫中建造的承露盘。形状为仙人铜像捧持盘子以承接令人长生不老的玉露。

“池光”一句　李商隐类似的用语还有“池光不受月，野气欲沉山”（《戏赠张书记》）。

日气　太阳将要升起的氛围。

涵　液体或气体逐渐扩散开来。

游蜂　舞蝶　李商隐诗中常将男女比喻为蜂和蝶。参见《柳枝五首》其一。

饶　此语的含意没有定论，此处姑且认为是“多”的意思。欢乐融洽的男女像是成群的蜂和蝶一样数量众多。

孤凤　离鸾　凤和鸾也常被用来比喻男女。参见《蝇蝶鸡麝鸾凤等成篇》诗注。与春色中聚集的蜂蝶相对比，鸾、凤指的是互相恋慕却无法结合的男女。

三星　猎户座的三颗星。在中国名为“参”（毛传）。《诗经·唐风·绸缪》云“三星在天”，后续云“今夕何夕，见此良人”，“三星”是预示男女邂逅的星辰。三星“转”则表示失去了相会的时机。

三山　漂浮在东海上的蓬莱、方丈、瀛洲三座神仙居住的山。《牡丹（压径）》诗云“鸾凤戏三岛”。

紫府　仙女所在之处。参见《无题（紫府仙人）》诗注。

碧落　道教中指天空的用语。

诗型·押韵　七言律诗。共用上平二十五寒（兰、干）和二十六桓（盘、鸾、宽）。平水韵：上平十四寒。

诗题“当句有对”是对修辞技巧的说明而未言及内容，故此诗等同于无题诗。一句之中包含对仗的诗句连起来组成一首诗，诗人运用这种绝妙的技巧，酝酿出了艳诗的情绪。诗歌以秦汉的宫殿为华丽背景，庭院中有着妖艳而凌乱的光芒，由此前往梦幻世界。无法实现的恋情与欢乐喧闹的男女（此处是蜂和蝶）形成对比，将永远无法触及的恋人置于仙界而为此悲痛，这是李商隐恋爱诗常见的模式，此处同样表现了对遥不可及的女子的思慕和沉溺于失意心情的情调。

随师东

东征日调万黄金，几竭中原买斗心。
军令未闻诛马谡，捷书唯是报孙歆。
但须鸑鷟巢阿阁，岂暇鸱鸮在泮林。
可惜前朝玄菟郡，积骸成莽阵云深。

为了东进征讨而每天筹措万两黄金，耗竭中原财力来购买士兵们的战斗意愿。

但是从没听说有诛杀触犯军令的马谡那般严格的军规，捷报尽是献上仍然在世的孙歆首级一般的谎言。

如今所需要的，是将媲美凤凰的人才聚集到朝廷。教化类同鸱鸮的逆贼，还有那种空闲吗？

可惜汉王朝开辟的玄菟郡之地，战死者的遗骸像草丛一样重重堆积，蕴含着杀气的厚重层云低垂笼罩着战场。

随师东　旧注多认为“随”与“隋”通用，将本诗解释为借隋朝征伐高句丽之事批评时局之作，从此说。也有说法认为本诗是李商隐于大和三年（829）跟随天平节度使令狐楚前往郓州（山东省东平县）时、在沧州（河北省沧县）目睹了战乱过后的惨状而作的。两种说法中，诗歌所批判的都是横海节度使李全略死后割据地方的其子李同捷。官军的征伐始于大和元年（827），直到大和三年才终于诛灭李同捷并夺回沧州，本诗讲述的就是这时的事件。

东征 隋炀帝在612年至614年之间三次攻击高句丽却都失败了，随后他因乱迁都江南，隋朝逐渐走向衰败。

日调万黄金 每天花费大笔金钱。

几 几乎全部。

马谡 三国时蜀汉的武将。他受诸葛亮赏识，但在祁山攻打魏国的时候因违反了军令而被诛杀，即“挥泪斩马谡”的故事。但是《三国志·蜀书·马良传》附马谡传云，马谡被投入狱中而死去后，诸葛亮“为之流涕”，没有他直接下令诛杀马谡的记载。

捷书 通知胜利消息的报告书。“捷”即胜利。

孙歆 三国时吴国的都督（军队司令官）。此句下有原注云“平吴之役，上言得歆，吴平，孙尚在”。王隐《晋书》（《太平御览》卷三九一）云，晋伐吴时，晋军大将王濬夸耀自己斩下孙歆首级的功绩，但后来孙歆被杜预活捉，王濬成了洛阳城中的笑柄。

鵔鸃 一种凤凰。《禽经》张华注云“凤之小者曰鵔鸃”。比喻优秀的人物。

阿阁 四面都有屋檐翘起的楼阁。此处指朝廷。凤凰筑巢于“阿阁”，见于《初学记》卷三十“凤”条引皇甫谧《帝王世纪》所云“或巢于阿阁”。

“岂暇”句 “鸱鸮”是一种猫头鹰，是残暴的鸟类，比喻奸臣。西周诸侯的学校称为“泮宫”，“泮林”是旁边的树林。《诗经·鲁颂·泮水》云“翩彼飞鸮，集于泮林。食我桑黮，怀我好音”。该诗叙述“鸮”这种恶鸟得到教化，歌颂了鲁侯伯禽令淮夷归顺的功绩。此处亦为教化逆贼之意。

玄菟郡　汉武帝灭卫氏朝鲜后建立的四郡之一。隋朝远征高句丽时那里是战场。

积骸成莽　遗骸重叠堆积，像是草丛一样堆得很高。

阵云　笼罩着战场的充满杀气的云。

诗型 · 押韵 ‖ 七言律诗。单用下平二十一侵（金、心、歆、林、深）。平水韵：下平十二侵。

*

本诗以隋炀帝远征高丽失败为题材，虽然采取咏史诗的形式，但咏叹过去史实的抒情性很薄弱，攻击性的笔触却很醒目。因此本诗应该说是借历史来批判时局的政治诗。唐朝后半期，节度使割据地方反抗朝廷，藩镇与官军之间的攻防一直持续到唐王朝覆灭。至于本诗所写的是讨伐李同捷之事，此说虽无确证，但批判的矛头与其说指向的是敌方的藩镇，不如说是指向了朝廷和官军的懦弱态度，这一点是十分明确的。

细雨

潇洒傍回汀，依微过短亭。
气凉先动竹，点细未开萍。
稍促高高燕，微疏的的萤。
故园烟草色，仍近五门青。

轻柔地沿着曲折的河岸飘落，朦胧地经过了驿路官舍。

凉爽的气息首先摇动了竹子，细小的水滴连水面上聚集在一起的水草也没有打散。

略微慌乱的是空中高飞的燕子。略有些减少了数目的，是令人目眩的萤火虫光。

濡湿的故乡草色，一定与都城五门的青翠之色毫无分别吧。

潇洒 形容雨水轻柔落下。韦应物《夏夜忆卢嵩》诗云“不知湘雨来，潇洒在幽林”。

回汀 曲折的水岸。

依微 形容细微而朦胧之貌的叠韵词。韦应物《长安道》诗云“春雨依微春尚早，长安贵游爱芳草”。

短亭	官道上每五里设“短亭”、每十里设“长亭”供人休息。
“气凉”一句	雨水落下之前风吹动竹林，产生凉气。
“点细”一句	雨滴细小到连漂浮在水面的水草也无法打散。
高高	非常之高。《诗经 · 周颂 · 敬之》云“无曰高高在上”。
的的	光线明亮的样子。
故园	故乡。
烟草	被烟雾笼罩的草。
五门	宫廷的五处门。《礼记 · 明堂位》郑玄注云“天子五门，皋、库、雉、应、路”。此后也代指都城。

诗型 · 押韵 ‖ 五言律诗。单用下平十五青（汀、亭、萍、萤、青）。平水韵：下平九青。

*

这是从各个方面出发描写迷蒙细雨的咏物诗。细雨是李商隐喜好的景物，同题诗另有一首。因为是咏物诗所以诗歌正文中不点出“雨”字，而由远景到近景、由下雨前到雨停后，在空间、时间的广度中进行多样而又细致的描写。尾联由雨中都城的景色联想到故乡的雨景，带有了思乡的情绪。

鸾凤

旧镜鸾何处，衰桐凤不栖。
金钱饶孔雀，锦段落山鸡。
王子调清管，天人降紫泥。
岂无云路分，相望不应迷。

陈旧而昏暗的镜子，身姿倒映其中而不断鸣叫的鸾鸟到哪里去了？枯萎衰朽的梧桐树，没有凤凰栖息在上面。

论金币一般的光芒则有孔雀更胜一筹，论锦缎一般的艳丽则逊色于山鸡。

但是仙人王子乔为吸引凤凰而吹奏清亮的笙乐，天子为访求贤人而颁布紫泥封住的鸾诏。

鸾凤一定有飞升云上的命数。坚持注视着这一点，不要感到迷惑。

鸾凤　比喻资质出众的人。贾谊《吊屈原文》叙述屈原与同他敌对的人们是“鸾凤伏窜，鸱枭翱翔”，将双方类比为鸾凤和鸱枭（一种猫头鹰，恶鸟），此处则将“鸾凤”和与之相似却不同的“孔雀”“山鸡”对比。

“旧镜”一句 鸾鸟看到映在镜中的自己的身影，一直鸣叫到死。参见《陈后宫》诗注。

“衰桐”一句 传说凤凰栖息在梧桐树上。《诗经·大雅·卷阿》云“凤凰鸣矣，于彼高冈。梧桐生矣，于彼朝阳”，此句郑玄笺云“凤凰之性，非梧桐不栖，非竹实不食”。

“金钱”一句 孔雀有着钱币形状的五彩花纹，凤凰身上却没有。“饶”意为“让过、比……差”。《异物志》（《太平御览》卷九二四所引）云“孔雀……似凤凰，背及尾皆圆文五色，相绕如带千钱”。

“锦段”一句 在华丽这一点上比不上毛色好像锦缎一般的山鸡。“山鸡”也是形似凤凰的鸟，有着艳丽的花纹。《南越志》（《艺文类聚》卷九一所引）云“鵕鸃，山鸡也。……光色鲜明，五采炫耀”。

“王子”一句 用仙人王子乔吹笙模仿凤凰鸣声、凤凰自天上降下的传说（《列仙传》）。

“天人”一句 天子的文书称为“鸾诏”“鸾诰”等，意为借助鸾鸟将征求贤人的诏书从天上送下。“天人”此处指天子。“紫泥”是紫色印泥，用于身份高贵之人的文书。

云路分 “云路”是通往官场高位的道路。“分”是命运的定数。

诗型·押韵 **五言律诗。单用上平十二齐（栖、鸡、泥、迷）。平水韵：上平八齐。**

*

鸾和凤的外表不如孔雀和山鸡那般华丽，但终有一天会得到认可，诗歌借此表达了对自身前途的期待。本诗属于“贤人失志”的主题，而通过“鸾、凤—孔雀、山鸡”的比喻加以升华，使之并不与现实紧密相连，这正是李商隐的风格。诗歌结尾表达了一线期待，或许表示这是李商隐年轻时所作。

漫成五章

其 一

沈宋裁词矜变律，王杨落笔得良朋。
当时自谓宗师妙，今日唯观对属能。

沈佺期和宋之问操纵言辞，变革了律诗并以此自矜。王勃和杨炯挥笔作诗，得到了很好的友人。

那时他们骄傲地自认是文坛宗主，如今看来也只不过是有写作对句的才能而已。

漫成五章　“漫成”意为“漫不经心地写成的诗”。参见《漫成三首》。“五章”模仿由多“章”构成的《诗经》中的诗，由五章组成一篇诗歌。

沈宋　初唐后期宫廷诗坛的代表性诗人沈佺期和宋之问。文学史上认为两人令律诗（近体诗）的形式接近完成。

裁词　像裁断布匹一样裁剪言辞写作诗歌。

变律　新体裁的律诗。

王杨　王勃和杨炯。两人与卢照邻、骆宾王合称“王杨卢骆”，四人身处宫廷文坛之外，令文学脱离了南朝的绮靡风格，开创了唐代文学的雄浑风格，被赞为“初唐四杰”。此处是说他们与沈宋一样，只不过是擅长于技巧性的对句，含有否定的意味。

落笔	下笔。
得良朋	指王勃、杨炯得到了卢照邻和骆宾王两位盟友，而被称为四杰。也有说法解释为“能写作高明的对句”，不采此说。
宗师	被当作老师而尊崇的中心人物。
对属	对偶手法。近体诗的特征之一是使用对句的技巧，故有此说。

诗型 · 押韵 ‖ 七言绝句。单用下平十七登（朋、能）。平水韵：下平十蒸。

其二

李杜操持事略齐，三才万象共端倪。
集仙殿与金銮殿，可是苍蝇惑曙鸡。

李白和杜甫诗笔中蕴含的力量不相上下，将天地人三才和世间万物都纤毫无隐地表现出来。

两人分别在集仙殿与金銮殿受到天子接见，而报晓的鸡叫声会被喧闹的苍蝇振翅声所掩盖住吗？

李杜　李白和杜甫。盛唐的代表性诗人。

操持　用手操作。此处指把笔墨拿在手中。

三才　天、地、人。

万象　世界上所有的东西。

端倪　由头、预兆。《庄子 · 大宗师》云“反复始终，不知端倪”。此处用作动词，指捕捉到极细微的征兆。韩愈《荐士》诗中议论李杜诗云“万类困陵暴”，赞扬他们将万物形容殆尽。

集仙殿　金銮殿　两者都是朝廷宫殿之名。“集仙殿”后改名为“集贤殿”。杜甫献上《三大礼赋》，受到玄宗称赞，被命令在“集贤殿”等候。李白受贺知章推荐，在“金銮殿”谒见玄宗。两座宫殿是两位诗人获得玄宗知遇的地方，但两人最终都没有能利用这一机遇而得到重用。

可是　同“岂可”，意为“……吗”。

苍蝇惑曙鸡　本自《诗经 · 齐风 · 鸡鸣》的“鸡既鸣矣，朝既盈矣。匪鸡则鸣，苍蝇之声”。意为听到鸡叫而以为天亮了，但那却是苍蝇的振翅声。此处意为将李白赶出宫廷的高力士、不认可杜甫才能的李林甫等小人大肆混淆视听，将两人从宫中赶了出去。

诗型 · 押韵 ‖ 七言绝句。单用上平十二齐（齐、倪、鸡）。平水韵：上平八齐。

其三

生儿古有孙征虏，嫁女今无王右军。
借问琴书终一世，何如旗盖仰三分。

过去曾有令曹操羡慕道“生子当如孙仲谋”的吴国讨虏将军孙权那样的武将。如今想要嫁女儿却找不到郗鉴赏识并召为女婿的王羲之那样的文人。

想问问与琴和书卷共度一生的文人，是否胜过使用天子仪仗、三分天下令人敬仰的武将呢？

生儿 “儿”是男孩子。

孙征虏 指三国时吴国的孙权。曹操任命他为讨虏将军。此处将仄声的“讨”替换成平声的“征”。“生儿”化用了曹操见到孙权水军整备精良时大为佩服、羡慕道“生子当如孙仲谋（孙权的字）”的典故（《三国志·吴书·孙权传》裴松之注引《吴历》）。孙权之父孙坚是东汉末年的群雄之一，与曹操是同代人。孙坚也曾被袁术任命为破虏将军，可以称为“孙征虏”，不过从上述典故来看此处所指应为其子孙权。

嫁女 “女”是女孩子。

王右军 东晋的王羲之。他作为“书圣”而知名，因曾任右军将军而被称为“王右军”。太傅郗鉴想从王导家子弟中选择女婿，使者造访王家时，众人都态度端庄，只有一个青年若无其事地躺在一边。郗鉴听到报告，很中意这个青年，那就是王羲之。后来郗鉴把女儿嫁给了他。事见《世说新语 · 雅量》。

琴书　琴和书卷。指文人生活。陶渊明《归去来辞》云“乐琴书以消忧”。王羲之无意从政，爱好宁静的生活。

何如　意为将两者进行比较“怎么样”。此处意同“不如（比不上）”。意为在王羲之一般的文人和孙权一般的武将中间选择儿子或是女婿的话，选后者比较好。

旗盖仰三分　“旗盖”是作为天子凭证的旗帜和车盖。有时也用“黄旗紫盖”的四字成语。“三分”指天下分为魏蜀吴三国。

诗型 · 押韵　七言绝句。单用上平二十文（军、分）。平水韵：上平十二文。

其 四

代北偏师衔使节，关东裨将建行台。

不妨常日饶轻薄，且喜临戎用草莱。

那人从统领代北军的一支部队开始，因接受了节度使的凭证而出人头地，由关东副将的身份一跃成为一城之主。

过去人们都鄙薄他那卑贱的出身，但战时能重用草莽之士也还是可喜的。

“代北”一句　本诗叙述同时代的武将石雄受到提拔建立显赫战功之事，而诗中没有出现石雄的名字。“代北”一句，指的是石雄击破回鹘、被提拔为丰州防御使之事。“代北”即代北军，永泰元年（765）置于代州（山西省代县）（《新唐书·地理志》）。“偏师”是并非全军的一部分军队。《左传·宣公十二年》云“彘子以偏师陷，子罪大矣”。“使节”是表明其人为天子使者的凭证。指被任命为节度使等官职。“衔”意为接受命令或任命。

“关东”一句　指石雄自徐州（江苏省徐州市）地方的低级武官发迹，击破藩镇刘稹，被任命为河中节度使之事。“关东”是函谷关以东地区，此处指徐州。“裨将”即副将，“裨”意为辅佐。“行台”是建立在边境要塞的军事机构。

轻薄　冷淡，疏远。《汉书·王尊传》云“摧辱公卿，轻薄国家”。石雄因出身低微而受到侮蔑。

临戎　到了作战之时。

草莱　意同“草莽”，意为身处民间、在野。也指庶民。“莱”是杂草。提拔石雄的是当时的朝廷重臣李德裕，冯浩认为此诗有赞颂李德裕之意。

诗型·押韵　七言绝句。单用上平十六咍（台、莱）。平水韵：上平十灰。

其五

郭令素心非黩武，韩公本意在和戎。

两都耆旧偏垂泪，临老中原见朔风。

中书令郭子仪原本不是滥用武力的武将，韩国公张仁愿的本意是希望与夷狄和平相处。

长安、洛阳二都中德高望重的老人们都喜悦得热泪盈眶。他们说没想到这把年纪还能在中原之地近距离地见到北方的风气。

郭令 唐朝的名将郭子仪（697—781）。他因平定安禄山之乱有功而被任命为中书令，故称“郭令”。

素心 原本的心意。

黩武 滥用兵力。“黩”意为玷污。郭子仪后来在回鹘、吐蕃等周边民族入侵时，不使用武力就令异族退兵了。

韩公 武则天时期的武将张仁愿。他受封韩国公，故称“韩公”。

和戎 与周边民族和睦相处。张仁愿在北方边境地区筑城，后来突厥就不再入侵了。

两都 唐的东西二都，即长安和洛阳。

耆旧 德高望重的老人。

朔风 北方人的生活方式。北方的领土被返还给唐朝，河西、陇右（甘肃省西部一带）的受异族统治的中国人曾身着胡服进入都城觐见。

诗型 · 押韵 ‖ 七言绝句。单用上平一东（戎、风）。平水韵：上平一东。

*

《漫成三首》是所谓的“论诗绝句”，而这组《漫成五章》的其一、其二两首也是以绝句写成的诗歌评论。其一对初唐的沈佺期、宋之问和“四杰”王杨卢骆持否定态度，认为他们只不过是擅长于对句的技巧。其二感叹李白、杜甫被逐出宫廷。与此相对，其他三章则笔锋一转，以武将为题材。其五直接提及的是盛唐、初唐时期的武将，有说法（冯浩）认为此诗与其四一样，暗指主张收复维州（四川省）而失败了的李德裕。后三章应该都是与时局有关的政治诗。或许显得与前两章题材不统一，但议论诗人的前两章也不是单纯地批评过去的文学，而可能包含了对当代文坛的批判和对自身不遇的感慨。

秋阴不散霜飞晚，留得枯荷听雨声。

正月崇让宅

密锁重关掩绿苔，廊深阁迥此徘徊。
先知风起月含晕，尚自露寒花未开。
蝙拂帘旌终展转，鼠翻窗网小惊猜。
背灯独共余香语，不觉犹歌起夜来。

牢牢紧闭的数重门扉，门扇内侧完全被青苔所覆盖。延伸向深处的回廊、远处耸立的楼阁，在这充满回忆的地方不忍离去而徘徊不已。

刚觉得起了风，果然月亮已被光轮笼罩。露水仍然寒冷，离花开时节还早。

伴着蝙蝠撞在绢制帘子上的声响，始终辗转反侧。老鼠在纱窗上跳跃的声响也令人周身颤栗。

调暗灯火，独自试着同那人留下的香气对话。回过神来才发觉现在口中哼唱的是《起夜来》（恋人在夜间起床前来）的旋律。

崇让宅　“崇让”是洛阳的坊名，其中有李商隐的岳父河阳节度使王茂元的住宅。李商隐另有题为《七月二十九日崇让宅宴作》的七律。

重关　好几道门。

绿苔　绿苔生长表明无人到访。

徘徊　多次前往那有着感伤回忆的场所。西晋潘岳《悼亡诗三首》云“徘徊墟墓（即墓地）间，欲去复不忍”。

“先知”一句　相传月亮周围出现光晕则将要起风。杜甫《玩月呈汉中王》云“风吹晕已生”。

尚自　还是。“自”是接尾词。

帘旌　据冯浩所述，“帘旌”是边沿包绢的帘幕。后来此语多见于词中。

展转　无法入睡而反复翻身。参见《无题（何处）》诗注。

窗网　纱窗。

惊猜　吃惊并因听到声音而感到奇怪。这两句的“蝙”和“鼠”并不含有来源于古典的联想，而是说夜里行动的小动物发出的声音令人神经兴奋。

背灯　将灯火转向后方令房间变暗。此语中晚唐时出现在诗中，后来词中频用。

余香　残留的香气。李商隐悼亡诗之一的《夜冷》诗云“西亭翠被余香薄，一夜将愁向败荷”。此处的“西亭”也是崇让里宅邸的一部分。歌咏亡妻留下的香气的，有潘岳《悼亡诗三首》其一的“流芳（飘散的香气）未及歇，遗挂（挂着没有移动过的衣服）犹在壁”。

起夜来　底本作“夜起来”，从诸本改。指题为《起夜来》的乐府。南朝梁柳恽《起夜来》云“飒飒秋桂响，非君起夜来”，写的是将树叶声误当作所等待之人来访的声音。

诗型·押韵　七言律诗。共用上平十五灰（徊）和十六咍（苔、开、猜、来）。平水韵：上平十灰。

*

本诗是哀悼亡妻的悼亡之作。李商隐在开成三年（838）二十八岁时与王茂元之女结婚。妻子王氏死于大中五年（851），李商隐时年四十一岁。李商隐作有很多无法判断是否为悼亡诗的诗作，但此诗不仅题中点出王茂元宅，内容也很明晰。悼亡诗以《文选》收录的潘岳的三首诗为典范。李商隐也袭用了潘岳诗中所见的词语、意象主题等，吟咏了与潘岳相同的无法忘怀的缠绵情思。

柳枝五首 有序

柳枝，洛中里娘也。父饶好贾，风波死湖上。其母不念他儿子，独念柳枝。生十七年，涂妆绾髻，未尝竟，已复起去，吹叶嚼蕊。调丝擫管，作天海风涛之曲，幽忆怨断之音。居其傍，与其家揖故往来者闻十年，尚相与疑其醉眠梦物断不娉。余从昆让山，比柳枝居为近。他日春曾阴，让山下马柳枝南柳下，咏余《燕台诗》，柳枝惊问："谁人有此，谁人为是？"让山谓曰："此吾里中少年叔耳。"柳枝手断长带，结让山为赠叔乞诗。明日，余比马出其巷，柳枝丫鬟毕妆，抱立扇下，风鄣一袖。指曰："若叔是，后三日邻当去溅裙水上，以博山香待，与郎俱过。"余诺之。会所友有偕当诣京师者，戏盗余卧装以先，不果留。雪中让山至，且曰"东诸侯取去矣"。明年，让山复东，相背于戏上。因寓诗以墨其故处云。

柳枝是洛阳城中的少女。其父是位富有的商人，因被卷入暴风雨而死在湖里。其母全不顾及其他的孩子，唯独疼爱柳枝。柳枝到了十七岁，还是草草地涂抹脂粉绾起头发，就出门吹动草叶咀嚼花蕊，天真无邪地玩耍。她弹琴、吹奏笛子，奏出像天上的风、海中波涛那般壮大的乐曲，又或是幽静而仿佛快要消失一般的乐曲。住在附近、与她家有交情而长达十年间一直听说传闻的人们，都觉得她是个仿佛醉后梦境一般难以捉摸的女子，没有人想要娶她。我的堂兄让山住在柳枝家附近。一个天气阴沉的春日，让山把马系在柳枝家南边的柳树下，吟诵我所写的《燕台诗》。柳枝大为惊讶，问道："这样的诗是谁的作品？是谁写作了这样的诗歌？"让山答道："这是我家乡的年轻的堂弟所写的。"柳枝亲手撕下长长的衣带，打了一个结，请求让山转赠给他的堂弟。第二天，我和让山一道骑马来到小路上，柳枝梳好发型、化了精致的妆，站在门前重叠双手，一只衣袖在风中摇动。她对我说："您是那位堂弟吗？三天后，我将去河边参加祓除灾祸的仪式，会准备好博山香炉来等待您，请您也一起来吧。"我答应了她。但是碰巧一起前往都城的友人，恶作剧悄悄拿走了我的行李，我无法继续逗留在洛阳。冬天下雪时让山前来，告诉我"柳枝被东方的诸侯带走了"。第二年，让山又要前往东方，在戏水畔与我告别。于是我交给他这组诗，让他题写在柳枝旧日居所。

涂妆绾髻　化妆并束发。“涂”是涂抹白粉，“绾”是将发丝弯出弧度梳成发型。“髻”是将头发梳拢后结成的发髻。李贺《大堤曲》云“青云教绾头上髻，明月与作耳边珰”。

未尝竟　没有认真（化妆）直到最后。

吹叶嚼蕊　吹叶子使之发声、咀嚼花蕊，这些可能是孩子的游戏。此句描绘了到了青春年华却全然无意于装扮的少女。

调丝擪管　“丝”是弦乐器。“管”是管乐器。“调”即调整音律、演奏。“擪”是用手指按住乐器上的洞。

天海风涛 幽忆怨断　“天海风涛”即“天风海涛”之意，是仿佛描绘出大自然声响的雄壮乐曲。“幽忆怨断之音”则与之相反，是饱含隐秘情思、充满仿佛即将消失的哀怨的乐曲。

揖故往来　住处相近而有所交往。

醉眠梦物　柳枝与平常的少女不同，周围人看她好像是醉后入睡的梦境一样难以理解。

从昆让山　“从昆”即堂兄弟。“让山”可能是他的字。

余《燕台诗》　指李商隐的《燕台诗四首》。

曾阴　云厚厚地重叠着。“曾”意为重叠。

少年叔　年轻的堂兄弟。

手断长带　为了请人在衣带上写诗而用手撕裂衣带。

结　在衣带上系扣表示约定或祈求。

巷　从大路上分叉延伸到远处的小路。

丫鬟　扎成两个角的发型。年轻女子的发型。

毕妆　完整地化好了妆。与前文所述柳枝不化完妆就外出嬉戏之事形成对比。

抱立扇下　“抱”是像拥抱一样交叠手腕。“扇”是门扉。

邻　表面上指住在近处的人，柳枝以此自称。

溅裙水上 在水边洗衣服、倾倒驱邪的酒水来祈祷无病无灾的民间风俗。这是女子能够外出的少数机会之一。

博山香 形似仙山“博山”的香炉。参见《春雨》诗注。暗示男女幽会。

卧装 寝具。旅行时携带了寝具。

相背 脊背相对，指分别。

戏上 戏水之畔。戏水在陕西省临潼县南，发源于骊山，注入渭水。

其 一

花房与蜜脾，蜂雄蛱蝶雌。
同时不同类，那复更相思。

花房和蜂巢。花房中有雌蝶，蜂巢中有雄蜂。

即便是同时降生的，但属于不同物种的蜂和蝶无法相恋。

花房 花瓣围着的空心部分。

蜜脾 蜜蜂的巢。因形似脾脏而被称为“蜜脾”。《闺情》诗亦云“红露花房白蜜脾，黄蜂紫蝶两参差”，将男女分别比作蜂和蝶，将各自所在的地方分别比作蜜脾、花房。另有《燕台诗四首 · 春》云“蜜房羽客类芳心”。

诗型 · 押韵 ‖ 五言绝句。共用上平五支（雌）和七之（思）。平水韵：上平四支。

其 二

本是丁香树，春条结始生。
玉作弹棋局，中心亦不平。

你生来就是丁香树。春天里树枝上生出了花苞，心房中也郁结着春情。

玉制棋盘的中央部分不平坦。同样不平静的还有心情。

丁香树　香料丁香生长的树木。

春条　春天里生长的枝条。春天是引人恋爱的季节。

结　花苞。写少女对于恋爱之事的觉醒，另有《代赠二首》其一云“芭蕉不展丁香结”，花苞纠“结”与心情郁“结”双关。

“玉作”二句　“弹棋”是在中央凸起的棋盘上玩的类似弹珠的游戏。“局”是棋盘。参见《无题（照梁）》诗注。

诗型・押韵　五言绝句。单用下平十二庚（生、平）。平水韵：下平八庚。

其 三

嘉瓜引蔓长，碧玉冰寒浆。
东陵虽五色，不忍值牙香。

喜庆的瓜生长出长长的藤蔓。碧玉般的果实入口后冰凉彻骨。

虽然东陵的瓜散发出五彩光芒，但实在不忍用牙齿去咬下那芳香的果实。

嘉瓜　“瓜”因藤蔓快速生长而被认为是充满生命力的植物。此处将柳枝的健康之美比作瓜的果实。

碧玉　将瓜的果实比作绿色的玉。这也是恋歌中出现的少女之名。东晋孙绰《情人碧玉歌》其二云“碧玉破瓜时，相为情颠倒。感郎不羞赧，回身就郎抱”。“瓜”字可以分解为两个“八”字，故“破瓜”指十六岁。又，梁元帝《采莲曲》云“碧玉小家女，来嫁汝南王”。与柳枝嫁“东诸侯”相对应。

寒浆　冰凉的饮料。三国魏曹丕《与朝歌令吴质书》云“甘瓜浮清泉，朱李沉寒水”，记录了将瓜、李等冷却后食用之事。

“东陵”一句　秦时受封东陵侯的邵平在秦朝覆灭后成为布衣（平民）之身，在长安门以东种瓜，因为美味而号称“东陵瓜”。三国魏阮籍《咏怀诗》其六云“昔闻东陵瓜，近在青门外。……五色耀朝日，嘉宾会四面”。

“不忍”一句　“牙”是牙齿。咀嚼时香气四溢。含有仅满足于观赏美好之物而不愿据为己有之意。

诗型 · 押韵　五言绝句。单用下平十阳（长、浆、香）。平水韵：下平七阳。

其　四

柳枝井上蟠，莲叶浦中干。
锦鳞与绣羽，水陆有伤残。

柳枝在井口边缩起身躯，荷叶在河边枯萎。

锦缎般鲜艳的鱼和有着醒目的刺绣般花纹的鸟。在水中、在陆上，两者都受了伤。

柳枝　少女名为“柳枝”，与柳树双关。

蟠　枝条像蛇盘起身体一般曲折。

浦中　岸边。

“锦鳞”一句　鳞片像锦缎般美丽的鱼和羽毛像刺绣一般美丽的鸟。由柳引出鸟，由莲引出鱼。

伤残　“伤”和“残”都是残缺的意思。栖息在柳树上的鸟指柳枝，在莲叶间嬉游的鱼指作者，两者都因无法实现的恋爱而受到了伤害。

诗型・押韵　五言绝句。共用上平二十五寒（干、残）和二十六桓（蟠）。平水韵：上平十四寒。

其五

画屏绣步障，物物自成双。

如何湖上望，只是见鸳鸯。

颜色鲜艳的屏风和饰有刺绣的帘幕，每种物件都成双成对。

谁知向湖面上眺望，眼中所见的仍然是成对的鸳鸯鸟。

画屏　美丽的彩色屏风。

绣步障　“步障”是外出时所用的帘幕，在竹子或木质支架上盖上布制成。西晋时石崇和王恺竞赛奢侈，王恺用紫色丝线织成、内衬绿色丝绢的布匹制作了四十里长的步障，石崇则制作了五十里长的锦缎步障(《世说新语·汰侈》)。

“物物”一句　“成双”意为成双成对。屏风、步障都是两枚成套的。寓意明明一切东西都像这样凑成对偶，自己与柳枝却无法成双。

诗型·押韵　五言绝句。通押下平十阳（障、鸯）和上平四江（双）。平水韵：下平七阳和上平三江。

*

诗人以自己的诗为契机与一位少女相识，但没能去赴约会她就嫁人了。这是一组以虚无缥缈地终结了的恋情为基础写成的歌谣风格的诗歌。李商隐一般竭力消除恋爱诗的背景，这组诗却相反，他将作为诗歌基础的经历在“序”中像小说般详细地叙述出来。这是罕见的能够见出诗歌与诗人经历之间有着怎样关联的例子。也有人认为“悉非实”（冯浩），但作者本人是将此事作为实际发生过的事写出来的。不过，序之后的五首诗，与李商隐深刻而沉重的恋爱诗相比别有韵味，借用南朝乐府的措辞和想象，显示出轻巧的歌咏风格。

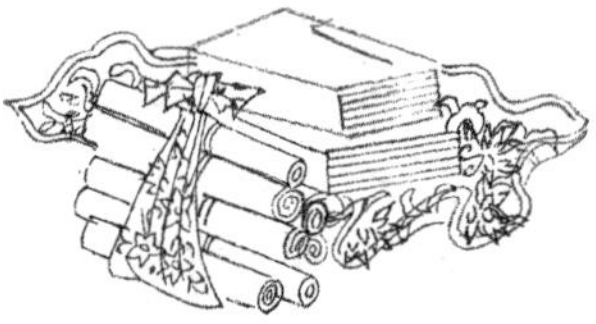

燕台诗四首

其一

风光冉冉东西陌，几日娇魂寻不得。
蜜房羽客类芳心，冶叶倡条遍相识。
暖蔼辉迟桃树西，高鬟立共桃鬟齐。
雄龙雌凤杳何许，絮乱丝繁天亦迷。
醉起微阳若初曙，映帘梦断闻残语。
愁将铁网罥珊瑚，海阔天宽迷处所。
衣带无情有宽窄，春烟自碧秋霜白。
研丹擘石天不知，愿得天牢锁冤魄。
夹罗委箧单绡起，香肌冷衬琤琤佩。
今日东风自不胜，化作幽光入西海。
右春

在春风、春光迟缓地穿行的街道上，每天都在追寻着那人的幻影。

出入蜜房的蜜蜂正如同春心一般，娇艳的树叶、婀娜的枝条已然知晓了一切。

在春日斜阳轻柔笼罩着的桃林西边，女子鬟发一般的桃花中间的，是高高梳着鬟髻的那人的身姿吗？

雄龙与雌凤，曾经欢好的两人如今身在何处？在柳絮飞舞游丝飘浮的春日天空中，天帝也感到迷惑。

从浅醉中醒来，误将残照当作晨光，在映在帘子上的光线中睡意全消，梦中的私语残留在耳畔。

愁绪郁结，想要把铁网沉入海底来捞取珊瑚，但海面与天空无边无际，令人不知身在何处。

仿佛嘲笑憔悴的身躯一般，衣带松弛了；春日的雾霭始终是绿色的，秋日的霜始终是白色的。

如同反复打磨的红色丹砂、如同反复敲碎的坚硬岩石，这份坚定而殷红的真心却无法上达天听。若说有什么愿望，那便是希望名为天之牢狱的天牢星能将这迷惘的魂魄幽闭起来。

把夹衣收进箱子而取出单衣，佩玉冰冷地触碰着那人香气浓郁的肌肤。

这一天的东风太过惆怅，化作幽眇的光芒前往那人等待着我的遥远的西海吧。

右 春之歌

燕台　战国时期燕昭王召集全国贤人的楼台。此事与诗歌内容有何联系不得而知。有说法认为“燕台”指节度使府中，诗歌叙述的是与在幕府中邂逅的女子的恋情。洛阳少女柳枝一次听到此诗便大为倾倒，李商隐自己对此有所记述。参见《柳枝五首》诗序。

冉冉 缓慢移动的样子。

东西陌 “陌”原指田间小道。田间道路东西向者称“陌”，南北向者称“阡”。后来指街道。

娇魂 女子的幻象。语出李贺《感讽六首》其二“娇魂从回风（回旋的强风），死处悬乡月”之句。这组诗中与李贺诗类似的表达方式引人注目。

“蜜房”一句 “蜜房”是蜂巢。参见《柳枝五首》其一诗注。“羽客”是能够羽化登仙的仙人，此处指蜜蜂。“芳心”指散发着花香的春天的情感，也指女子的心。李白《古风》四十九首云“皓齿终不发，芳心空自持”。“类”意为“相似”。

冶叶倡条 在“叶”“条（树枝）”前加上艳丽的词。“冶”和“倡”都是婀娜、娇艳的意思。

“暖蔼”一句 “暖蔼”是融和的春日雾霭。“辉迟”是叠韵词，形容春日阳光西斜时显得迟缓的样子。《诗经·豳风·七月》云“春日迟迟”。

“高鬟”一句 将鬟髻模样的桃花比作女子的鬟髻。“鬟”是编成圆环形的头发。“桃鬟”是像发髻一样盛开的桃花。将年轻女子的美貌比作桃花，始于《诗经·周南·桃夭》的“桃之夭夭，灼灼其华”，此后成为常用的比喻。

雄龙雌凤 比喻这首诗的主人公男子和他所恋慕的女子。

“絮乱”一句 “絮”是柳絮、“丝”是游丝（飘浮在空中的蜘蛛丝），此处将心情的烦乱与柳絮、游丝等春日景物联系起来。“天亦迷”借用自李贺“天若有情天亦老”（《金铜仙人辞汉歌》）之句。

“憩将”一句 将铁网沉入海中，让珊瑚附着在铁网上后再拉上来。见于《新唐书·西域传》对于拂菻（东罗马帝国）的记述中，被认为是遥远异国传来的渔猎之法。此处可能指祈愿恋情能够实现的心情。这一美丽的比喻又见于《碧城三首》其三。“罥”即“挂”。

“衣带”一句 “宽窄”意为“松紧”。身体瘦削而令衣带松弛。《古诗十九首》其一云“相去日已远，衣带日已缓”。

“春烟”一句 与人因悲哀而消瘦毫无关系，春天和秋天仍然呈现出各自季节的面貌。

“研丹”一句 语本《吕氏春秋 · 诚廉》“石可破也，而不可夺坚。丹可磨也，而不可夺赤”之句。

“愿得”一句 “天牢”是星名。《晋书 · 天文志》云“天牢六星，在北斗魁（星名）下，贵人之牢也”。“冤魄”本意指无辜而死之人的魂灵，此处用来指没能实现恋情的人的魂魄。

夹罗 薄绢的夹衣。

单绡 一层绡。指从春到夏的时间段。

香肌冷衬 底本作“香眠”，从诸本改为“香肌”。“衬”指衣物紧贴在皮肤上。

琤琤佩 “琤琤”是玉碰撞的声音。“佩”是挂在腰上的玉。此处是对女子身体的想象。

西海 如《楚辞 · 离骚》所云“指西海以为期”，“西海”是与恋人相会的遥远之地。

诗型 · 押韵 七言古诗。换韵，使用了五种韵部。
（1）通押入声二十陌（陌）、二十四职（识）、二十五德（得）。平水韵：入声十一陌和十三职。
（2）单用上平十二齐（西、齐、迷）。平水韵：上平八齐。
（3）通押上声八语（语、所）和去声九御（曙）。平水韵：上声六语和去声六御。
（4）单用入声二十陌（窄、白、魄）。平水韵：

入声十一陌。

(5)通押上声十五海(海)和去声十八队(佩)。

平水韵：上声十贿和去声十一队。

其二

前阁雨帘愁不卷，后堂芳树阴阴见。
石城景物类黄泉，夜半行郎空柘弹。
绫扇唤风阊阖天，轻帏翠幕波渊旋。
蜀魂寂寞有伴未，几夜瘴花开木棉。
桂宫流影光难取，嫣薰兰破轻轻语。
直教银汉堕怀中，未遣星妃镇来去。
浊水清波何异源，济河水清黄河浑。
安得薄雾起缃裙，手接云軿呼太君。
右夏

雨帘沉闷地落在前面的楼阁上，后方厅堂中映出芳香的草木的幽暗影子。

那位莫愁所在的石城，风景宛如黄泉之国，深夜里游客独自一人玩着弹弓。

绢扇招来了天界大门的令人舒畅的风，轻柔的窗帘、绿色的帷幕都摇动出波纹。

孤独地彷徨着的蜀王魂魄有同伴吗？南国的花能让那鲜红的木棉花开放几个晚上呢？

月宫中透露出月影，那光芒却无法触及。芬芳的兰花微笑着，轻声吐露出话语。

干脆把银河拉进我怀中，想要就这样把织女一直留下来。

浊流和清流在源头有什么分别吗？虽然如此但济河河水清澈而黄河河水浑浊。

怎样才能实现呢——伸出手去拉住那身穿浅黄色长裙站在雾中若隐若现之人的在空中飞行的马车，亲切地呼唤她“太君”。

右　夏之歌

“前阁”一句　将雨落下的样子比作帘子，因而无法“卷”起不断落下的雨水形成的帘子。

阴阴　昏暗状。

石城　南京郊外的石头城。南朝乐府所歌咏的女主角莫愁所在之地。无名氏所作乐府《莫愁乐》云“莫愁在何处，莫愁石城西”。李商隐袭用此典而作有《石城》诗。

黄泉　死者居住的地下世界。

行郎　行人、游客。与石城的莫愁相对的男子。

柘弹　用柘树（山桑树）树枝做成的弹弓。《白氏六帖》卷一四引《西京杂记》云“长安五陵人，以柘枝为弹，真珠为丸，以弹鸟雀”。原本是贵公子的游戏，此处或许是追求女子的隐喻。

绫扇 绫绢扇子。是与夏天有关的物品。

阊阖 天界的门。见于《楚辞·离骚》。

"轻帷"一句 "帷"和"幕"都是帘子。"帷"垂挂在床周围，"幕"垂挂在房间周围。帘子被风吹动而像波浪一样摇晃。

蜀魂 蜀国望帝的化身杜鹃鸟。参见《锦瑟》诗注。此处指或许徘徊在异国的女子。

瘴花 热带的花。"瘴"是充满南方热带地区的气。

木棉 南方的树，开红花。《李卫公》诗云"今日致身歌舞地，木棉花暖鹧鸪飞"。

桂宫 传说月亮中有桂树，故以此指代月宫。

"嫣薰"一句 香气馥郁的兰花开放，与女子微微启齿嫣然一笑的样子重合起来。"嫣"是美女笑的样子。宋玉《登徒子好色赋》序云"嫣然一笑"。曹植《洛神赋》云"含辞未吐，气若幽兰"。

银汉 银河。

星妃 织女。

镇 常常，永远。这两句意为想将银河收入怀中，好让织女留在自己身边。

"济河"一句 济水与黄河都名列古代"四渎"（四条大河），济水清澈而黄河浑浊。《战国策·燕策》云"齐有清济浊河"。济水发源于河南省济源县，东流入海，但后来与黄河相重合，如今只有一段河道存留。

缃裙 浅黄色的绢制长裙。

云軿 "軿"是围着帘幕的女子所乘车辆。因为将她类比为仙女，所以冠以"云"字。

太君 原为高官之母的称号，此处用来指仙女。

诗型 · 押韵 ‖ 七言古诗。换韵，使用了四种韵部。

（1）通押去声二十八翰（弹）、三十二霰（见）、三十三线（卷）。平水韵：去声十五翰和十七霰。

（2）共用下平一先（天）和二仙（旋、棉）。平水韵：下平一先。

（3）通押上声八语（语）、去声九御（去）、上声九麌（取）。平水韵：上声六语、去声六语、上声七麌。

（4）通押上平二十文（君）、二十二元（源）、二十三魂（浑）。平水韵：上平十二文、十三元。

其三

月浪冲天天宇湿，凉蟾落尽疏星入。
云屏不动掩孤嚬，西楼一夜风筝急。
欲织相思花寄远，终日相思却相怨。
但闻北斗声回环，不见长河水清浅。
金鱼锁断红桂春，古时尘满鸳鸯茵。
堪悲小苑作长道，玉树未怜亡国人。
瑶瑟愔愔藏楚弄，越罗冷薄金泥重。
帘钩鹦鹉夜惊霜，唤起南云绕云梦。
双珰丁丁联尺素，内记湘川相识处。

歌唇一世衔雨看，可惜馨香手中故。

右秋

月光的波浪冲击着，濡湿了天空。秋月完全落下，稀疏的星光照进房间。

云母屏风也不转动，包围住沉浸于悲哀的女子。西边楼台屋檐下的风铃彻夜响动。

想要编织相思树的花朵寄给远方的那人，但整天一直思念，反而令心中积聚了怨恨。

能听到的仅仅是北斗星回转的声音，从没见到银河浅到可以渡过的程度。

黄金的鱼形锁锁上了，丹桂盛开的庭院里全无人影，过去一同躺过的有鸳鸯花纹的被褥也积上了厚厚的尘埃。

可悲的是那座小小庭院如今变成了大路。应当感动于《玉树后庭花》而同情那令国家灭亡的人吗？

玉琴以安静的曲调奏响楚国的乐曲，越国的绢冰冷而透明，金泥花纹也显得沉重。

帘钩上挂着的鸟笼里，鹦鹉惊讶于夜晚的寒冷，回忆起的是南云之下环绕着云梦泽的那些日子。

和着些微声响，将耳环系在书信上，信中写着在湘水之畔彼此相识时的事情。

那人会轻声哼唱歌谣，永远流着泪阅读书信吧。

然而令人怅恨的是，信纸上熏染的香气在手中逐渐消失了。

右　秋之歌

………………………………………………………………

月浪　比喻月光。由形容月亮和月光为“金波”而来，是李商隐独创的词语。

冲天　撞击天空。“冲”字有版本作“衡”，有注认为意为横躺不动，但正如“冲波”一词所示，“冲”这一动词常常与波浪相连。《令狐舍人说昨夜西掖玩月因戏赠》诗亦有“凉波冲碧瓦”的咏月之句。

天宇　天空。西晋左思《魏都赋》云“天宇骇，地庐惊”。

凉蟾　指秋月。因传说月中有蟾蜍，故而“蟾”被用作月的别称。

云屏　云母屏风。参见《常娥》诗注。

孤嚬　独自一人皱着眉头沉浸在愁思之中的女子。“嚬”同“颦”，指皱起眉头。丑女模仿因病皱眉的西施，即所谓“效颦”的故事（《庄子·天运》），是常用的典故。此处化用以指代愁绪满怀的女子，是李商隐的独创。

风筝　风铃。挂在屋檐上、风吹过就响动的东西。

相思花　相思树的花。“相思树”参见《蝇蝶鸡麝鸾凤等成篇》诗注。

“但闻”一句　北斗星在北极星周围旋转。“回环”意为旋转。杜甫《同诸公登慈恩寺塔》云“七星在北户，河汉声西流”，形容银河是河流而有水声响起，此处则指北斗星旋转的声响。

“不见”一句　《古诗十九首》其十歌咏牵牛和织女隔着银河相望，诗云“河汉清且浅，相去复几许”，写出了河水虽浅却无法渡过的心情，此处亦指男女之间隔着无法渡过的河流。

“金鱼”一句　“金鱼”是闪着金光的鱼形锁。“红柱”即丹柱、金木犀。

“春”指像春天一样鲜花盛开的景色。

“古时”一句　“古时”指过去。“鸳鸯茵”是有着鸳鸯花纹刺绣的被褥。形容两人很久没有相见。

“堪悲”一句　充满了两人共处回忆的庭院，如今成了人来人往的道路，令人悲哀难以自禁。

“玉树”一句　“玉树”是沉溺于逸乐而导致亡国的陈后主所作的《玉树后庭花》。参见《南朝（玄武湖中）》诗注。

瑶瑟　用玉装饰的瑟。

愔愔　形容平稳的声音。《左传·昭公十二年》云“其诗曰，祈招之愔愔，式昭德音”，杜预注云“愔愔，安和貌”。

楚弄　楚国乐曲。“弄”由原意的“演奏”变为指称乐曲。

越罗　越国的罗（轻薄的绢织品）是与蜀锦媲美的名品。

金泥　金子制成的颜料。用金泥在罗衣上描绘图案。

南云　南方天空的云。表现出对身在遥远南方的恋人的思念之情。西晋陆机《思亲赋》云“指南云以寄款”。

云梦　云梦泽。参见《梦泽》诗注。

双珰　一对耳环。

丁丁　玉碰撞的声音。

尺素　指书信的诗语。因写在一尺长的白绢上而得名“尺素”。古乐府《饮马长城窟行》云“呼儿烹鲤鱼，中有尺素书”。

湘川相识处　在湘水边相识之时的事。

“歌唇”一句　解释为女子一边哼唱歌谣一边阅读男子寄来的信。“一世”意为一直、永远。

馨香　此处是信纸散发的香气。象征着两人的恋情逐渐成为过去之物。《古诗十九首》其九写到欲折花赠予所思之人，诗云“馨香盈怀袖，路远莫致之”。

诗型 · 押韵 | 七言古诗。换韵，用以下五种韵部。

(1)单用入声二十六缉(湿、入、急)。平水韵：入声十四缉。

(2)通押上声二十阮(远)、二十八狝(浅)、去声二十五愿(怨)。平水韵：上声十三阮、十六铣、去声十四愿。

(3)共用上平十七真(茵、人)和十八谆(春)。平水韵：上平十一真。

(4)通押去声三用(重)和一送(弄、梦)。平水韵：去声二送和一宋。

(5)通押去声九御(处)和十一暮(素、故)。平水韵：去声六御和七遇。

其四

天东日出天西下，雌凤孤飞女龙寡。
青溪白石不相望，堂中远甚苍梧野。
冻壁霜华交隐起，芳根中断香心死。
浪乘画舸忆蟾蜍，月娥未必婵娟子。
楚管蛮弦愁一概，空城罢舞腰支在。
当时欢向掌中销，桃叶桃根双姊妹。

破鬓矮堕凌朝寒，白玉燕钗黄金蝉。

风车雨马不持去，蜡烛啼红怨天曙。

右冬

太阳从东方的天空升起，行至西方天空一转眼就落下。雌凤独自寂寞地在天空飞翔，雌龙也没有伴侣。

青溪的少女和白石的青年，两人没有对面相望，女子的房间比那南方的苍梧野还要遥远。

冻住了的墙壁上霜花凹凸不平。香木的根因严寒而断裂，树芯也已完全枯死。

想乘着华丽的游船前往月中世界，但这想法只是徒劳，月中嫦娥的美貌恐怕也比不上那人。

楚国的乐曲和南蛮的乐曲都是一样地令人悲哀。城中人影全无，舞蹈也消失不见，残留在眼中的只有那人的舞姿。

眼看着那时的欢乐在手掌中消逝。那与桃叶、桃根姊妹二人共度的欢乐时光。

凌乱的矮堕发型抵得住清晨的寒意，白玉的燕形发簪、黄金的蝉形发饰都摇晃着。

风雨无法变成车马把我送到她那里去。蜡烛留下的鲜红眼泪，正是对将近黎明的夜色的怨恨。

右　冬之歌

“天东”一句 太阳刚从东方升起，又立即在西方沉下。形容冬日之短。

“雌凤”一句 “寡”意为女子失去配偶。一说“雌凤”系“雄凤”之误。若从该说，则此句意为男子和女子都失去了伴侣。

“青溪”一句 南朝乐府《神弦歌》中有《青溪小姑曲》和《白石郎曲》。此处借指一对少年男女。《青溪小姑曲》云“小姑所居，独处无郎”。参见《无题（重帏深下）》诗注。

“堂中”一句 “堂”在此处指女子居所。“苍梧野”是舜旅行途中死去的南方之地。《史记·五帝本纪》云“南巡狩，崩于苍梧之野”。在湖南省宁远县一带。舜的二位妃子的泪水将当地竹子染上斑点，这也是常用的典故。参见《潭州》诗注。此句意为实际上是距离很近的处所、但因为无法相见而显得像是苍梧野那么远。参见《无题（来是空言）》诗注。

交隐起 有的陷下、有的突起。

“芳根”一句 香木的树根和树芯都枯萎了。指爱情的消失。

“浪乘”一句 “浪”即“徒劳”。“画舸”是涂成彩色的船。“蟾蜍”指月亮。参见上一首“其三”诗。

“月娥”一句 “月娥”是住在月亮里的嫦娥。参见《常娥》诗。“婵娟”即“美丽”。“婵娟子”指美女。前往月中询问嫦娥，却反而只能回忆起恋人的美貌。

“楚管”一句 楚国的管乐器、南方异族的弦乐器，两者都同样地惹人忧愁。

“空城”一句 城中无人，舞蹈也已成为往事，只有那人起舞的姿态还清晰地留在眼前。“腰支”是腰。如《宫妓》诗所云“披香新殿斗腰支”，这是舞女动作中最为引人注目的部位。

“当时”一句 “欢”底本作“劝”，从诸本改。受汉成帝宠爱的赵飞燕身体轻盈，能作“掌上舞”（《白氏六帖》等）。又，梁朝羊侃的妓女张净琬腰围仅有一尺六寸（不到四十厘米），能作“掌中舞”（《梁书·羊侃传》）。

“桃叶”一句　桃叶是东晋时王献之的情人。《桃叶歌》云“桃叶复桃叶，桃树连桃根”（《玉台新咏》卷十等）。冯浩谓后人由此附会桃叶、桃根为姊妹。

破鬟矮堕　“矮堕”是女子的发型。乐府《陌上桑》描述罗敷的美貌，有“头上倭堕髻，耳中明月珠”之句。“破鬟”谓发型散乱。描绘了因悲愁而憔悴的女子的模样。

“白玉”一句　“燕钗”是燕子形状的发簪。参见《圣女祠》诗注。“蝉”也是发饰。

“风车”一句　风雨无法化成车马载着我前往她那里。西晋傅玄《燕人美篇》（《玉台新咏》卷九）云“云为车兮风为马”。

蜡烛啼红　红烛流下鲜血一般的红色烛泪。白居易《夜宴惜别》诗云“烛啼红泪为谁流”。

诗型·押韵　七言古诗。换用，用以下五种韵部。

（1）单用上声三十五马（下、寡、野）。平水韵：上声二十一马。

（2）共用上声五旨（死）和六止（起、子）。平水韵：上平四纸。

（3）通押上声十五海（在）、去声十八队（妹）、十九代（概）。平水韵：上声十贿和去声十一队。

（4）通押上平二十五寒（寒）和下平二仙（蝉）。平水韵：上平十四寒和下平一先。

（5）单用去声九御（去、曙）。平水韵：去声六御。

*

这组诗分为春夏秋冬四首，描绘了不同季节的情调和失却恋情的悲哀。尽管能明白是追忆过往的恋情这种泛泛的设定，但在此基础上更为详细的事实就不得而知。诗歌与其说是叙述了个人的恋爱，倒不如说是将各种各样的意象以马赛克的形式串连起来，歌咏了恋爱的悲伤。将恋歌与四季相联系的先例有南朝乐府《子夜四时歌》，“春歌”“夏歌”“秋歌”“冬歌”题下各有二十首左右的由四句诗组成的短小诗篇。这可以说是李商隐这组诗的渊源。

河内诗二首

其一

鼍鼓沉沉虬水咽，秦丝不上蛮弦绝。
常娥衣薄不禁寒，蟾蜍夜艳秋河月。
碧城冷落空蒙烟，帘轻幕重金钩栏。
灵香不下两皇子，孤星直上相风竿。
八桂林边九芝草，短襟小鬟相逢道。
入门暗数一千春，愿去闰年留月小。
栀子交加香蓼繁，停辛伫苦留待君。
右一曲　楼上

鳄鱼皮制成的鼓发出沉重声响，虬龙形状的水漏哽咽着。秦国的筝没有被拨动，异族乐器的弦也断裂了。

身着薄衣的月中女神嫦娥因寒意而颤栗。月中蟾蜍光泽美丽，在这银河与月亮交相辉映的秋夜。

那仙界的绿色城池碧城，笼罩在茫茫一片雾霭中，异常静谧。轻飘的帘子、沉重的帷幕，还有金制的帘钩。

在天上焚香、侍奉仙人的两位皇子没有降临到人间。一颗星瞄准了风向标不断上升。

在八桂之林一带、九芝草生长的仙界，与那穿着短襟衣服、留着短发的人无意间邂逅的路上。

明明进门后就能见面，悄悄一数已经过了一千年。能不能去掉闰年、只按小的月份计数呢？

恋情像是辛辣的栀子果实和苦涩的蓼花一样，但是我忍耐着这份辛辣和苦涩，将坚持等待着能与你相会之日的来临。

右一曲　楼上

河内　怀州首府所在的河内县。今河南省沁阳县。该地与本诗内容有何关联不得而知。程梦星云此诗写故乡之事，但河内虽是李商隐的籍贯所在，却并非李商隐出生成长之地。李商隐十五岁前后在玉阳山学道，该山在怀州、绛州、泽州交界处，与河内这个地名没有直接联系。不过本诗写到与女道士的交往，可能与玉阳山有关。

鼍鼓　鳄鱼皮制作的鼓。《诗经 · 大雅 · 灵台》云“鼍鼓逢逢”。“逢逢”是鼓声。

沉沉　沉重的声响。

虬水咽　“虬水”是形为水自虬口中流出的水漏。“咽”是水声。

秦丝　此处“丝”指筝。筝有十三弦，相传发源于秦地。传说秦人争夺二十五弦的瑟，始皇手下武将蒙恬将瑟一分为二，弦的数量减半。曹植《赠丁翼》诗云“秦筝发西气，齐瑟扬东讴（东方的歌）”。

蛮弦　少数民族的弦乐器。

常娥　月中女神。参见《常娥》诗注。

蟾蜍　传说住在月中的蟾蜍。参见《燕台诗四首》秋歌诗注。

河月　银河和月亮。

碧城　仙人住处。参见《碧城三首》诗注。

冷落　形容静谧而寒冷之貌的双声词。

空蒙　形容雨雾迷蒙状态的叠韵词。南齐谢朓《观朝雨》诗云“空蒙如薄雾，散漫似轻埃”。

钩栏　像钩的形状一般曲折的栏槛。

灵香　冯浩认为是焚香礼拜之意。

两皇子　周灵王之子观香和眉寿，是成仙了的王子乔的弟妹。两人一起学习道术并升仙（《真诰》）。

孤星　比喻为追求天界女子而升仙的男子。

相风竿　类似风向标的竿头装有乌鸟形的器具。《隋唐嘉话》云“车驾出，刻乌于竿上，曰相风竿。今之樯乌（船帆支柱上的乌形装饰）乃其遗意”。

“八桂”一句　香料的桂、一名灵芝的芝草，用这两种祥瑞植物指称仙界。《山海经 · 海内南经》云“桂林八树，在番隅东”。《汉书 · 武帝纪》云“甘泉宫内中产芝，九茎连叶”。

短襟小鬟　可能是类似道士的打扮。

暗数一千春　计数到了一千年就可以相会。

“愿去”一句　为了让一千年时光尽可能短一些，去掉闰年并按小月计算。

“栀子”一句　栀子果实辛辣，蓼则苦涩。二者是代表辛辣苦涩的植物。“香”是为了让“蓼”字变为二字词而附加的。将心中的痛苦与植物的苦涩双关，这种手法多见于南朝乐府。例如《子夜四时歌》春歌云“黄檗向春生，苦心随日长”。黄檗也是苦涩的植物。“交加”意为反复不断地逼近。

“停辛”一句　意为忍耐辛苦而一直等待你。“停”“伫”“留”“待”数语相连，增强了语气。

诗型·押韵 七言古诗。每四句（最后为两句）换韵，用以下四种韵部。

（1）通押入声十月（月）、十六屑（咽）、十七薛（绝）。平水韵：入声六月、九屑。

（2）通押下平一先（烟）、上平二十五寒（栏、竿）。平水韵：下平一先、上平十四寒。

（3）通押上声三十小（小）、三十二皓（草、道）。平水韵：上声十七筱、十九皓。

（4）通押上平二十一欣（君）、二十二元（繁）。平水韵：上平十二文、十三元。

其二

阊门日下吴歌远，陂路绿菱香满满。

后溪暗起鲤鱼风，船旗闪断芙蓉干。

倾身奉君畏身轻，双桡两桨樽酒清。

莫因风雨罢团扇，此曲断肠唯此声。

低楼小径城南道，犹自金鞍对芳草。

右一曲 湖中

阊门将近黄昏，远处传来唱吴歌的歌声。堤岸上种着的绿色菱角，香气浓郁地洋溢在四周。

后面的溪流处悄悄地刮起了鲤鱼风，芙蓉叶子摇晃着好像船上的旗帜闪闪发光一般，枯萎的花茎折断了。

想要献上我的身体来侍奉您，但这身子太过轻微了。一对船桨、一对船橹，还有清澈的酒。

即便被秋日的冰冷风雨侵袭，也请不要丢弃那扇子。这首“秋扇”之曲，令人肝肠寸断的正是这个音色。

从小楼沿着小路来到城南的大道，那里如今还有装着黄金马鞍的马在吃着无主的草。

右一曲　湖中

....

阊门　吴国都城的门。参见《陈后宫》诗。

日下　“日下”可用于指都城，不过此处指太阳落下。杜甫《瞑》诗云“日下四山阴，山庭岚气侵”。

吴歌　南朝时长江下游地区传唱的民间歌谣。与长江中游流行的“西曲”并称，其中有很多恋歌。

陂路　堤上的路。

绿菱　“菱”与江南有关。江南歌谣中有很多咏唱采菱的情歌。

香满满　菱角香气四溢。

鲤鱼风　指九月的风。宋代陈元靓《岁时广记》引《提要录》云“鲤鱼风乃九月风也”。李贺《江楼曲》云“楼前流水江陵道，鲤鱼风起芙蓉老”。

船旗闪断　可能是比喻荷叶随风摇动。

倾身　底本作“轻身”，从别集诸本、《乐府诗集》改。

身轻　指身份低微，道源注云暗用纤细的美人赵飞燕仅仅被微风吹拂就“殆欲随风入水”（《拾遗记》）的典故。

双桡两桨 桡和桨都是划船的工具。

“莫因”一句 “团扇”语出班婕妤《怨歌行》，是被抛弃的女子的象征。参见《无题（凤尾香罗）》诗注。

此曲 指歌咏秋扇的《怨歌行》。

此声 底本作“北声”，从诸本及《乐府诗集》改。

金鞍 豪华的马鞍。通过只有马在吃草的情景点明男子不在。《无题（凤尾香罗）》亦云“斑骓只系垂杨岸”。

诗型 · 押韵 七言古诗。每四句（最后为两句）换韵，用以下三种韵部。

（1）通押上声二十阮（远）、二十四缓（满）、去声二十八翰（干）。平水韵：上声十三阮、十四旱、去声十五翰。

（2）单用下平十四清（轻、清、声）。平水韵：下平八庚。

（3）单用上声三十一皓（道、草）。平水韵：上声十九皓。

*

《楼上曲》写的是恋慕仙界女子的男子、《湖中曲》写的是被显贵男子抛弃的女子，两诗借用歌行体裁、从男女双方的角度歌咏了恋情的苦涩。内容与诗题的联系不可解，诗歌内容的推进也令人难以捉摸，通过换韵将诗意分段，这一点《湖中曲》

表现得更为明显。《楼上曲》中，男子与仙界的女子邂逅后要等上一千年——这是在仙界才有可能的时间长度——才能再次相见。《湖中曲》中的女子因为身份卑贱而无法成就恋情。两诗情境不同，但无论男女都为无法实现的恋爱而悲伤，将这两首诗组合在一起，可以说是妙处所在。

骄儿诗

衮师我骄儿，美秀乃无匹。
文葆未周晬，固已知六七。
四岁知姓名，眼不视梨栗。
交朋颇窥观，谓是丹穴物。
前朝尚器貌，流品方第一。
不然神仙姿，不尔燕鹤骨。
安得此相谓，欲慰衰朽质。

衮师是我可爱的儿子。他眉清目秀，举世无双。

他在还被裹在襁褓里尚未满周岁之前，就已经能数到六、七了（而陶渊明的儿子到了十三岁也不知道六和七）。

他四岁时记得了自己的名字，梨、栗之类的零食看也不看（而陶渊明的儿子到了九岁还一味地想要吃梨子和栗子）。

朋友们仔细端详着这孩子，都说他“正是那住在丹穴之中的凤凰”。

“要是在注重风姿的前代王朝，这孩子的品格应该在第一等中。”

“不然他就是有着神仙的资质”，“不然他就是有着燕鹤一般的高贵骨相”。

为何他们如此夸赞这个孩子呢？是为了安慰我这衰朽之人。

……………………………………………………

骄儿　爱子之意。西晋左思有《娇女诗》。“儿”指男孩，“女”指女孩。“骄”和“娇”都有可爱之意，并有顽皮、滑稽之意。

衮师　李商隐之子的名字。“衮”是天子、三公所穿着的礼服。“衮师”还见于《杨本胜说于长安见小男阿衮》诗，有“闻君日下来，见我最娇儿”云云之句。关于李商隐之子，北宋蔡居厚《蔡宽夫诗话》（《苕溪渔隐丛话》所引）中有如下逸事：白居易晚年非常喜爱李商隐诗，曾说希望转世投胎成为李商隐的儿子。白居易死后，李商隐为出生的儿子取名为“白老”，但此子非常愚钝，温庭筠嘲笑说把他当作白居易转世不会觉得羞愧吗。后来出生的儿子衮师则很聪明。顺带一提，白居易死时李商隐三十六岁。

文葆　有花纹的襁褓。“葆”同“褓”。

周晬　出生满一年。

知六七　陶渊明有《责子诗》叹息五个儿子的不成器，其中有句云“雍端年十三，不识六与七”，为本句所沿用。“雍”“端”是儿子的名字。

梨栗　此处同样袭用陶渊明《责子诗》的“通子垂九龄，但觅梨与栗”之句。“通子”是儿子的名字。

交朋　李商隐的友人们。

窥观　集中精神观察。

丹穴物　“丹穴”是世界最南端的山，山上有凤凰。比喻优秀的人才。参见《井泥四十韵》诗注。

前朝　前一个王朝。指六朝时期。六朝重视家世和外貌，当时人物传记中常常记录了传主容貌出众之事。

器貌　风采。

流品　等级。“流”也是品级之意。

燕鹤骨　高贵之人的骨相。据朱鹤龄注，贵人的骨相有“燕颔鹤步”之称。

衰朽质　指年老衰残的自己。

青春妍和月，朋戏浑甥侄。
绕堂复穿林，沸若金鼎溢。
门有长者来，造次请先出。
客前问所须，含意不吐实。
归来学客面，闟败秉耶笏。
或谑张飞胡，或笑邓艾吃。

明朗的春日里，他和堂表兄弟们混杂在一起四处游戏。

他们在宽敞的房间里来回奔跑，忽而又冲进树林里。那喧闹好似金鼎中沸腾了一般。

有客人来到门前，他就立即跑去迎接。

当着客人的面问他想要什么，他磨磨蹭蹭地不肯说出实话。

等到客人一回去，他就跳起来抢走父亲的笏板，模仿客人的神情。

取笑有胡子的客人貌似张飞，又笑称口吃的客人好像邓艾。

青春　春天。五行说中季节的春天与“青”色相对应，故称“青春”。

妍和　美丽而沉稳。

朋戏　与朋友一起游戏。

浑　混合起来成为一体。

甥侄　按文字的原意，“甥”是姊妹的儿子，“侄”是对兄弟之子的称呼。此处指所有堂表兄弟。

堂　位于家宅中心的房间。

“沸若”一句　“沸”是热水沸腾的样子。“金鼎”是黄金或金属制的鼎。

造次　慌张地。《论语·里仁》云“造次必于是（指仁）”。

“含意”一句　将所思之事隐藏在心中而不说出口。《古诗十九首》其四云“齐心同所愿，含意俱未申”。

闟败　“闟”意为“开门”，“败”意为“弄坏”。由此旧注解释为打破门进入房间，但这不过是臆测。此处解释为“冲撞一般的气势”，是一种口语化的说法。

耶笏　“耶”是口语的“父亲”。“笏”是官员拿在手中的笏板。“归来”以下四句罗列了客人离开后衮师的恶作剧，可以认为他拿着父亲的笏也是为了“学客面”。

邓艾 三国时魏国的武将。他受司马懿提拔，与蜀国作战。《三国志·魏书·邓艾传》记载有他口吃之事，《世说新语·言语》亦云“邓艾口吃，语称艾艾（名字与口吃的声音双关）”。

豪鹰毛崱屴，猛马气佶傈。
截得青筼筜，骑走恣唐突。
忽复学参军，按声唤苍鹘。
又复纱灯旁，稽首礼夜佛。
仰鞭罥蛛网，俯首饮花蜜。
欲争蛱蝶轻，未谢柳絮疾。

气势仿佛雄健的鹰耸起双翅，精力充沛好像勇猛的马来回奔跑。

砍下青色的竹子，跨在上面一个劲儿地跑来跑去。

然后又忽然模仿起参军，压低声音呼唤苍鹘。

更点亮了还盖着纱笼的灯火，跪拜佛祖、模仿着夜间修行。

刚刚挥动鞭子缠落了蜘蛛巢，又俯下身子吮吸花蜜。

身子轻盈胜过蝴蝶，行动迅速不逊于柳絮。

崱屴	形容直立状态的叠韵词。
佶傈	形容气势逼人之貌的叠韵词。
截	剪取。
筼筜	一种竹子。
骑走	跨着跑。中国的竹马游戏是将竹竿夹在两腿之间奔跑。
唐突	形容冲撞模样的双声词。
参军	曲艺“参军戏”登场人物中的一人。晚唐时参军戏流行于民间，由主角“参军”和配角“苍鹘”两人表演滑稽对话。见于《太平广记》卷五六九引《乐府杂录》等书。
按声	压低声音.
纱灯	用纱罩盖着使之稍稍变暗一些的灯火。
稽首	头碰到地面，是最为郑重的下拜礼。
礼夜佛	夜里在佛前礼拜。
罥	缠绕上。
柳絮	柳树的绵纤维。春天的景物。

阶前逢阿姊，六甲颇输失。
凝走弄香奁，拔脱金屈戌。
抱持多反侧，威怒不可律。
曲躬牵窗网，峪唾拭琴漆。
有时看临书，挺立不动膝。
古锦请裁衣，玉轴亦欲乞。
请耶书春胜，春胜宜春日。
芭蕉斜卷笺，辛夷低过笔。

在台阶前碰巧遇到姐姐，玩双六一直在输。

蹑手蹑脚地摆弄化妆箱，打开了金制的环纽。

一抱起化妆箱就整个人后仰翻倒过去，被训斥了也不会变得温顺。

刚刚在弯下身去拉窗子上的纱网，又在琴漆上吐唾沫来擦拭。

但看人临帖时笔直地站着，膝盖一动不动。

托人用旧布制成书衣，又想要得到书籍的卷轴。

恳求父亲书写立春日要挂起来的卷轴。因为那是在春天的挂壁卷轴上书写“宜春”二字的日子。

将纸笺斜卷成好像芭蕉叶的形状，将辛夷花苞般鼓胀的沾满墨汁的笔从下方递给我。

阿姊　姐姐。“阿”是在人名或称谓前加上表示亲切的词。

六甲　双六游戏。

输失　输了游戏。

凝走　可能是悄悄挪动脚步的意思。

香奁　化妆箱。

拔脱　打开。

屈戌　环纽。

反侧　令身体反转。《诗经·周南·关雎》云“悠哉悠哉，辗转反侧”。

威怒　严厉地斥责。

窗网　纱窗一样的防虫网，可以上下滑动。

峈唾　吐唾沫。到此句为止描绘了衮师恶作剧的样子。

临书　模仿范本练字。此句开始笔锋一转，描绘衮师对学习感兴趣的样子。

挺立　笔直地站着。看父亲练字时表现得十分认真。

裁衣　此处的“衣”指包裹书本的布。

玉轴　卷子本的卷轴。两端用玉制成。

春胜　书写庆祝春天到来的字，在立春那天挂起来的卷轴。

宜春　写在春胜上的字。《荆楚岁时记》云“立春日，悉剪彩为燕以戴之，贴宜春二字”。

“芭蕉”一句　将纸笺卷起的形状比作芭蕉叶子刚长出来时的形状。“斜”意为手法生疏、没有好好卷起来。

“辛夷”一句　“辛夷”是木笔花的别名，膨胀的花苞形似饱含墨汁的毛笔。“低”可能意为险些落下而感到惊险。“过”意为亲手递上。

耶昔好读书，恳苦自著述。
憔悴欲四十，无肉畏蚤虱。
儿慎勿学耶，读书求甲乙。
穰苴司马法，张良黄石术。
便为帝王师，不假更纤悉。
况今西与北，羌戎正狂悖。
诛赦两未成，将养如痼疾。
儿当速成大，探雏入虎窟。
当为万户侯，勿守一经帙。

父亲我过去爱好学习，耗费心血著书撰文。

结果身体憔悴年近四十，餐桌上没有肉，落到畏惧跳蚤和虱子这般田地。

我的孩子啊，你千万不要想着效仿父亲、打算学习而成为进士。

司马穰苴的兵法之书、张良从黄石公处得到的用兵之术——

只要有这些就能成为皇帝的老师，不必去依靠琐碎的学问。

何况如今西北之地的少数民族羌戎正异常猖獗。

然而征讨或和解都未能成功，休养姑息之时就会演变成不治之症。

孩子啊，你快快长大，怀着谋求老虎幼子而踏入虎穴的勇气。

一定要建立功勋成为万户侯。千万不要做死守着一册经书这样的愚蠢之事。

恳苦	指忍耐辛苦而努力的双声词。
“无肉”一句	吃饭没有肉，住处有跳蚤虱子，非常贫穷。南齐卞彬写有感慨不遇的《蚤虱赋》（《南齐书·文学传》），李商隐继而作有《虱赋》（残篇），后来陆龟蒙又作《后虱赋》。
甲乙	指科举考试。进士科分为“甲”“乙”两科。
“穰苴”一句	“穰苴”是春秋时齐景公手下的将军田穰苴。他曾被任命为大司马，故称司马穰苴。他的兵法与古代兵法合为《司马穰苴兵法》一书流传（《史记·司马穰苴列传》）。
张良	汉王朝的开国功臣。他从陌生的老人那里得到了太公望吕尚的兵法，以此帮助刘邦取得了胜利。老人说“谷城山山麓的石头就是我”，故称其为黄石公（《史记·留侯世家》）。
“不假”一句	“假”是借用、依靠之意。
羌戎	当时在西北边境威胁中国的党项、回鹘等异族。
犷悖	犷暴。
诛赦	征讨、怀柔两种解决策略。

将养　休养生息。“将”亦为休息之意。

痼疾　长久不愈的病。汉代贾谊议论应当尽早根除世间的祸患，云“失今不治，必为锢疾”（《新书》）。“锢”通“痼”。

探雏　果断地行动。东汉武将班超曾云“不入虎穴，焉得虎子”（《后汉书·班超传》）。“雏”本意为“幼鸟”，延伸到指动物的幼子。

万户侯　食邑（领地）一万户的侯爵。

一经帙　用汉代韦贤父子的典故。韦贤之子韦玄成因明于经学，和其父一样升任丞相。世人编出“遗子黄金满籝，不如一经”的谚语（《汉书·韦贤传》）。“籝”是竹编的箱子。比起留下财产，还是让儿子掌握学问更好。此处则反用其意，意谓学问无益。

诗型·押韵　五言古诗。通押入声五质（匹、七、栗、一、质、侄、溢、实、傈、蜜、疾、失、漆、膝、日、笔、乙、悉、疾、帙）、六术（出、戌、律、述、术）、七栉（虱）、八物（物、佛）、九迄（乞）、十月（吃）、十一没（骨、笏、突、鹘、悖、窟）。平水韵：入声四质、五物、六月。

*

诗歌描写自家儿子的顽皮情状，并写出了对于自身不如意人生的感叹和对孩子的期待。“孩童的诞生”（阿利埃斯）[1]在中国也很迟。将自己的孩子写成诗歌的最早有西晋时左思的《娇女诗》，继之有陶渊明的《责子》诗等。李商隐意识到这一系谱的存在，毫无遗漏地鲜活描写了孩子的情态。喜欢恶作剧的孩子却对书本感兴趣，他对此感到骄傲，一面又回首自己不得志的前半生，告诫儿子应该凭武功而非文学来谋求功业。顺带一提，中唐时韩愈的《示儿》中写道，自己身无分文前来长安，能致身富贵都是多亏了学习，他向名叫“符”的儿子洋洋得意地如此叙述。两人都出身寒门，但韩愈能立身扬名、李商隐则没能成功，固然或许与仅凭通过科举考试已不足以成为高级官僚的时代背景变化有关，但近乎天真地对自己坚信不疑的韩愈、即便对于自身也没有定见而又无法从陈套中挣脱出来的李商隐，两人的性格差异也鲜明地反映了出来。

---

①法国历史学者菲利普·阿利埃斯著有《旧制度时期的孩童与家庭生活》（1960年初版）一书，指出中世纪欧洲并无“教育”“孩童时代”等概念，直到17世纪才出现了近代学校教育制度，教育者仿照古代的学校教育，以“纯真无垢”为理念，将孩童与成人严格区分开来，尤其是严格禁止孩童的性行为。这一时期的美术作品才开始以“孩童”为题材，这是前所未有的。“孩童的诞生”（子供の誕生）是该书日文译者所加的标题，原题用作日文版副标题。该书有沈坚、朱晓罕中译本《儿童的世纪：旧制度下的儿童和家庭生活》（北京大学出版社，2013年）。——译者注

刘郎已恨蓬山远，更隔蓬山一万重。

井泥四十韵

皇都依仁里，西北有高斋。
昨日主人氏，治井堂西陲。
工人三五辈，辇出土与泥。
到水不数尺，积共庭树齐。
他日井甃毕，用土益作堤。
曲随林掩映，缭以池周回。
下去冥寞穴，上承雨露滋。
寄词别地脉，因言谢泉扉。
升腾不自意，畴昔忽已乖。

在帝都的依仁里，西北角有座豪华的宅邸。

昨天，那家的主人在厅堂西边掘井。

劳工有四五个人，把土、泥堆在手推车上运出去。

挖到水源时才挖了不过数尺之浅，挖出的泥土却已经堆到庭中的树木那么高。

在井的内侧贴上了瓦片，又用挖出来的土制作堤坝。

堤坝蜿蜒伸向树林的对面，若隐若现，大概完整地绕了水池一周。

泥土被从地下的昏暗洞穴中挖出，得以受到天降雨露的滋润。

它同地下的水流告别，并向黄泉之国的大门搭讪。

“没想到能一跃来到地面上。来到了与从前截然不同的另一个世界。”

井泥　井底的泥。《周易·井》云“井泥不食”，指污秽之物。乐府《箜篌谣》（《乐府诗集》署名作者不详，《文苑英华》署名南朝梁刘孝威作）云“岂甘井中泥，时至出作尘”，是将不遇之人比作井泥的先例。

皇都依仁里　唐代在洛阳同样建都，与长安相对。“依仁里”是东都洛阳的城坊之名，又称为“永通坊”。是洛阳东南角的城坊北面的城坊。

“西北”一句　《古诗十九首》其五云“西北有高楼，上与浮云齐”，由吟咏豪华的建筑物作为诗歌的开篇，本句几乎照搬了该句。

西陲　西边。“陲”意为“边际”。

辇出　“辇”是手推车。用它装泥土并运出。

井甃　贴在井内侧的瓦片。指掘井的工程。

掩映　形容隐约可见的双声动词。

冥寞　昏暗的空间，指地下。

地脉　地下的水流。

泉扉　黄泉之国的大门，即坟墓的入口。

升腾　上升，指从地下来到地上。

畴昔　从前，过去。

伊余掉行鞅，行行来自西。
一日下马到，此时芳草萋。
四面多好树，旦暮云霞姿。
晚落花满池，幽鸟鸣何枝。
萝幄既已荐，山樽亦可开。
待得孤月上，如与佳人来。
因之感物理，恻怆平生怀。

我准备好马匹，从西方一直旅行来到此地。

一天，我到达后下马，正逢春草郁郁葱葱。

这一带都是美丽的树林，早晚时云被映照得十分鲜艳。

黄昏时散落的花朵落满池塘，不见踪影的鸟儿不知在何处枝头鸣叫。

常春藤形成的帷幕也准备好了，在这里打开粗陋的酒樽吧。

等待着孤单的月亮升起，心情仿佛是带了美人前来一般。

在这里受到启发，感悟到世界运行的规律，平日的思绪如刺入心胸一般令人痛苦。

伊	置于句首调整音节的助字，没有意义。
掉行鞅	准备马匹。“鞅”是马颔绳，在马的胸脯上绑上马鞍的绳纽。“掉”意为“准备”。“行”含有踏上旅途之意，并将“鞅”变为二字词语。
萋	青草郁郁葱葱的模样。
旦暮	清晨和黄昏。
云霞	被朝霞、晚霞染上鲜艳色彩的云。
幽鸟	身处幽深之处、只有鸣声传出的鸟。
萝幄	“萝”是常春藤。“幄”是帘幕。将一整面垂下的常春藤误当作帘幕，例如杜甫《万丈潭》诗云“高萝成帷幄”。
荐	为了坐下而铺开坐席。此处为“设置”之意。
山樽	木头做成的简陋酒樽。与豪华的金罍等不同，是富有野趣的盛酒器具。李白有《咏山樽二首》。
物理	世界的规律。杜甫《曲江二首》其一云“细推物理须行乐”。
恻怆	表示悲痛之意的双声词。

茫茫此群品，不定轮与蹄。

喜得舜可禅，不以瞽瞍疑。

禹竟代舜立，其父吁咈哉。

嬴氏并六合，所来因不韦。
汉祖把左契，自言一布衣。
当涂佩国玺，本乃黄门携。
长戟乱中原，何妨起戎氐。

茫茫无际的世间万物，好像不断运行的马车一般永不停止。

尧得到名为舜的后继者而欣喜，即便舜的父亲是愚昧的瞽瞍也毫不迟疑。

最终禹取代舜而即位，禹的父亲却是被舜称为“啊，这人的心灵扭曲了”的人。

秦始皇嬴政统一天下，但他却是身兼政客、商人的吕不韦的儿子。

汉高祖得到了记载其命中注定成为天下之主的凭证，但仍自称不过是一介庶民。

魏拥有传国玉玺而建立了王朝，曹操却是宦官养子的后人。

手握长戟在中原掀起动乱的五胡十六国，他们出身异族戎氐，但这不会成为他们的弱点。

茫茫　多到无法分辨的样子。
群品　世间万物。

“不定”一句 底本作“不动”，诸本皆作“不定”，据改。“轮与蹄”是车轮和马蹄。举出两个部分来指代马车。好像马车奔驰一般，不会停留在固定的状态。

“喜得”二句 程梦星认为“喜”字当作“尧”字，冯浩认为虽然“喜”字也能解释得通，但可能是字形相近致误。即便写作“喜”字，尧为此句主语仍是毫无疑问的。据《尚书·尧典》，尧寻找后继者时，有大臣举荐了舜。舜的父亲名为“瞽瞍”（眼盲之意），是个愚昧的人。舜的母亲和弟弟也都性格恶劣，舜在这样的家庭中独自一人尽孝，受到尧的赏识，尧将帝位禅让给他。

“禹竟”二句 继承舜的是禹。禹之父名为“鲧”，据《尚书·尧典》，鲧被群臣举荐去治理洪水，尧则说“吁，咈哉”，否定了群臣的提议。“咈”是性格乖僻之意。但是因为没有其他治水人才，还是任用了鲧，但过了九年鲧还没有完成任务。据《尚书·舜典》，舜歼灭四凶（四个恶人），在羽山被杀的鲧是其中一人。

“嬴氏”二句 “嬴氏”指秦始皇。他姓嬴名政。“六合”是天地和四方，指整个世界。“不韦”是战国时期在秦国身兼政客和商人的吕不韦。据《史记·吕不韦列传》，吕不韦认为秦王庶子子楚“奇货可居”而支持他，令他被立为秦国太子。子楚向吕不韦要求娶他的妾，吕不韦隐瞒了其妾已经怀孕的事实而将她献上，生下的就是后来成为始皇的孩子。

“汉祖”二句 “汉祖”是汉高祖刘邦。“左契”是将契约木牌分成两半后的其中一半。《老子》七十九章云“是以圣人执左契而不责于人（手中有契约的一半凭证却不强求人还债）”。此处可能意为掌握有夺取天下的力量。“布衣”是没有官位和爵位的人。因所穿衣物并非绢制而指庶民。刘邦在战争中受伤濒死时说“吾以布衣提三尺剑取天下，此非天命乎”，声称死亡也是天命而拒绝治疗（《史记·高祖本纪》）。

“当涂”二句 处在路中间、身居要津，引申为指掌握权力，此处则是意指魏国的解谜之语。《三国志·魏书·文帝纪》裴松之注引《献帝传》云“当道（意同‘涂’）而高大者魏”。“魏”是宫门两侧的建筑物，与“魏国”双关。“国玺”是证明王朝正统性的印章。“黄门”指宦官。建立魏国的曹操是宦官曹腾之养子曹嵩的儿子。“黄门携”意为与宦官为伍之人，指曹操。陈琳在官渡之战时写作诽谤曹操的《为袁绍檄豫州》，有“父嵩乞丐携养”之句。

“长戟”二句 “戟”是矛。指武力。“戎氏”是北方异族。指将晋朝追逼到南方、夺取了北方中国的五胡十六国。

....

不独帝王耳，臣下亦如斯。
伊尹佐兴王，不藉汉父资。
磻溪老钓叟，坐为周之师。
屠狗与贩缯，突起定倾危。
长沙启封土，岂是出程姬。
帝问主人翁，有自卖珠儿。
武昌昔男子，老苦为人妻。

蜀王有遗魄，今在林中啼。

淮南鸡舐药，翻向云中飞。

不仅帝王如此，臣下也与之相同。

伊尹辅佐殷王振兴王业，他没有依靠父亲的力量。

在磻溪垂钓的老人太公望吕尚，就那样成为了周文王的老师。

屠狗的樊哙和卖布的灌婴，突然奋起而拯救了国家的危难。

被封为长沙王的刘发，实际上不是景帝后妃程姬所生的儿子。

汉武帝称之为“主人翁”的董偃，原先不过是个贩卖珍珠的孩童。

从前在武昌，有个男子上了年纪而又历尽辛苦，于是化作女子去嫁人了。

蜀王死后灵魂留在世间，现今仍化为杜鹃鸟在树林里啼叫。

淮南王的鸡舔舐了仙药，振翅飞往云中去了。

伊尹　殷朝的开国功臣。他辅佐汤王灭亡了暴君桀王，后来又辅佐汤王之子太甲（《史记·殷本纪》）。

兴王　创立国家的王。此处指殷朝的汤王。

“不藉”一句　“汉父”即父亲。“汉”与“好汉”的“汉”一样都是指男子。传说伊尹生于“空桑”（《列子·天瑞》）。虽说有人认为空桑是地名，但那应该是指桑树的空洞。“藉”即依凭。“资”即资助。

“磻溪”二句　指太公望吕尚。在“磻溪”垂钓的吕尚与周文王相遇，受到重用成为了宰相。据《水经注》，磻溪在陈仓县（陕西省宝鸡市）附近注入渭水。

“屠狗”二句　“屠狗”指从事屠宰业的樊哙，“贩缯”指贩卖绢织物的灌婴。两人都出身平民，在汉朝建国的过程中树立功勋，获封爵位（《史记·樊郦滕灌列传》）。“倾危”指国家不安定的危险状态。

“长沙”二句　汉景帝侧妃“程姬”因身有月信而令侍女唐儿代替自己侍寝。醉酒的景帝没有察觉，直到唐儿怀孕后他才发觉侍寝者并非程姬，故为生下的儿子取名为“发”(《汉书·景十三王传》）。“启封土”指刘发被封为长沙王之事。

“帝问”二句　“卖”字底本文字不明，从诸本改。董偃幼时与其母一同贩卖珍珠为生。他出入汉武帝姑母窦太主的宅邸时，受到身为寡妇的窦太主的宠爱，几乎片刻不离。由此武帝也避免直呼其名，而称他为“主人翁（这家的主人）”。后来东方朔曾弹劾他态度僭越（《汉书·东方朔传》）。

“武昌”二句　据《汉书·五行志》，西汉哀帝建平年间，豫章（并非武昌）有男子变成了女子，嫁人并生有一子。

“蜀王”二句　蜀国望帝死后化为杜鹃的典故。参见《锦瑟》诗注。

“淮南”二句　淮南王刘安升仙之时，家中鸡犬舔舐了残留在庭院里的仙药，于是也升上了天空（《神仙传》）。

大钧运群有，难以一理推。
顾于冥冥内，为问秉者谁。
我恐更万世，此事愈云为。
猛虎与双翅，更以角副之。
凤凰不五色，联翼上鸡栖。
我欲秉钧者，朅来与我偕。
浮云不相顾，寥泬谁为梯。
悒怏夜参半，但歌井中泥。

万物在巨大的辘轳中回转。很难仅仅凭一条规律来加以推测。

一思及幽深的宇宙，就不禁想要发问：主宰这一切的究竟是谁？

我所忧虑的是，经过几万代之后，世界的变换中将逐渐发生种种现象。

凶猛的老虎可能变成生出两扇翅膀、甚至还长出了角的动物。

神圣的凤凰可能失去五彩羽毛，并排站在鸡舍上面。

我所祈愿的是，造物主能前来允许我参加对世界运行的掌控。

但是浮云全然不回头看我，也没人准备梯子让我登上这空旷的天空。

忧郁的思绪充塞胸中，不觉已时至深夜。我所能做的只有写作这篇“井泥”之歌。

……………………………………………………

大钧　巨大的辘轳。比喻造物主的活动。贾谊《鹏鸟赋》云“大钧播物兮，坱圠无垠”，应劭注云“阴阳造化，如造钧器”。

群有　万物。

冥冥　高远的天空。

“此事”一句　“此事”解作万物持续不断地变化。“云为”即言行举止。《周易·系辞传下》云“是故变化云为，吉事有祥”，疏云“乾坤变化，有云有为。云者言也，为者动也”。此句或意为世界不断变化，出现各种奇异的现象。以下四句就是极端的例子。

“猛虎”二句　本来就很凶猛的老虎，加上翅膀或角后变得更加凶猛。《韩非子·难势》议论掌握权势后行事不端之人很多，云“故《周书》曰：毋为虎傅翼，将飞入邑，择人而食之”。有关老虎生角之事，扬雄《法言·渊骞》中被问到酷吏是何种人时答曰“虎哉虎哉，角而翼者也”。

“凤凰”二句　神圣的凤凰变为凡鸟。《山海经·南山经》云“丹穴之山……有鸟焉，其状如鸡，五采而文，名曰凤皇”。“鸡栖”即鸡舍。《诗经·王风·君子于役》“鸡栖于埘”。

秉钧者　造物主。

朅来　往来。此处意为“前来”。意为自己也想和造物主一道掌管世界的运行。

寥泬　空洞而寂静的状态。

悒怏　形容心情郁闷的双声词。

夜参半　半夜。王粲《登楼赋》云“夜参半兮不寐”。

诗型・押韵　五言古诗。通押上平五支（陲、枝、斯、危、儿、为）、六脂（姿、资、师、谁）、七之（滋、疑、姬、之）、八微（扉、韦、衣、飞）、十二齐（泥、齐、堤、西、萋、蹄、携、氐、妻、啼、栖、梯、泥）、十四皆（斋、乖、怀、偕）、十五灰（回、推）、十六咍（开、来、哉）。平水韵：上平四支、五微、八齐、九佳、十灰。

*

这是李商隐诗中特别长的一首，长达五言八十句。诗歌写到从地下被挖出的泥土得以置身美丽的庭院、境遇发生了改变，其中包含着寓意。至于寓意究竟为何则众说纷纭，本诗的难解程度也是首屈一指。用井中泥来比喻不遇已有先例（注所引《箜篌谣》），但此处并不单纯以比喻终结，而是展开寓言式的书写，由嗟叹不遇更拓展到叙写世界转变的难以捉摸。诗歌以一韵贯通，此处将全诗分为五段。第一段站在井泥的角度，叙述了开凿水井而使得泥土得以升出地面这一突然的变化。写到井泥向地下告别的言语，将井泥拟人化。第二段笔锋一转，叙述者变为到访这个庭院的旅行者“余”。“余”享受着庭院的美丽之处，并驰骋思绪，思考万物之理。第三段以流转不居的世界为例，列举了从尧舜到五胡十六国为止历代统治者们出身卑贱的史实。这说明像地下的泥土飞跃出地面一样的上升在人类世界中同样存在。第四段将转变的事例由帝王转移到臣下，同样列举了史实。上升的变化持续着，最后甚至出现了由男变女的转变、由人到鸟的转变以及家畜的升天成仙。以上这些是过去的转变事例，或者说大部分是上升的例子，而第五段则猜想这种变化在将来会有何种发展——凶恶之物会变得更加凶恶、神圣之物会丧失其神圣性，诗人做出了悲观的预言。诗歌表达了对于主宰这变动不居的世界的造物主的疑惑，并在“只能写出井泥之歌”的绝望中结束了本诗。诗歌由地下的泥土跃升出地表发端，扩展到世间万物每时每刻都在发生的转变，但对李商隐而言这绝非值得欣喜的变化，而且他也不相信主宰变化的造物主的存在。可以说这是一首将这种世界观以寓言形式讲述出来的形而上的诗歌。

无 题

万里风波一叶舟，忆归初罢更夷犹。
碧江地没元相引，黄鹤沙边亦少留。
益德冤魂终报主，阿童高义镇横秋。
人生岂得长无谓，怀古思乡共白头。

从万里之外吹送而来的风和波浪，在风涛之间被翻弄得宛如一片树叶的小船。想要返回故乡而辞去了官职，却又动摇于迷惘的心情。

水流碧绿的长江一直流淌到大地的尽头，不由分说地吸引着这小船。色彩鲜艳的鹤群在岸上嬉戏，暂时将我挽留了下来。

在长江边上死于非命的张飞，死后更想要报答主君的恩德。乳名阿童的吴国天敌王濬顺江而下攻打吴国，他的高风亮节永远存在于凛然的秋气之中。

人生能够一直毫无意义地过下去吗？仰慕古代英豪、眷恋故乡，这两种心事令我的头发都白了。

“万里”一句 被严酷风浪翻弄的小船。通过“万里”与“一叶”的数目对比，突出了胆战心惊之感。

夷犹 表示踌躇的双声词。《楚辞 · 九歌 · 湘君》云“君不行兮夷犹”。

“黄鹤”一句 在岸边沙滩上自由嬉戏的黄鹤。与上句描写碧江那令人无法抵抗的水流相对，此句写出了短暂的停止。

益德 三国时蜀国张飞的字。“冤魂”是死于非命者的魂魄。张飞功业未成，就被属下武将杀死了。他死后报答刘备的故事出处不详。

阿童 晋朝将军王濬的乳名。吴国流传着“阿童复阿童，衔刀浮渡江。不畏岸上虎，但畏水中龙”的童谣。晋朝方面得知吴国所畏惧的是名为“阿童”的人物和龙，便任命乳名阿童的王濬为龙骧将军，令他讨伐吴国（《晋书·五行志》，又见于《羊祜传》）。

镇 永远地。

横秋 横亘整个秋日的天空。南齐孔稚珪《北山移文》云“风情张日，霜气横秋”。

诗型·押韵 **七言律诗。共用下平十八尤（舟、犹、留、秋）和十九侯（头）。平水韵：下平十一尤。**

带着对官位的留恋返回故乡，诗歌吟咏了在船中的踌躇之意。《无题》诸诗中这一首显然与众不同。一说是因诗题散失而在编纂时被当作了“无题”。在沿长江顺流而下的途中遥想与各地有关的古代英雄，表达了对于自己未能建功立业的失意之感以及希望辞官返回故乡的心情——在相反的两种心情之间徘徊犹疑，由此可见李商隐的心情。

解说

*

如果称写诗的人为“诗人”，那么中国的士大夫全都是诗人。这与我们朦胧地想象着的诗人形象相去甚远。但这也展现出“诗”之为物在中国的属性，即诗歌既是拥有古典修养的士人的兴趣爱好，也是业余的技能。因此，在日常生活中作为社交工具被写作出来的诗占了绝大多数。无论是在群体性场合还是个人伙伴之间，诗作为一种将人与人连结起来的手段，在社会结构中占有一席之地。

不仅是在士大夫的日常生活中。诗原本以《诗经》为祖，被认为是表明美刺（对政治的赞赏和批评）的一种手段。官僚——亦即文学作者——将政策提议、官府文书也用凝练的文体撰写出来。以皇帝为中心的诗歌酬唱，更是在任何时代都理所当然地举行着。诗歌渗透到政权内部之中，这在西洋人眼中是极为特异的情形。瓦雷里[①]曾如此写道：

> 中国人是最具文学性的人种，或者说曾经如此。也就是说，这是唯一的古时将统治政策托付给文学作者的人种，统治者们也比起王笏更以自己的文笔为豪，并将诗歌当作是他们的财宝。

① 保尔·瓦雷里（Paul Valéry，1871-1945），法国象征派诗人，法兰西学院院士。代表作有《年轻的命运女神》《海滨墓园》等。——译者注

尽管如此，但诗歌终究是诗歌，并非社交或政治工具。借由语汇展现出一个世界的诗、在狭义上可以称之为“诗”的作品也确实存在。李商隐的诗，不正是与我们今日所谓的“诗”最为接近的作品吗？换一个视角来看，他的诗在中国诗中也是极为特异的。然而他的六百多首诗流传至今，被人阅读并加上绵延不绝的注释，正是因为他的诗包含着将中国古典诗歌的可能性追求到极致的精髓，并令历朝历代的人们都感受深刻。

将唐代文学划分为四个时期，李商隐身处最后一个时期晚唐。中国文学被概括为“汉文、唐诗、宋词、元曲”，诗歌在唐代达到顶峰，而其中诗歌技巧全部出现并被锤炼成熟的则是晚唐。经过了从南朝到唐代的时代转换期中拥有混沌活力的初唐、形成了以雄浑著称的诗风的盛唐、逸出常轨而下启宋诗的中唐，晚唐时期吸收了种种潮流，并在一些不同于前代的方面产生了独特的诗作，其中最为奇特的就是李商隐。

若是追溯诗歌形式的发展历程，则六朝后期起人们就有意识地安排声调，以平仄为首的声律规范严格的近体诗成熟于盛唐。后来，尽管近体诗与不具有声律规则的古体诗同时存在，但或许与中唐时古文大受提倡之事有所关联，古体诗显得更具有优势。但晚唐时近体诗卷土重来，李商隐最具个人风格的诗作也正是近体诗，特别是七言律诗。与具有庄重音调的五言诗相比，七言诗诗句流丽，非常适合歌咏纤细而优美的情感。李商隐的诗的形式与内容完美契合。他的近体诗成就突出，与他身为出色的骈文作家也有关系。有着按照规则安排平仄等种种规定的骈文，与近体诗有相通之处。起初学习古文的李商隐十五六岁时就以古文家而知名，但他在令狐楚门下转而学习骈文，后来更是在节度使幕府中为履行职务而起草了大量骈文，并自己编纂了《樊南甲集》和《樊南乙集》。

在内容方面，晚唐诗最为显著的是浓厚的艳诗性因素。与李商隐并列为晚唐代表性诗人的杜牧、温庭筠各自有富于个性的诗风，但在这一点上却是共通的。这越过了唐代而与南朝文学发生了关联。王族显贵们在宫廷场域中竞相写作绮靡诗篇，这种南朝的美文学进入唐代后因与礼教相悖而遭到否定，但到了晚唐时出现了可说是“回归南朝”的倾向。李商隐也因此对南朝民间情歌抱有强烈兴趣。在他的诗作中占据中心位置的恋爱诗，正是在南朝宫体诗和民间乐府基础上锤炼而成的产物。

原本“恋爱”在士大夫承担的中国古典文学中是受到压抑的。这与应当作为道德教化工具的文学格格不入。尤其是作者以文学形式叙述自己的恋爱经验，可以说是不存在的。可以叙述男女之情的文体仅限于乐府、闺怨诗和悼亡诗之类。乐府原本就是记录歌谣而成，作者与作品中的叙述者有所区别；闺怨诗是站在深闺幽怨的女子的角度写作的，作者与诗歌的主体同样并不相同。与有着虚构结构的乐府和闺怨诗相对，悼亡诗则是基于哀悼作者妻子之死这一事实而创作出来的。但正因为夫妇的和合被认为是世界秩序的根基，所以爱情的事实也是被允许的。除此之外，有关男女之情的就是艳诗，而艳诗被当作是不登大雅之堂的游戏之作。五代后蜀时人韦縠收集中晚唐时的艳诗编为《才调集》，比李商隐作品选录更多的元稹的艳诗却被从作者自编的诗集中删去了，正体现了这一点。李商隐有关恋情的诗作在传统分类中被纳入艳诗的范畴，但称他的诗作为“艳诗”则仍有不妥之处，或许应当称之为“恋爱诗”——尽管此语原非汉语所有。是“艳诗”还是“恋爱诗”，正是他的诗歌特质致使产生了这种含混之处。如果认为李商隐诗像过去的艳诗一样以男女情爱为“兴”的对象进行歌咏，那么其中包含了太多实际的情感，简直就像是作者在叙述自己的个人体验一般。这也是旧有注释都积极地探求诗歌背后的种种情事的缘由。而令人之所以将这些诗视为个性化的诗歌，正是因为恋情并非在人们聚集的场合中受到欣赏，而是描写了无法取代的一位男子 / 女子的真挚的情感。

关于李商隐诗与艳诗有着何种本质性差异，可以与李商隐下一代的追随者韩偓《香奁集》卷首的《幽窗》诗进行对比。

> 刺绣非无暇，幽窗自鲜欢。
> 手香江橘嫩，齿软越梅酸。
> 密约临行怯，私书欲报难。
> 无凭谙鹊语，犹得暂心宽。

虽说并非没有时间来享受刺绣的乐趣，但闭锁在深闺之中的生活实在无聊。

手中散发着香气的是江东的柔软蜜柑，令牙齿变软的是越国的酸梅。

一旦要去赴密约时却又感到畏怯。想要回复那秘密的书信，但怎样才能送到你手中呢？

无可奈何地模仿据说是报喜鸟的鹊鸟的叫声，暂时令心情平静了下来。

从以诗中二字为题开始，“密约”一句模仿了《无题（含情）》的“楼响将登怯”，“私书”一句则模仿了《无题（来是空言）》的“书被催成墨未浓”；“齿软”之句更是令人想到《柳枝五首》其三中面对东陵五色瓜的“不忍值牙香”，两者都叙写不忍心吃下食物的心情，而采用强调感官刺激性的表达方式。可见此诗显然是李商隐恋爱诗的复制品。但该诗从外部的男性视角出发描写深闺美女的姿态和心情，却没有深入女子的内心世界。隐秘的恋情与忧郁的身影，都只是被作为年轻女子姿态的一部分而描绘出来。李商隐大概不会使用“密约”“私书”这类明白直露的词语。韩偓的这类艳诗，与始于晚唐并兴盛于五代和宋朝的“词”有所关联。宋代的“诗”更倾向于理性而非情感，更接近于散文，为了弥补这一点，“词”成为了另一种感伤地歌咏缠绵心事的韵文文学。

李商隐恋爱诗的性质明显异于韩偓的艳诗。韩偓从外部观看女子，而李商隐则是从恋爱者的内心中发出声音：

昨夜星辰昨夜风，画楼西畔桂堂东。

——《无题（昨夜星辰）》

由发语者身处的现在而回忆起“昨夜”，反复提及蕴含着特殊回忆的“时”，继而指出发语者难以忘怀的那个“场所”。

下面这句诗也写出了只有当事人才会发出的感叹：

相见时难别亦难，东风无力百花残。

——《无题（相见时难）》

三国魏曹丕《燕歌行》诗云“别日何易会何难”、曹植《来日当大难》诗云“别易会难”，《万叶集》中也有“嗟此别易，叹彼会难”（卷五）之句，“相会艰难—离别容易”是形容见面之困难的常用表达，李商隐则在此基础上变换一个字，吟咏了“相会艰难—离别更难”。“会难别易”是从外部观察到的相会与分离的全貌，而李商隐的“会难别难”则是在两人相会之时发出的感叹，因而道出难以离别之语。

韩偓的《幽窗》诗也可以解读为是女子自身叙述的诗歌，但即便如此尝试解读，她也仍然是从男性视角出发观察到的女子。但在李商隐这里，有很多甚至连发语者是男是女都无法分辨的恋爱诗。“从男子视角出发观察女子”这一艳诗的单向视线可以说是消失了。

还有诗将为恋情所苦的发语者从自身中抽离出来加以客体化。如前引《无题（昨夜星辰）》的最后两句：

嗟余听鼓应官去，走马兰台类断蓬。

通过将不得不从一夜的恋情中抽身离去的自己变为客体，反而更明确地描绘出了心情。

更有从恋爱者的角度出发，以“所谓恋爱啊……”这种一般化的语气进行叙述的诗句：

直道相思了无益，未妨惆怅是清狂。

——《无题（重帏深下）》

春心莫共花争发，一寸相思一寸灰。

——《无题（飒飒东风）》

这般从各种不同角度出发创作出来的李商隐的恋爱诗，即便其中的情感是个人性的，也升华为同关于个人的具体事实完全割裂开来的、具有普遍性的情感，达到了新的高度。不可否认，这些诗的背景中含有作者个人的经验，但也不必深究了。

非恋爱诗的作品中也有具体叙述个人经历、又具有普遍性的诗作，《骄儿诗》活灵活现地描绘出的男孩样貌，正是既以李商隐之子为对象而在任何时代都不会改变的孩童姿态。文学由表现个体而升华为普遍性，由此引发人们的共鸣，这一点重新得到理解。

李商隐表现手法的特征之一，在于用典、用事等手法到了几乎过剩的地步。他的诗作自宋代起就被称作“獭祭鱼”。水獭将捕获的鱼排列起来，好像祭祀一样——像这样在周围铺开书本，运用各种典故（有关“獭祭鱼”，参见《异俗二首》诗注）。而且那些典故中还有着出自并非正统的稗史小说之类、道教书籍等的“僻典”——一般无人使用的事典。无法追寻出处的典故亦不在少数。用典原是中国的语言表现手法中的显著特征。借由运用先行书籍中的语汇，将现实与过去之事重合，语言也具有了深度和重量。因此，用典必须在作者和读者共享语言背景的文学共同体中才能实现。常用典故在文学共同体中被固定下来，因而有助于读者理解作者想要表述的内容。但是在李商隐这里，典故没有令复杂的事实变得单纯，而是被作为复杂地表现事实的手段加以运用。不是简化为单一的意味，而是意义漫无边际地扩展开去并交相响应。甚至有诗歌本应指向的事实本质被置之不提、从原先的意义系统中脱离出去的例子。在多义性、重叠性的意义交错纠缠之中，最终塑造出一个暧昧的世界。一段时间内，李商隐诗被称为“朦胧美”，这是可以赞同的。朦胧之物的确因独特氛围而显得迷人，但要解说其中错杂的意义也并不容易。

由用典手法也可以看出，李商隐有意模糊诗与现实之间的联系。一般来说，中国诗诞生于现实场合，运用因袭前人的措辞描写种种事态。甚至可以说诗是现实的报告。

与此相对，李商隐诗将本事隐去，令诗与现实的联系含混不清。他拒绝以诗为现实的说明，从为诗作命名为《无题》就可见一斑。在李商隐之前不见题为《无题》的诗，晚唐的韩偓、唐彦谦以及宋初的“西昆体”——他们模仿李商隐所作的诗以《无题》为题，正表明李商隐是《无题》诗的创始人。一般的中国诗诗题是说明作诗时的状况及诗歌内容的，以《无题》为题，恰恰切断了诗歌与作诗的现实场合之间的联系。另一方面，“借题”即借用诗中二字——大多是开头二字——为题的诗作也不在少数。“借题”诗在没有明确作诗的状况和内容这一点上与“无题”诗是相通的。但是，“借题”中有《为有》诗那种只是随意取出二字为题的，也有《锦瑟》诗那种诗题二字在整篇诗歌中具有主题性意义的。不管是“无题”还是“借题”，都是作者为了有意隐瞒诗中所写的情事而使用的诗题，读者也会认为其中隐藏了不能公开讲述的内容。注释者们从而奔忙于搜寻诗歌中隐藏的事实。尽管李商隐的诗歌确实时常伴有阴影，但与其说同现实割裂开来是为了隐藏日常生活，还不如说是为了表现出游离于日常生活的另一个世界。

《锦瑟》诗在李商隐诗集最早的编次中被置于卷首，被公认为是他的代表作，历来被解释为悼亡诗。但如若这是悼念亡妻的诗作，那么没有必要隐藏事实。然而诗歌却是非常含糊的。

锦瑟无端五十弦，一弦一柱思华年。

这首诗的主题“锦瑟”，在另一首诗《房中曲》中也有：

归来已不见，锦瑟长于人。

从遥远的旅途中归来，那人已不见踪影，只有长度同她身高相仿的锦瑟横放着——将锦瑟当作死者的代替品来歌咏。两诗并读，可以理解《锦瑟》诗中的锦瑟大概也是长逝不归之人的遗物。但诗歌完全不言及更进一步的具体事实。与现实稍有连结的“锦瑟”也突然“无端”、毫无缘由地从现实中二十五弦的瑟替换成了神话中因奏出曲调过于悲伤而弦数被减半的最初的“五十弦”瑟。接下去的四句仅仅罗列出与现实割离的意象：

庄生晓梦迷蝴蝶，望帝春心托杜鹃。
沧海月明珠有泪，蓝田日暖玉生烟。

庄子身处无法分辨现实与梦境的状况之中，发语者也在过去与现实的缝隙中徘徊，为化成蝴蝶飞舞的回忆而心旌动摇。死于悲恋的蜀王望帝化为杜鹃，悲痛的叫声无法停歇。望帝受到无法挽回的爱情的折磨，发语者也有同感。运用庄子和望帝典故的两句，展现了李商隐诗歌技巧的典型。也就是说，诗歌所指的现实消失了，只有典故创造出独立的意象。

接下来的两句更加背离现实。照耀着碧蓝海洋的月光，珍珠是人鱼的泪水，其中倒映着小小的月亮。温暖地照耀着的日光，产玉之地蓝田，烟雾从玉中间升起。冰冷透明的风景和温暖明亮的风景，两种映像形成对比，又各自表现出耽溺于追忆的心境。映像如同马赛克一般铺展开去，这是李商隐的修辞特色。《泪》诗同样如此，逐句用典列举了人的悲哀。

正因为中间四句如此难以捉摸，因而也有一说认为这四句表现了演奏瑟的情调。据黄朝英《缃素杂记》所引苏轼之语，瑟有“适、怨、清、和”四种情调，“庄生”句即“适”，“望帝”句即“怨”，“沧海”句即“清”，“蓝田”句即“和”，四句各自呈现出了一种情调。即便如此解读，当然其中也还是包含着回忆的种种心境。顺便一提，化用“蓝田”之句的无名氏诗句被插入了《太平记》[①]中。书中描写杨贵妃在骊山宫入浴的场景：

> 贵妃脱御衣，上览其貌，其肤白而妙，出于兰膏温泉，几疑为蓝田日暖玉低泪、庾岭梅融雪吐香也。

---

① 日本古典文学作品之一，据说是日本历史文学中最长的作品。全书共40卷，叙写了从后醍醐天皇即位、镰仓幕府灭亡、建武新政直到新政崩溃后的南北朝分裂、观应之扰乱（建立室町幕府的足利政权的内部纷争）、二代将军足利义诠之死与细川赖之就任管领的约五十年间（1318—1368）的一系列故事。——译者注。

“蓝田日暖玉低泪，庾岭梅融雪吐香”——后一句出处不明，但这也为探寻李商隐诗在日本流传的情况提供了一条资料。

最后一联：

此情可待成追忆，只是当时已惘然。

到这里再次被拉回现实。如今的这份情思，可以期望在未来某日成为回忆吧。那时这份情绪已然模糊不清了。过去将这两句解释为“无法在今日追怀过去幸福的爱情，因为这爱情在过去就已经是飘忽不定的了”。但若将“此情”解作当下的思绪，那么所谓“此情可待”不就是叙述了“能否期待现在的感情在未来某日能变成追忆的对象”这种飘忽的念头吗？诗人并非出于自发意志、带有主观性地进行回忆。他对自己的内心也无法确定。如果可以如此解读的话，那么此句就是在过去—现在—未来之间往复，三者互相纠缠。《夜雨寄北》诗也是如此，用更为明快的形式施展了令过去—现在—未来错综纠结的手法。“当时”既可以理解为“过去”、也可以理解为“现在”，但无论是过去的心情还是如今的心情，自己的心绪都是“惘然”的。而其中增加了“未来”的因素，就无法单纯地将过去的爱情的丧失与如今的悲伤加以对比，“过去”与“现在”、想念与现实的两种对立都被化解了。《潭州》诗将过去的情境重叠在现实上加以描绘、《七月二十八日夜与王郑二秀才听雨后梦作》诗的梦境与现实的交错叙述，都将“现在”这一确切无疑之物变得暧昧。与其说是隐藏了现实，不如说是现实与非现实、过去现在未来三者等等一切都浑然交融，形成了不可思议的美丽模样，这就是李商隐的诗歌世界。

正因李商隐诗乍一看好像是在隐藏事实，也有一说认为《锦瑟》不是悼亡诗，而是歌咏了对于令狐楚爱妾的无法明言的爱情。李商隐诗常常带有秘而不宣的恋情的模样，甚至引发了此种臆测。其中带有可谓是违背道德的危险性的阴翳。虽然李商隐诗如此被人喜爱甚至产生了众多追随者，但这种阴翳在他的追随者的作品中是不存在的。没有阴翳也就缺少光芒，那些诗都只能说是刻板的模仿。

阴翳、动摇不仅仅见于恋爱诗中。李商隐有着缺乏中国士大夫所共有的稳定感的一面。士大夫的存在受到传统文化、社会结构的保障，因而不必动摇就可以保持自我，对于自我的存在也毫不怀疑。然而李商隐却似乎无法完全相信自己。《锦瑟》诗中他写到自己也无法把握自身的思绪、不知这份情思能否成为可以追忆的情感，呈现出心态上的动摇。又比如《蝉》诗，因高洁而沉沦不遇的士大夫将自己比作只饮用露水的清高的蝉，该诗虽沿袭后汉以来的比喻定式，但诗中的自我表达又不仅限于此。前代的定式是感叹不遇的主体对于自身的正当性确信不疑、抒发对于造成了自身不遇的周围环境的愤懑，李商隐则是一边感慨自身命运，一边怀疑令自己甚至无法安居的更大危难是否缠绕着自己。

不仅是对于自己，就连对于整个世界，李商隐也一面向统治变动不居的世界的神明祈祷，一面又无法完全相信神明，这种犹豫心情在《井泥四十韵》中有所歌咏。中国坚固的文化传统一般极少表达对世界的怀疑。即便有对于现世的不满和批评，也不会怀疑有关整个世界的固有观念。与此相对，李商隐诗中展现的动摇和危险，不正是他的诗歌特质和魅力所在吗？

造成这种动摇不安的，是李商隐洞察一切的双眼吧。因为得以透视人们所坚信不疑之物，所以他对世间的一切都无法相信。不在现存世界结构中安居，或者说是无法安居的李商隐，超越现实而进入语言的世界，可以说是一种必然吧。他那不受拘束的双眼，同样朝向了位于恋爱的对立面的政治，并写作了呈现出中国古典诗中罕见的尖锐言辞的政治诗。《有感二首》《重有感》运用前述的修辞手法，直面当时震动朝廷的甘露之变，发扬了同时代作品中无与伦比的批判精神。诗中没有触及甘露之变中最重要的角色宦官，但《哭刘司户二首》——哀悼因宦官之事招致怨恨而死去的刘蕡的恸哭——诗中无法不含有对于宦官的愤怒。他那洞察时代的目光、敢于表达的坚强精神，以及比任何人都更为沉重而尖锐、充满紧张感的语言的力量，这些因素相辅相成，使李商隐展开了独一无二的政治批判，这是必须特别指出的。

*

李商隐，字义山，号玉谿生，又号樊南生。玉谿得名于他曾经在怀州玉谿山的道观中学道，樊南则得名于他曾居住在长安南部的樊川以南地区。他自称怀州河内（河南省沁阳市）人，这是他的原籍，实际上他家在其祖父李俌时已经移居郑州荥阳（河南省荥阳市）。

李商隐生年众说纷纭，从德宗贞元十一年（795）到宪宗元和八年（813），各种说法之间时间跨度较大，近年意见集中在元和六年（811）或元和七年（812）。不够明确的不只是生年，李商隐一生的经历都漫漶不清，这是因为史书中没有记载官位低微的李商隐的事迹，只能从他自己所撰写的诗文寻找线索进行推测。而且李商隐不像杜甫、白居易那样将日常生活原原本本地写成诗歌，其传记中的相当一部分内容是将本来就很模糊的作品朝向某一方向进行解读、并加以臆测的产物。

李商隐之父李嗣是辗转地方的下级官吏，亲戚中也没有在中央任职的官僚。中唐以后，韩愈、白居易等出身中下级士大夫阶层而出人头地的文人并不少见，但到了晚唐时期，同样出身的人想要得到高级官僚地位却再次变得困难了。李商隐的一生就是这类为得到社会地位而不断托庇于有权势者但没能得到自己满意的结果的人的写照，失意之感也在所难免。他怀有进入上层社会的理想，但没能实现愿望，这一内心纠结成为了贯穿他一生的低沉的主旋律。

要进入官场就必须参加的考试——礼部主持的进士科，

接下来是吏部主持的书判拔萃科，李商隐在这两场考试中都及第了。但是他所担任过的中央政府的官职，只有秘书省校书郎、弘农（河南省灵宝县）县尉、盩厔（陕西省周至县）县尉。地方县尉虽然官职较低，但作为官宦生涯的一环，理当能够成为返回朝廷并获得升迁的踏板，但李商隐在短期内辞去了两任县尉官职，一生几乎一直在节度使幕府中度过。因为这是节度使的私人雇佣，没有任何保障。中唐以后，无法获得正式官职的人会暂时寄身幕府。事实上，节度使任期结束或是在任上去世，李商隐也数次失去了职位。

为何他度过了如此稚拙的一生呢？过去有一种说法是牛李党争中李商隐的背信弃义招致了他作为官僚的失意。中唐至晚唐的数十年间，大臣们分为两派进行了激烈的持续斗争。党争的源头是穆宗长庆元年（821）围绕进士科考试中的不公正现象产生的对立，后来，代表保守官僚阶层的李德裕和通过进士科考试进入官场的牛僧孺、李宗闵，两派中一方进入朝廷则另一方就被贬往地方，这种权力斗争一直持续。李商隐最早的保护人令狐楚属于牛僧孺、李宗闵一党，而后一位保护人王茂元则属于李德裕一党，并且两人在各自党派中处于中心位置。李商隐受到令狐楚赏识，却又进入与之敌对的王茂元的幕府，甚至娶了王茂元之女，被认为在处于敌对关系的两派之间有背叛行为，因而受到两党的排挤而失去容身之所——这一说法简明易懂。但近年来这一看法又有所修正，认为两党并非简单区分对立，其中也有成员的变动，而且党争对身处底层的李商隐未必有很大影响。不过如前所述，李商隐自我认知中的阴翳，很容易被与内疚心理联系起来。

李商隐失意而终，固然有着仅凭科举及第已无法升官的时代变化、极端复杂的官场人际关系之类的外部因素，但也与李商隐自己的性格有关。“中路因循我所长，古来才命两相妨”（《有感》诗）——在半路上踌躇不前是我的长处，才能和命运原本就是互相妨碍之物——诗人的天分与现实社会中的处世才能原本是互不相容的。李商隐直到四十八岁死去时为止，接连不断地寻求保护人，不断变换着职业，辗转于各地之间。这是何等委屈而不得志的人生。与李商隐诗有着深刻联系的中唐诗人李贺，是在二十七岁的短暂人生中留下了许多描绘艳丽的幻想世界的诗作的“鬼才”，晚唐的陆龟蒙有如下的关于他的记述：

> 吾闻淫畋渔者，谓之暴天物。天物既不可暴，又可抉擿刻削，露其情状乎？使自萌卵至于槁死，不能隐伏，天能不致罚耶？长吉夭，东野穷，玉溪生官不挂朝籍而死，正坐是哉！正坐是哉！
>
> ——《书〈李贺小传〉后》

意为李贺、孟郊、李商隐三人的诗笔有着超越人的能力范围——将世间万物暴露在白日之下的能力，所以在现实的人生中遭遇了不幸。这篇读后感中提及的所读之文《李贺小传》正出自李商隐的手笔。每得一句就写下来投入“锦囊”、来自“白玉楼”的使者将他带走的临终故事，这些鲜活描写出李贺其人的叙述，充满了李商隐对于李贺的喜爱。刘勰《文心雕龙》中将诗人与诗的关系美妙地比喻为“蚌病成珠”，意即贝经历了痛苦才能孕育出珍珠，李贺、孟郊、李商隐三人都是将自己的痛苦转换为罕见的表现手法并付诸笔端的诗人。在不惜舍弃安定的日常生活也要深入钻研表现手法这一点上，三者也是一致的。三人中创作出了最为美丽的诗歌世界的李商隐的诗，正是从受病痛折磨的贝中生出的珠玉。

*

李商隐诗的主要注释，有清人朱鹤龄笺注、程梦星删补《李义山诗集笺注》、屈复《玉谿生诗意》、冯浩《玉谿生诗集笺注》等。近年的注释、论评不暇枚举，注解诗集全篇的有刘学锴、余恕诚《李商隐诗歌集解》（五册，中华书局，1988）、邓中龙《李商隐诗译注》（上、中、下，岳麓书社，2000）两种。

日本最早有森槐南讲授冯浩注编年部分而成的《李义山诗讲义》（上、中、下，东京文会堂，1914—1917）。高桥和巳《李商隐》（岩波书店，中国诗人选集，1958年）选择六十首诗加以绵密的译注。以荒井健教授为中心的京都大学人文科学研究所的李商隐研究班所作的注解，是贯通国内外研究的最高水准的成果，本书的写作也从中获得了极大帮助。《东方学报》（1978—1996）刊登了近百首七律、七绝的注释。

自清朝以后也有数种李商隐年谱，张采田《玉谿生年谱会笺》和补充该书的《玉谿生年谱会笺平质》被合为一册出版（上海古籍出版社，1983）。

评传主要有高桥和巳《诗人的命运——李商隐诗论》（河出书房新社，1972）、董乃斌《李商隐传》（陕西人民出版社，1985）、刘学锴《李商隐传论》（上、下，安徽大学出版社，2002）。本书篇末的年谱主要依据这三种书。

*

解读以难解著称的李商隐诗，并尝试将之翻译成日文，在不断着手推进的过程中我越发深刻体会到这项工作的艰难。为了指出解读的方向而在每篇诗末尾加上了补释，但那不过是一种解释，如何解读的权力还在每位读者手中。希望以本书为契机，能展开不断接近李商隐诗精髓的解读。

如果没有岩波文库编辑部的清水爱理小姐，本书就无法呈现出如今的样貌。我被她的语感所压倒，在密密麻麻写着意见的文稿间，我们反复进行着激烈的意见交流，由此形成了本书，事实上应该说本书是我们共同写作的。这是一段艰难的旅程，但也充满了与李商隐交谈的愉悦之感。负责校对的佐藤敦子小姐纠正了不少疏漏。在此向二位致以深切的谢意。

川合康三　二〇〇八年九月

附录

*

李商隐年谱

皇帝	纪年（西历）	年龄	
宪宗	元和六年（811）	1岁	生于怀州获嘉县（河南省获嘉县）。一说生于元和七年。父李嗣时任获嘉县令。母姓不明，或因其并非出身名门。有三位姐姐，长姐已经出嫁。
	元和七年（812）	2岁	弟羲叟降生。另至少有三个弟弟、一个妹妹，但名字不详。
	元和九年（814）	4岁	父罢获嘉县令，转至浙江某节度使幕府任职。随父赴任，此后数年在浙江度过。
	元和十年（815）	5岁	这一时期开始学习经书。

穆宗	长庆元年（821）	11岁	这一时期其父去世。随母返回郑州荥阳县（河南省郑州市荥阳市）家中。与弟李羲叟、堂弟李宣岳一道跟随堂叔学习经书、古文。
	长庆三年（823）	13岁	为其父守丧结束，移居洛阳。
敬宗	宝历二年（826）	16岁	著《才论》《圣论》（均已佚），因长于古文而知名。
文宗	大和三年（829）	19岁	得东都留守令狐楚知遇，与其子令狐绹一道学习骈文。令狐楚为初唐重臣令狐德棻后裔，时年六十四岁，曾任宰相，是朝中重臣，在洛阳结交了白居易、刘禹锡等名士。他是李商隐的第一位保护人，而李商隐后来的人生也与令狐绹有着复杂的联系。十一月，令狐楚赴郓州（山东省泰安市东平县）任天平军节度使，李商隐以巡官身份跟随。

大和四年（830）	20岁	入京首次应进士科考试，落第。令狐绹登第，任弘文馆校书郎。
大和六年（832）	22岁	二月，令狐楚赴太原（山西省太原市）任河东节度使。李商隐继续在其幕府任职。
大和七年（833）	23岁	六月，因令狐楚返回朝廷就任吏部尚书，李商隐从太原幕府辞职，返回郑州荥阳。得郑州刺史萧澣知遇，并被介绍给华州刺史崔戎。
大和八年（834）	24岁	五月，崔戎任兖海观察使，赴兖州（山东省济宁市兖州区），招李商隐入幕府。与崔戎之子崔雍、崔衮相识。六月，崔戎卒。李商隐离开兖州返回郑州荥阳的家中。
大和九年（835）	25岁	十一月二十一日，甘露之变发生。朝臣谋诛宦官，却被宦官提前察觉，遭到宦官的反击，很多高官被杀害。当年至次年，

		李商隐作有《有感二首》《重有感》诗。
开成元年（836）	26 岁	随母移居济源（河南省济源市）。学道于济源玉阳山的道观。一说李商隐在那里与女道士曾有恋爱关系。
开成二年（837）	27 岁	春，令狐绹的暗中举荐奏效，李商隐第五次应进士科时在礼部侍郎高锴座下登第。同年进士四十人中有韩偓之父韩瞻。秋，李商隐应兴元节度使令狐楚之招，赴兴元府（陕西省汉中市）幕府任职。刘蕡也在幕府中。令狐楚已经病笃，李商隐为代作《遗表》。十一月十二日，令狐楚卒。十二月，李商隐与令狐绹等人扶柩回京。
开成三年（838）	28 岁	应吏部博学宏词科，尽管受到考官周墀、李回推荐，但由于中书省某高官的反对而落第。

		应泾源节度使王茂元之招赴泾州（甘肃省平凉市泾川县）。与王茂元之女结婚。在泾州任上作《安定城楼》诗。
开成四年（839）	29 岁	应吏部书判拔萃科，登第。授官秘书省校书郎。不久转任虢州弘农县（河南省三门峡市灵宝市）县尉。弘农在诸县中等级较高、又在都城近旁，李商隐经历了“吏部试—校书郎—主要的县的县尉”这一流程，这是为了将来升任朝廷中枢官职的必经阶段，但李商隐任县尉时为免除狱中冈犯的死罪而受到陕虢观察使孙简斥责，递上了辞呈。代替孙简的新任陕虢观察使姚合挽留他，但李商隐还是辞职返回了长安。
开成五年（840）	30 岁	由济源移居长安郊外的樊川之南。秋冬时期，前往洞庭湖、湘江一带（冯浩、张采田之说，岑仲勉否定）。

武宗	会昌元年（841）	31岁	（若确曾南游）与刘蕡重逢，两人在湘江注入洞庭湖处的黄陵庙分别。正月末，返回长安。在华州刺史（陕西省渭南市华州区）周墀处短期停留。岳父王茂元受封忠武军节度使兼陈许观察使并离京，李商隐前往许州（河南省许昌市）就任王茂元幕府的掌书记。
	会昌二年（842）	32岁	辞去幕职前往京城，书判拔萃科登第，授秘书省正字。若资料并未混乱，则李商隐两次应吏部试。或许他是为了在朝廷谋求官职而打算重新开始。但是冬天时其母在长安郊外的樊南宅中死去，李商隐辞职服丧。当年，刘蕡死于柳州。作有《哭刘司户二首》诗。
	会昌三年（843）	33岁	岳父王茂元调任河阳节度使，在该地怀州（河南省焦作市沁阳市）病死。

	会昌四年（844）	34岁	移居蒲州永乐县（山西省运城市芮城县）。
	会昌五年（845）	35岁	应郑州刺史李褒之邀前往郑州（河南省郑州市）。经洛阳返回长安，为其母服丧结束后再次任秘书省正字。
	会昌六年（846）	36岁	儿子衮师出生。
宣宗	大中元年（847）	37岁	被桂管观察使郑亚招为判官，三月七日离京，经荆州（湖北省荆州市）、潭州（湖南省长沙市），于五月九日到达桂林（广西壮族自治区桂林市）。十月，往荆州江陵（湖北省荆州市荆州区）出差。在船中编纂《樊南甲集》。这是李商隐汇集其在节度使幕府中起草的公文而成的骈文文集。当年春，其弟羲叟进士及第。

大中二年（848）	38岁	正月，返回桂州。前往昭州（广西壮族自治区桂林市平乐县）出差。在桂林任上作《异俗二首》诗。因郑亚被贬，李商隐离开桂州，前往潭州，短期寄居在湖南节度使李回处。返回长安，被任命为盩厔县尉。
大中三年（849）	39岁	为京兆尹僚属。不久，被卢弘止招为判官，前往徐州（江苏省徐州市）。其弟羲叟任秘书省校书郎，后转任河南府参军。
大中四年（850）	40岁	到达徐州任上。
大中五年（851）	41岁	因卢弘止病死，李商隐从徐州回京。妻子王氏死去。令狐绹就任宰相，帮助李商隐得官补太学博士。李商隐应东川节度使柳仲郢之招前往梓州（四川省绵阳市三台县），十月到任。冬，前往成都（四川省成都市）出差。

大中六年（852）	42岁	居留成都时游武侯祠。作《武侯庙古柏》诗。春，返回梓州，在判官原职之上兼任掌书记职务。
大中七年（853）	43岁	编《樊南乙集》。
大中九年（855）	45岁	柳仲郢任职期满，返回朝廷任吏部侍郎，李商隐与其一同自梓州出发。
大中十年（856）	46岁	正月，返回长安，柳仲郢兼任诸道盐铁转运使，举荐李商隐任盐铁推官。
大中十一年（857）	47岁	以盐铁推官身份前往江南。
大中十二年（858）	48岁	因柳仲郢自盐铁转运使调任刑部尚书，李商隐辞去盐铁推官一职，返回郑州家中。不久病逝。

探寻诗何以为诗
——川合康三教授访谈录

卞东波

川合康三教授，1948年生，日本静冈县浜松市人。1967年考上京都大学文学部本科，1976年修完博士课程，并在京都大学任助手。1979—1987年任教于东北大学文学部，1987—2012年任教于京都大学文学部，先后任助教授、副教授、教授。2012年从京都大学退休，并任京都大学文学部名誉教授。2011年4月—2015年3月，任日本中国学会理事长。川合教授又曾于1981—1982年，在中国南开大学进修；1988—1989年、2015—2016年在美国哈佛大学哈佛燕京学社、东亚系做访问学者；2008年，在法国法兰西学院访问；2012—2013年任台湾大学文学院客座教授；2014—2015年，任美国布兰迪斯大学客座教授；2015年起，任国学院大学文学部教授。长期从事唐代文学、中国诗学研究，特别是中唐文学研究，曾组织日本中唐文学研究会。主要著作有《曹操：横槊赋诗》《中国的自传文学》《终南山的变容：中唐文学论集》《中国的Alba——谱系的诗学》《中国古典文学彷徨》《中国的恋歌：从〈诗经〉到李商隐》《杜甫》《白乐天》《桃源乡：中国的乐园思想》等。

本访谈录原刊于《文艺研究》2015年第7期，本节选其中部分。

一、坐镇京大，游历欧美

卞东波（以下简称卞）：川合先生您好！您长期执教于日本汉学中心京都大学，先后两次访问过美国汉学重镇哈佛大学，又访问过欧洲重要的学术机构法兰西学院，还在台湾大学任教过，并在中国的南开大学进修，您的学术经历之丰富，视野之开阔，在日本学者中也可以说是比较少见的，在世界汉学家中恐怕也不多，能不能先简单谈一谈您的学术经历？

川合康三（以下简称川合）：我也很高兴遇到你。我1948年出生在日本的静冈县浜松市。1967年考上京都大学文学部，1971年从京大文学部中国文学科本科毕业，1973年在京大获得硕士学位，同年又考上京大博士课程，1976年修完博士课程，但我拿到博士学位很晚，2000年我以《中国自传文学研究》取得京都大学的博士学位。日本的博士学位有两种，一种是课程博士，博士论文不必很厚重；一种是论文博士，基本上博士论文就是一本专著，很多学者都是出版了专著之后，拿着书去申请论文博士。我申请的就是论文博士。1976年修完博士课程后，我就在京都大学做助手。1979年到东北大学文学部任专任讲师、助教授。

1981—1982 年，我曾在中国南开大学进修。1987 年，我又回到京大任助教授。1988—1989 年，我到美国哈佛大学哈佛燕京学社做访问学者。1995 年，我开始任京都大学大学院（相当于中国的研究生院）文学研究科教授。2008 年的时候，我曾短期到法兰西学院访问两个月。2012 年 4 月，我从京大退休，前后在京大任教 25 年。同年，我的朋友台湾大学柯庆明教授邀请我去台湾大学文学院担任白先勇文学讲座教授。2014 年秋，我受美国布兰迪斯大学东亚系邀请，在该系任 Madeleine Haas Russell 访问教授，在布兰迪斯大学开设两门课，讲授东亚古典诗学与近代日本文学。2015 年 6 月—2016 年 3 月，哈佛大学东亚系又邀请我做访问学者。我的情况大体是这样的。

卞：很多汉学家走上中国古典文学研究道路都有很多故事。哈佛大学东亚系宇文所安（Stephen Owen）教授因为小时候在巴尔的摩的图书馆中读到中国古诗的翻译，产生兴趣，才有志于中国古典文学研究。兴膳宏先生刚入读京都大学时，听到吉川幸次郎先生讲杜诗，受到了感动，才决定追随吉川先生研究中国古典文学。我也想知道您是怎么爱好上中国古典文学，并走上研究道路的。

川合：我很早就对中国古典文学产生兴趣。在中学时就读到中国的古诗，并打算研究它，所以一心一意想报考日本中国古典文学研究最重要的机构京都大学文学部，跟随吉川幸次郎先生学习。但就在我考上京大的那一年（1967年），吉川幸次郎先生退休了。虽然没有能在京大的课堂上聆听到吉川先生的授课，但吉川先生在退休后，定期举办研读杜诗的读书会，我都参加了。在读书会上跟吉川先生学到很多东西，所以我是吉川先生不是入室弟子的弟子。我的另一位老师是小川环树先生，我也参加过他组织的读苏东坡的读书会。吉川先生和小川先生的读书会风格很不一样，小川先生的读书会，他一般不怎么讲话，但偶尔发表一两句意见就很具有启发性；而吉川先生在读书会上则会发表很多意见，虽然讲的是杜甫，但他常常能从杜甫发散到其他方面。我觉得，日本读书会这种研究方式非常好。很多学者在一起研读某部书，然后共同发表意见，最后形成一个研究成果。日本很多学术著作其实都是读书会的结晶。所以，我自己教学时，也采用读书会这种方式。学生们反应很积极，不停地发表自己的意见。有时候两个小时的读书会，我一句话都不用说，坐在那里听学生们讨论。

二、中唐文学研究的新拓展

卞：很多中国学者认为，您的研究与宇文所安教授有异曲同工之妙，特别是你们都研究过中唐这个时段的文学，您写过《终南山的变容：中唐文学论集》（研文出版1999年版）；而宇文所安教授也出版过《中国“中世纪”的终结——中唐文学文化论集》（斯坦福大学出版社1996年版）。这两本书，都以中唐为研究对象，出版时间也比较接近，而且你们不约而同地都提出过相似的观点，如您从内藤湖南提出的唐宋变革论出发，指出“被称为唐宋变革期的这一转变，即使在文学领域也能于中唐看到”；宇文所安教授也认为：“中唐既是中国文学中一个独一无二的时刻，又是一个新开端。自宋以降所滋生出来的诸多现象，都是在中唐崭露头角的。”

川合：确实我的研究与宇文教授有相近之处，但也有很多不同之处。我觉得，我与宇文教授最大的共同之处就是，都将中国古典文学放在世界文学中加以观察，找到中国古典文学的世界性，用英文说就是找到“How poetry can be poetry”的东西。探寻“文学何以成为文学，诗何以成为诗”是我努力研究的最重要的课题，这应成为我们的研究目的，但我知道这是永远不可能达致的。

卞：我读完您的《终南山的变容》之后，让我印象最深的是书中展现出的纯粹的文学研究方法。因为日本学者给我们的印象就是特别重视实证和考据，同时也给人有点琐碎的感觉，但您的研究给我完全不同的感受。就如书中《终南山的变容》这篇文章，从《诗经》、汉赋一直写到盛唐、中唐诗歌中呈现的终南山，讨论的都是文学，但能以小见大，折射出唐代文学变化这样一个很大的课题。这让我们很佩服。

川合：你提到《终南山的变容》这本书，还有一个小故事。当初翻译出版时，出版社让我改换书名，因为他们认为，读者会以为这是一本有关地质的书，而不是文学研究的书。中国古代的文学观念与西方的文学观念很不一样，中国的文学观念比西方的要广，而日本的文学观念来自于西方。所以在日本喜欢文学的学者都去研究西方文学了，研究中国古典文学的不多。你提到的那篇文章，我发现了一个很好的视角，通过文学中终南山的变化，考察唐代人观察世界方式的不同。我在阅读唐代文学作品时，发现盛唐、中唐诗歌中描写的终南山很不一样，所以就以两篇具体的作品（盛唐王维的《终南山》与中唐韩愈的《南山》）为例来说明这种变化。为了说明这种变化，我又做了一番谱系的梳理，从先秦的《诗经》开始讲起。我发现，唐代之前，终南山只是与长寿、隐逸联系在一起，但从唐代开始，终南山在中国的地位越来越高，所以我说"一座山的变容实际上预示着文学的变容"。

卞：2012 年是杜甫诞辰 1300 周年，京都大学文学部编辑的《中国文学报》也出版了杜甫纪念专辑（第 83 辑），您提交的论文是关于杜甫之贫的，这个话题很有意思，您是怎么想到这个问题的？

川合：我提交的论文题目是《杜甫の「貧しさ」をめぐって》（《论杜甫之贫》）。杜甫的诗中经常写到自己的"贫

穷”，在中国、日本文学中，“贫穷”被看作是“清贫”，有一种精神上的高洁之意。但在杜甫那里，贫穷就是贫穷，并没有更深的精神内涵。不过，杜甫伟大之处就在于，他想到还有比他更贫穷的人，在自己一无所有的情况下，想象着“安得广厦千万间，大庇天下寒士俱欢颜”。同时，我们在《茅屋为秋风所破歌》中还可以看到杜甫的幽默感。在诗中，杜甫想象着有另一个杜甫在看自己。而且我认为，杜甫的心中有好几个自己，有好多自己不同的形象，其中就有一个在嘲笑自己，看着自己。我们还可以比较一下白居易写贫穷的诗，我们发现白居易这些诗没有幽默感。虽然白居易也写贫穷，但他只是模仿杜甫夸张的想象而已，没有杜甫的诗感人。白诗就是白诗，不能成为杜诗。白居易想象自己有一件很大的衣服，可以庇护其他的人；而杜甫则是自己没有衣服，却想着别人的饥寒。日本研究白居易的学者从不批评白居易，不过，从我的角度来看，白居易的文学是一种闲适的文学，一种“自我满足”的文学，这种文学不可能有幽默感。

三、治学的各面向

卞：中国读者最早知道您，可能是通过蔡毅先生翻译的《中国的自传文学》一书。这本书在中国出版后，很多中国学者都很感慨，为什么这么好的题目，中国学者都没有想到。这本书的文笔也非常优美，如行云流水，一点都不像高头讲章式的学术著作。译者蔡毅先生也说，他的翻译都没能完全传达出您的文笔。您怎么会想到这个课题的？《中国的自传文学》只写到唐代为止，很多中国读者都想知道您会不会写宋代以后的部分。

川合：写作这本书完全是巧合。这本书本来是林田慎之助先生主编的“中国学艺丛书”之一。我一开始领的题目是《中国的随笔文学》，但写了一段时间之后，发现无法深入，所以就更换了《中国的自传文学》这个题目。我的出发点是西方的自传文学传统，我最早读到的是法国文学理论家菲利普·勒戎（Philippe Lejeune）对西欧自传的定义，但我读到中国的自传文学文本之后，发现中国的自传文学与西方的完全不一样，无法用西方的定义来套中国的自传性作品。简单地说，西方的自传文学要写自己的变化，而中国的自传文学要写“我”与周围的人不同，要发现自我存在的特殊性。我还写过《中国诗歌中的自传》一文。我认为中国的自传诗分为两类，一类完全是自我心志的表达，一类是所谓的角色诗。中国从杜甫才开始写比较纯粹的自传诗，纯粹写自己的变化。我后来以《中国自传文学研究》为题，申请京都大学的文学博士，可以说这也是我的博士论文。论文中也有宋代到清末的部分，包括明清时期的自传、近代时期的自传（如梁启超的自传），但要修改后才能出版。顺便说，邀请我写这本书的林田慎之助先生是一位非常好的学者，他从前也担任过九州大学的中国文学教授，我觉得他对学术界最大的贡献就是特别注意培养年轻人，他对年轻人的提携不遗余力，对我如此，对其他学者也是这样。你认识的浅见洋二教授，在他的博士论文后记中只感谢了一个人，就是林田先生。他在退休的时候，我们共同为他出版了纪念文集《中国读书人的政治与文学》（创文社 2002 年版），我提交了一篇论文《宦游与吏隐》。

卞：蒋寅先生所编的《日本学者中国诗学论集》（凤凰出版社2008年版）收了您三篇论文，其中有一篇《无常观——日中文学比较一端》非常有意思，您写这篇文章有什么心得？

川合：《无常观》这篇文章，是我 1999 年在北京大学的一次演讲，但也有很多人不同意我的观点。我认为，吟咏人生的短暂无常是世界上任何国家文学共有的主题，在古希腊文学、阿拉伯文学中都有，我举到的例子是阿拉伯的奥玛尔·海亚姆《鲁拜集》，这本书认为人世无常，万般皆空，只有饮酒可以忘记人生的无常。《古诗十九首》可以代表中国的无常观，这组诗中经常写到“人生忽如寄，寿无金石固”这类表现人生短暂的句子。但中国后来的诗人，如陶渊明、杜甫、苏轼等都能克服这种无常观，肯定人生，肯定世界。我在演讲中也说到，日本文学是在咏叹此世之无常中发现抒情，我举到花的例子，日本人视花为无常零落之物，因无常从而认识到美。日本对中国的无常观很了解，而且日本人的无常观比中国的更精细，比如中国学者经常提到的“物哀”（もののあわれ）观念，其实也反映了无常观的美感。继续说花的例子，中国人喜欢灿烂盛开的花，而日本人则喜欢快凋谢的花。讲起中日两国文学的不同，我还可以再举月亮的例子，中国人喜欢满月，只有鲍照诗中偶尔出现过缺月，而日本人则喜欢缺月。日本人对月亮分得很细，满月以外的每一种月亮都有名字，比如十七日的月亮称为“站起来的月亮”，十八日的月亮称为“坐起来的月亮”，十九日的月亮称为“躺着的月亮”。我曾经研究过中国古诗中“月色遍在”的问题。中国古诗写月色有两种，一种是空间上的遍在，中国古人看月亮，一般是甲地的人看月亮，想象着乙地的人也在看月亮，如杜甫《月夜》中写到的，他自己在长安看月想念远在鄜州的妻子，同时想象妻子也在看月想自己，他们在不同的空间看的是同一轮明月。另一种是时间上的遍在，即同一轮明月在不同的时间上遍照，这在初唐时张若虚《春江花月夜》中就已经有了，如诗中写道：“江畔何人初见月？江月何年初照人？人生代代无穷已，江月年年望相似。”日本诗人也写月，但在看月亮的方式上，日本比中国复杂。我在《中国的恋歌：从〈诗经〉到李商隐》（岩波书店 2011 年版）中举过一个例子，平安时代诗人西行法师（1118—1190）写过一首和歌：“月见ばと ちぎり おきてし 故郷の人もや 今宵 袖ぬらすらむ。”说的是，一对男女恋人一起看月，但他们知道将来一定会分开。将来男的在京都，女的则在故乡，男的想象他们将来分开后会看到今宵看过的同一轮明月，而女的会哭泣。这首和歌牵涉到时空上的转换，虽然同是看月，但其中的感情流变非常复杂。

卞：您多次说过，要将中国文学放到世界文学中来看。我觉得，这种研究方法很吸引人。您还有一本书没有翻译为中文，就是《中国的Alba——谱系的诗学》（汲古书院2003年版）。书中《中国的Alba——或论乐府〈乌夜啼〉》一文就讨论了类似于西方骑士文学中Alba一类的诗歌。通过您的介绍，我们知道了，Alba是指骑士与情人相会，长夜将尽，不得不分别时所唱的离别的歌。您也讨论了中国古典文学中类似的诗，如汉乐府《有所思》、李商隐《无题》以及《乌夜啼》。但您也指出，中国最后没有形成一种像Alba这样的文类。这些观察都很有趣。

川合：其实并不是我最早用Alba这个概念的，最早的是阿瑟·韦利（Arthur Waley）。很多日本学者一辈子就研究一个人，比如研究陶渊明就一直在研究陶渊明。我不喜欢研究一个诗人，就一直看这个诗人的作品，喜欢从一个地域、一个时代，以及诗人的合体来看某个诗人。就好像，仰望天空时，你只看一颗星星，孤零零的一颗星星，就很没有意思。如果看一大片熠熠发光的星星，研究星星之间的关系，会有意义得多。我最近在思考中国叙事诗的问题。从西方epic（史诗）的观念来看，希腊有《伊利亚特》这样的荷马史诗，但反观中国诗歌，就发现没有类似的这么长的史诗。但并不是说中国没有叙事诗，我认为中国有一种反映女性历史的叙事诗，如蔡文姬的《悲愤诗》，其他像《孔雀东南飞》、《木兰辞》、白居易的《琵琶行》、杜牧的《杜秋娘》中都有女性自叙的部分。而且我认为，这些女性叙事诗的接受者应该也是女性。

卞：说到女性文学，您还专门写过一本《中国的恋歌：从〈诗经〉到李商隐》这么“风花雪月”的书。您为什么会写这本书？而且这本书为何写到李商隐就结束了？

川合：我受到日本的和文学（用假名创作的文学）的启发。如果离开了恋爱的题材，和文学就不是和文学了，而且很多和文学的作者就是女性。这一点与中国很不一样，由于受到士大夫文学的压力，中国的恋爱文学不是太发达，但不是没有。所以我就写了这本书来讨论这个问题。我觉得，文学中的男女关系很重要，因为可以反映许多复杂的社会关系。宋词也写美丽的恋情，但我认为很多都是虚构的，代言的成分更多一点。至于写到李商隐就结束，是因为我认为李商隐的恋歌是独立的存在，也是无法复制的，后世的诗人如宋代西昆诗人怎么模仿都不像。

四、古典的旧与新

卞：多谢您送给我刚刚出版的《新编中国名诗选》（岩

波书店2015年版）。完成这部书后，下面您打算研究什么课题？

川合：我打算研究苏东坡。另外，南宋以后的诗也很有意思，觉得很新鲜，我在做《新编中国名诗选》时也选了这个时段的诗，但数量比较少。以后如果有精力，打算对南宋以后的诗下点功夫。早稻田大学的内山精也先生和他的朋友正在研究南宋的江湖派诗人，你也知道，他已经编好了一部江湖诗派的论文集《南宋江湖诗人》，作为《亚洲游学》特辑，马上就要出版了。我研究苏轼，不光打算研究苏轼的诗，还要研究他的文章和学术。我之所以选择研究苏轼，主要觉得苏轼代表了中国文化。我希望从世界文学和文化史的角度来研究苏东坡，将苏东坡的文学放到世界文学中去看他的普遍性。东坡的一生可以说是命运多舛，遭遇到很多打击，但他从不悲观。

卞：吉川幸次郎先生的《中国诗史》说过：“宋以前的诗，以悲哀为主题，由来已久。而摆脱悲哀，正是宋诗最重要的特色。使这种摆脱完全成为可能的是苏轼。”又说苏轼的人生观是“扬弃悲哀的宏观哲学”。

川合：你说的不错。但我觉得，文学上的悲哀其实和实际生活中的悲哀是不一样的，我甚至认为悲哀是一种快乐的感情。我觉得，苏轼认为，悲哀是一种纯粹的感情，甚至还有点“享受”这种感情。他不但在人生的悲哀中感到满足，而且还努力超越自己的悲哀。你知道叶嘉莹先生的一生也是比较悲惨的，她和丈夫到台湾后，丈夫被国民党抓了起来，关进监狱；她自己也受到牵连，坐过牢。中年的时候，大女儿和女婿又遭遇车祸去世。这种人生的打击对一般人，说不定很快就垮掉了，但她依然很乐观。叶嘉莹先生的侄媳妇是日本人，也是我的朋友。有一次她问叶先生：“您一生经历过很多不幸的事情，为什么还能这么快乐？”叶先生回答说：“因为我是研究中国古典文学的。你看看苏东坡吧，他遭遇到的打击更多，但他一直都很乐观。”我想正是苏东坡能给我以力量，所以我打算好好研究一下苏东坡。

卞：说苏轼很旷达，很乐观，这不是一种很常见的看法吗？您有没有什么新的意见？

川合：我对苏东坡其实并没有太多新鲜的看法，也没有利用新的资料。我觉得新的解释并不是最重要的。现在很多学者都会提出新的解释，但重要的是，解释之后，我们所看的世界能不能发生变化。吸引我的永远是东坡对人生的态度，这可以改变我们对世界的看法。我们平常看世界，其实很简单；但读了文学之后，我们看到的世界会发生改变。比如说樱花，平常看它就是一种花，但对日本人却有特别的意味，这是因为日本文学赋予了樱花特别的意义。

卞：中国明代哲学家王阳明也说过："你未看此花时，此花与汝心同归于寂；你来看此花时，则此花颜色一时明白起来，便知此花不在你的心外。"自然界的花确实是客观存在的，但我们看到的花已不是现象界的花了，都经过我们思想的过滤。

川合：正是这样。我可以再举唐代文学的一个例子，比如杜甫看花就与一般人看花很不一样。一般人看花，总会欣赏花的美，或者是惜花。我们读杜甫的《曲江二首》其一的第一联："一片花飞减却春，风飘万点正愁人。"你可以看到杜甫笔下的花与我们平常欣赏的花之美完全不同，杜甫诗中的花给人的感觉是生命力太强了，杜甫都觉得受不了；他感到花的力量正在压迫自己，所以他用了"愁"这个字。杜甫忘掉了自己，因为他不知道如何面对花的力量。

卞：您对杜甫的解读非常有意思，而且解读后的杜甫与我们从前理解的杜甫有些不同。虽说古往今来，杜甫的研究已经汗牛充栋了，但仍然还有开掘的空间。最近中国人民文学出版社出版了萧涤非教授等编著的《杜甫全集校注》12 册，宇文所安教授也将杜甫诗全部翻译为英文，即将分 6 卷出版。可以说，这些著作的出版，都显现了杜甫研究的小小的高潮。

川合：确实是这样。日本学界也重视杜甫的研究，吉川幸次郎先生生前也在做杜诗的详注，出版了4册，后来兴膳宏先生继续他的事业，又整理出2册出版。最近有家杂志向我约稿，要我写一篇关于中国古代战争诗的文章，我就写了一篇杜甫的战争诗，以他早年的诗歌为中心。我发现，杜甫早年写战争的诗，如《兵车行》特色并不明显，或者说没有杜甫自己的特色，杜甫只是用了乐府诗的传统，这首诗的内容也很传统，如写战争的场景“耶娘妻子走相送，尘埃不见咸阳桥。牵衣顿足拦道哭，哭声直上干云霄。……边庭流血成海水，武皇开边意未已。君不闻汉家山东二百州，千村万落生荆杞”，这在汉乐府中已经出现过。我们看到杜甫似乎以一种近乎“残酷”的超然态度描写了这一切，虽然杜甫也有他的同情和感动，但他与诗中悲惨的事情仿佛有一定的距离。但我们发现，杜甫越往后的诗，这种距离越小。那些悲哀的事情不再是客观的表现，而是诗人不得不表现的内容，是诗人内心感情很自然的表现，这也最终成就了诗人杜甫，成就了杜甫的伟大。所以我觉得杜甫的文学生涯并不是线性的，而是有一个变化的过程。古人经常说，杜甫在秦州、成都、夔州时期，诗风都有很大的变化，其实杜甫的感情在诗中也有一个变化的过程。

卞：前面我们谈到中唐文学，现在又说到杜甫。为什么中唐诗人受到杜甫影响很大，而对李白的吸收则不多？

川合：上面我们谈到中唐文学的新变，其实这些新变的因子在杜甫那里就已经有了。中唐人开始将李杜并举，我觉得李杜好比站在山巅上的两位巨人。李白总结了过去的文学传统，我可以宴饮诗为例。李白写宴饮，如《春夜宴桃李园序》沿袭还是《古诗十九首》的传统，写到人生无常，如“夫天地者，万物之逆旅也。光阴者，百代之过客也。而浮生若梦，为欢几何？古人秉烛夜游，良有以也”。与《古诗十九首》的表达非常相似。可以说，李白在文学上是比较传统的诗人，而杜甫则是当时的“先锋”诗人，他开启了很多诗歌的新面向，他是开启未来的诗人。我也以他的宴饮诗为例，如《九日蓝田崔氏庄》，诗中说：“羞将短发还吹帽，笑倩旁人为正冠。”又说：“明年此会知谁健？醉把茱萸仔细看。”我们可以看到，杜诗没有人生短暂之叹，写的完全是个人化的感情，这在李白诗中是没有的。所以我说，李白写的是普遍的诗，而杜甫写的是个人的诗。

五、日本汉学与学术理念

卞：您曾长期在日本汉学重镇京都大学任教，又研究中国古典文学多年，您怎么看现在日本的中国古典文学研究？

川合：京都大学是非常好的大学，为日本培养了很多中国古典文学研究者。以前日本汉学界有京大、东大的区别，现在这种区别已经没有了，我们京都大学就有毕业于东京大学的学者。虽然现在日本的中国古典文学研究仍有进展，但也有一些令人不满意的地方。尽管现在在日本研究中国古典文学的学者已经很少了，但我还是觉得从业者太多，也就是说很多人不懂做学问的意义，为了研究而研究，为了发表而发表，而且无价值的研究也比较多。又因为现在电子检索非常方便，很多人写了很多很像论文的论文，但其价值仍有疑问。2009 年的时候，我曾在同志社大学发表过一次演讲，叫作《中国古典文学的存亡》，后来有台湾学者将其翻译成了中文，刊登在台湾的学报上（东波按：中译文见台湾《政大中文学报》第十五期，谢嘉文译，2011 年 6 月）。在这篇演讲中，我说现今日本的中国古典文学研究正面临"四重苦难"：首先，同样属于文科，但和社会科学不同，人文学科正处于苦不堪言之境。其次，在人文学科里，与历史、哲学相比，文学则在衰退之中。再其次，文学领域之中，东洋文学又比西洋文学更冷门。最后，同样是东洋文学的范畴，相较于近现代作品，古典文学更不受重视。可见，中国古典文学不论如何分类，都处在衰亡的困境之中。我这样说，有点悲观和夸张的成分，现实中中国古典文学研究在日本确实有点衰落。其实在任何时候，人文学科都是冷门的，这是由人文学科的性格决定的。虽然我说古典文学有四重苦难，但我是相信文学的力量的。文学的世界与我们生活的世界是完全不同的，我们在饮食男女之外，还有更高的精神追求，有思考和感情需求，所以我们不可能离开文学、忘记文学。我认为，没有所谓"现在的文学"，文学就是从古代一直延续到现在的存在。今天从事文学创作的人，不能离开古典文学。我们不是研究过去的文学，而是研究普遍的文学。就日本的中国古典文学研究而言，还有两点可以强调一下，一是成立了很多新的中国古典文学研究会，如2013年刚成立了日本宋代文学会；另一个是日本的读书会很多，如前一段时间一海知义先生组织了“读（陆）游会”，兴膳宏先生组织了《金楼子》读书会。这些都对日本的中国古典文学研究有助推作用。

卞：作为外国学者，您研究中国古典文学，觉得有什么体会？是不是像兴膳宏教授一本书的书名所揭示的那样，有一种“异域之眼”？

川合：日本学者研究中国古典文学有不少不利的地方，但也有一些优势。日本介于中国与西方之间，吸收西方的思想很快。从“异域之眼”出发，肯定能看到中国学者看不到地方。我比较强调西方文学观念的运用，从前我在京都大学编辑日本学界有名的《中国文学报》的时候，用的西方词汇太多，一些日本学者就不太喜欢。我觉得，京都大学的中国古典文学研究善于借鉴西方观念是很好的传统，这也是从吉川幸次郎先生那里继承下来的传统，吉川先生是位思想非常开放的学者。我还是那句话，研究中国古典文学一定要将其放在世界文学的脉络中加以观照。另一方面，我觉得将来的中国学研究应该不分内外，应该在同一平台上进行对话与研究，不应该分为中国本土的研究、美国汉学、日本汉学，应该就是一种整体的中国学。

卞：与一般日本学者很少借鉴西方的理论不同，我们在您的文章中经常可以看到您援引西方的理论著作，特别是法国的著作。曾经中国学术界也有过那么一段时间，喜欢套用西方理论来研究中国文学，结果发现这条路似乎很曲折。那么您如何看中国古典文学研究与西方理论之间的关系？

川合：我在年轻的时候，看了比较多的法国文学理论的书，所以在文章中，有时也会引证一些，我对结构主义和新历史主义批评比较感兴趣。我曾研究过“阮籍的飞翔”，就是受到法国学者加斯东·巴什拉（Gaston Bachelard，1884—1962）的启发。加斯东认为，我们都有原始的想象力，所以我们能够移情（empathy）。比如我们都有运动的想象力，所以我们就想象我们可以像仙人一样浮游在天宇之中。但我发现，阮籍的飞翔与一般仙人的飞翔很不一样，仙人的飞翔是轻飘飘的，而阮籍的飞翔则是很有力量，像火箭一样一飞冲天，他很努力地想飞翔。阮籍笔下飞翔的有两种鸟，一种是大鸟，一种是小鸟。他羡慕大鸟的飞翔，但感到很不安全，而小鸟则可以很安全地生活。从前学者研究《咏怀诗》，很关心《咏怀诗》写的是什么政治事件，或者通过诗来了解其背后的事情。比如说，看到《咏怀诗》中的鸟，总想知道有什么象征意义，《文选》五臣注就做过猜测。我虽然知道这些是必要的，但我觉得这并不是很重要。重要的不是诗歌的背景或典故，而是诗歌的情感和想象。我们要像孩子念诗那样，回到诗歌本身，剔除心灵的杂念，回到我们最朴素、最纯真的感动，探寻诗何以为诗的真谛，这才是我们阅读诗歌的目的。这是我二十几岁时的看法，至今仍没有改变。

2015 年 3 月 31 日